虚ろなるレガリア

05

天が破れ落ちゆくとき

三雲岳斗 MIKUMO GAKUTO
[絵] 深遊 MIYUU

RUNA & ……

火の龍の不死者

鳴沢八尋
Narusawa Yahiro

侭奈彩葉
Mamana Iroha

妙翅院迦楼羅
Myoujiin Karura

ロゼッタ・ベリト
Rosetta Berith

ジュリエッタ・ベリト
Giulietta Berith

あいつら、邪魔なんだけどさ。片付けておいてよ。
雷の龍の
投刀塚透
Natazuka Toru

鹿島華那芽
Kashima Kaname
仕方ありませんね。
引き受けて
さしあげます。

沼の龍の巫女
ルクスリア
姫川円奈
Himekawa Nina

スペルビア
地の
の巫女
鳴沢珠依
Narusawa Sui
ルクスリア
沼の
の不死者
ふししゃ
湊久樹
Minato Hisaki

序幕　Prologue　012
第一幕　エンド・ポイント　022
第二幕　リベリオン　080
第三幕　レルム・オブ・ザ・デッド　134
第四幕　ザ・ホロウ・デザイア　196
第五幕　ジ・エンド・アンド・ザ・ビギニング　250
終幕　Epilogue　326

05

天が破れ落ちゆくとき

THE HOLLOW
REGALIA

The girl is a dragon.
The boy is the dragon slayer.

始まりの地、二十三区へ——

———日本という国家の滅びた世界。

龍殺しの少年と龍の少女は、日本人最後の生き残りとして、廃墟の街“二十三区”で巡り会う。

それは八頭の龍すべてを殺し、新たな“世界の王”を選ぶ戦いの幕開けだった。

ギャルリー・ベリト

欧州に本拠を置く貿易商社。主に兵器や軍事技術を扱う死の商人である。

自衛のための民間軍事部門を持つ。出資者はベリト侯爵家。

伊呂波わおん
Iroha Waon

不死者
鳴沢八尋
Narusawa Yahiro

龍の血を浴びて不死者となった少年。数少ない日本人の生き残り。隔離地帯『二十三区』から骨董や美術品を運び出す『回収屋』として一人きりで生きてきた。大殺戮で行方不明になった妹、鳴沢珠依を捜し続けていたが、現在はベリト姉妹と行動を共にしている。

魍獣使いの少女
侭奈彩葉
Mamana Iroha

隔離地帯『二十三区』の中心部で生き延びていた日本人の少女。崩壊した東京ドームの跡地で、七人の弟妹たちと一緒に暮らしていた。感情豊かで涙もろい。魍獣を支配する特殊な能力を持ち、そのせいで民間軍事会社に狙われていたが、弟妹と共にギャルリー・ベリトの保護下にある。

ジュリエッタ・ベリト
Giulietta Berith

武器商人ギャルリー・ベリトの執行役員。ロゼッタの双子の姉。中国系の東洋人だが、現在はベリト侯爵家の本拠地であるベルギーに国籍を置いている。人間離れした身体能力を持ち、格闘戦では不死者であるヤヒロを圧倒するほど。人懐こい性格で、部下たちから慕われている。

ロゼッタ・ベリト
Rosetta Berith

武器商人ギャルリー・ベリトの執行役員。ジュリエッタの双子の妹。人間離れした身体能力を持ち、特に銃器の扱いに天賦の才を持つ。姉とは対照的に沈着冷静で、ほとんど感情を表に出さない。部隊の作戦指揮を執ることが多い。姉のジュリエッタを溺愛している。

統合体（ガンツァイト）

龍がもたらす災厄から人類を守ることを目的とする超国家組織。過去に出現した龍の記録や記憶を受け継いでいるだけでなく、多数の神器を保有しているといわれている。

鳴沢珠依
Narusawa Sui

鳴沢八尋の妹。龍を召喚する能力を持つ巫女であり、大殺戮を引き起こした張本人。その際に負った傷が原因で、不定期の長い『眠り』に陥る身体になった。現在は『統合体』に保護され、彼らの庇護を得る代わりに実験体として扱われている。

オーギュスト・ネイサン
Auguste Nathan

アフリカ系日本人の医師で『統合体』のエージェント。鳴沢珠依を護衛し、彼女の望みを叶える一方で、龍の巫女である彼女を実験体として利用している。

姫川丹奈
Himekawa Nina

欧州重力子研究機構の研究員。飛び級で博士号を取得した天才。沼の龍ルクスリアの巫女であり、物理学的な観点から龍の権能について研究している。

湊久樹
Minato Hisaki

丹奈と契約した不死者の青年。まるで忠犬のように丹奈に付き従っているが、彼本来の目的や動機は不明。無礼で他人とのコミュニケーションに難があるが実は律儀な性格。

舞坂みやび
Maisaka Miyabi

風の龍イラの巫女。ジャーナリスト志望で、大殺戮が起きる前は報道番組のキャスターとして活躍していた。大学のミスコンでグランプリの経験もある才色兼備の女性だが、現在は負傷のために杖をついており、常に右目を隠している。

山瀬道慈
Yamase Douzi

みやびと契約した不死者の男。ヤマドー名義で様々な企業や団体の問題を暴露する配信を行っている。本業は報道カメラマン。真実を伝えるためなら手段を選ばないという考えを持って行動していた。横浜での事件で命を落とす。

清滝澄華
Kiyotaki Sumika

水の龍アシーディアの巫女。前向きで明るく、現実的な性格。龍の巫女の能力を自覚するのが遅く、大殺戮後二年間ほどは普通の人間として娼館に身を寄せていた。

相良善
Sagara Zen

澄華と契約した不死者の青年。正義感が強く実直な性格だが、頭が固く融通が利かない一面も。大殺戮発生当時は海外の名門寄宿学校に通っており、日本に帰国する際に過酷な体験をしている。

妙翅院家（みょうじいんけ）

鹿島華那芽
Kashima Kaname

雷龍トリスティティアの巫女。妙翅院家の分家である鹿島家の一員だが、契約者である投刀塚透とともに幽閉されていた。植物を愛する穏やかな性格だが、天帝家に反抗する者を許さない苛烈な一面も持つ。

投刀塚透
Natazuka Toru

華那芽と契約した不死者。過去に不死者として暴虐の限りを尽くし、現在は華那芽とともに天帝家の離宮に幽閉されている。外出を嫌う怠惰な性格だが、不死者同士の殺し合いも厭わない危険人物でもある。

妙翅院迦楼羅
Myoujiin Karura

天帝家の直系である妙翅院家の長女で、次期天帝候補と目されている中の一人。人当たりがよく常に朗らかだが、彼女の真意を見抜くのは難しい。天帝家に伝わる宝器である深紅の勾玉を所有している。

序幕 Prologue

THE HOLLOW REGALIA

PROLOGUE

フランス、パリ――

都市の中心部を流れるセーヌ川の岸辺は、週末の午後を過ごす人々で賑(にぎ)わっていた。

散策を楽しむ観光客。スケッチブックを抱えた芸術家の卵。

ベンチに座って愛を語らうカップルや、テイクアウトのコーヒーを手に談笑する老人たち。

彼らの表情は、皆、一様に明るい。

仲間同士で集まって愚痴をこぼし合う失業者たちですら、決して悲愴(ひそう)感を漂わせてはいない。

これまで長く低迷を続けてきた国内の景気が、ようやく復調の兆(きざ)しを見せていたからだ。

四年前に起きた〝大殺戮(ジェイノサイド)〟――

日本という国家の突然の消失が、世界経済に与えた影響は甚大(じんだい)だった。

物流の混乱、輸出の低迷、工業製品などの世界的な供給不足。そして日本人狩りに費やされた軍事費の負担増が重くのしかかり、多くの国々が深刻な不況に見舞われることになった。

最盛期に比べれば経済力が衰えていたとはいえ、世界人口のほぼ六十四分の一を占めていた

国家がわずか数カ月で消滅したのだ。遠く離れたヨーロッパの国々といえども、無関係でいられるはずもない。

だが、大殺戮(ジェイノサイド)から四年が過ぎて、世界はようやく日本消滅のダメージから抜け出しつつあった。

物流が回復し、株価の上昇とともに求人も増え、街ゆく人々にも笑顔が増えていく。

日本という国家が存在したという記憶も薄れ、魍獣(もうじゅう)たちの脅威すら、遠い世界のおとぎ話のように思われ始める。

大手の動画サイトから、とある日本人配信者のアカウントが消えたのは、そんな矢先の出来事だった。


「――やっぱり凍結(バン)されたって話は本当みたいだな。検索しても偽物(にせもの)しか出てこない」

河岸の芝生に座っていた若い男が、スマホの画面に触れながら溜息(ためいき)をつく。

検索窓に入力されているのは、伊呂波(いろは)わおんという少女の名前だ。

「あー……あの日本人の配信者(ストリーマー)か。ドラゴンを召喚できるって噂(うわさ)の」

男の友人が、茶化すような態度で笑って言った。

二人が着ているのは、地元プロサッカーチームのレプリカユニフォーム。背番号は男が七、友人が三十三番だ。

「ドラゴンはどうだかわからないが、魍獣(もうじゅう)を飼い慣らしてるのは本当らしい。ばかでかいモンスターに跨(また)がってる画像があちこちに出回ってる」

七番の男が、真面目な口調で淡々と答える。三十三番は少し呆(あき)れたように息を吐きだした。

「どうせ合成か加工だろ」

「情報の出どころはヤマドーだぞ?」

男の指摘に、友人は、ふむ、と考えこむような仕草をする。

ヤマドーは、いわゆる暴露系と呼ばれる配信者(ストリーマー)だ。起業家や芸能人だけでなく、政治家や政府機関、宗教団体などの醜聞をいくつも暴いて有名になった。強引な取材方法には批判も多いが、情報の信頼性については評価が高い。

そんな彼が確たる証拠もなしに、無名の配信者(ストリーマー)を陥(おとしい)れるとは思えなかった。ましてや相手が、同じ日本人の少女であれば尚更(なおさら)だ。

「まあ、魍獣(もうじゅう)のことはともかく、彼女のアカウントが消えたのは残念だったな。せっかく可愛(かわい)い子だったのに」

三十三番が肩をすくめて首を振る。七番の男も真顔でうなずき、

「そうだな。顔は可愛(かわい)かった。動画はつまらなかったけどな」

「つまらなかったよな。顔は可愛(かわい)かったけど」

そう言って二人は顔を見合わせて苦笑した。伊呂波(いろは)わおんという配信者(ストリーマー)の、微笑(ほほえ)ましくも退

屈な動画の中身を思い出したのだ。

　そんな彼らの表情が固まったのは、背後から聞こえてきた甲高い悲鳴のせいだった。

　単なる事故や驚きで出せるような、およそまともな声ではない。

　ただごととは思えない凄まじい絶叫だ。

「おい。なんだ、あれ？」

　思わず立ち上がった七番の男の視界に映ったのは、現実感の薄い奇妙な影だった。

　大きさは小型の自動車程度だろう。シルエットは二足歩行する獣に近い。

　その影が音もなく跳躍し、逃げ惑う女性を踏み潰す。

　人間の頭が熟れた果物のようにあっさりと破裂して、無数の肉片と鮮血を散らした。

「黒い……獣？　クマか……？」

　男は、放心したように立ち尽くしたまま呟いた。

　その漆黒の怪物の巨体は、たしかに巨大な灰色熊を連想させる。

　だが、それがただのクマでないことは明らかだった。

　虎の頭と猛牛のような角を持つ、体長三メートルのクマなどいるはずがない。

「まさか、魍獣⁉　馬鹿な、なんでフランスに……⁉」

「そんなことを言ってる場合か！　逃げるぞ！」

「あ、ああ」

友人に乱暴に背中を押されて、男は慌てて走り出す。

このパリで、なにが起きているのかわからない。だが今はそれを確かめるよりも、とにかくこの場を離れるしかなかった。

魍獣。日本の滅亡の原因になった謎の怪物。その力は完全武装の兵士をも圧倒し、強力な魍獣の群れは軍の機甲部隊すら壊滅させるという。

もちろん、男はその存在を知っていた。

しかし知識として知っていることと、実際に遭遇するのはまったく別の問題だ。日本から九千キロメートル以上も離れたこのパリに、いきなり魍獣が現れると想像できるはずもない。

恐怖に衝き動かされるままに、男たちは必死で走り続ける。

明確な目的があって逃げていたわけではない。ただ、少しでも魍獣から遠ざかろうと思っただけだ。

しかしそんな彼らの行く手を塞ぐように、突然、一台の車が空高く舞い上がる。

轟音とともに車を吹き飛ばしたのは、街路樹を薙ぎ倒しながら走る一頭の怪物。八本の脚を持つ、巨大な馬型の魍獣だ。

「くそ、こっちにも！」

「こいつら、いったいどこから来たんだ⁉」

恐怖に顔を歪めながら、男たちは立ち止まる。

パリ市内に出現した魍獣は、一体ではなかった。

路上で車のクラクションや激突音が鳴り響き、市街地のあちこちで火の手が上がっている。

その騒ぎの原因は、間違いなく魍獣だ。今やパリの全域が、魍獣たちの襲撃を受けているのだ。

悲鳴を聞いて駆けつけてきた警官が、馬型の魍獣に向かって発砲した。

銃弾は間違いなく命中していたが、魍獣が苦痛を感じている様子はなかった。

それでも警官の敵意は伝わったのだろう。魍獣は不気味な咆吼とともに警官に向けて突進し、そのまま彼を無惨に踏み潰した。

まさかの惨状に人々が悲鳴を上げ、その直後、絶望に顔を歪めた彼らに異変が現れる。

メキメキと音を立てて骨格が軋み、人ならざる者へと輪郭が変わっていく。

見る者に恐怖を抱かせる異形の存在。魍獣の姿へと——

「人間が……魍獣に変わった!?」

「あの噂は本当だったのか……！」

レプリカユニフォームを着た男たちが、恐怖に声を震わせながら呟いた。

魍獣の正体は人間だ。この世界に出現した龍の影響で、人間は魍獣に変化する。ネット上で、一時期そんな噂が流れた。

噂の出どころは、日本に派遣された民間軍事会社の警備員だったらしい。

証拠となる動画も拡散したが、いつの間にかその噂は消えていた。不自然なほどに綺麗さっ

ぱりと。だが、その消えたはずの動画と同じ光景が、彼らの前で繰り広げられている。

「逃げないと……早く……」

友人が、再び男の背中を押した。

しかし男は動けなかった。

魍獣化(もうじゅうか)を始めた人々の背後。パリ中心部の路上に出現したものに、目を奪われていたからだ。

「あれは……」

黒い塗料をこぼしたような漆黒の染(し)みが、ゆっくりと地面に広がっていく。

それは周囲の車両や建物を呑(の)みこんで、街を侵蝕(しんしょく)しようとしていた。

染(し)みのように思えたものの正体は、地表に穿(うが)たれた穴だった。

どこまでも垂直に続いている、底の見えない漆黒の縦孔(たてあな)だ。

「冥界門(プルトネイオン)……！」

声に絶望を滲(にじ)ませて、男は呻(うめ)いた。

彼らは、知らない。冥界門(プルトネイオン)が出現した原因を。

そしてすでにこの時間、パリだけでなく、ロンドンやベルリン、マドリードやローマ、デリーや北京(ペキン)など世界中の人口密集地に、すでに同様の冥界門(プルトネイオン)が出現していたことを——

ただひとつだけわかっていたことは、これは始まりに過ぎないということだ。

そう。これは終わりの始まり。真の災厄は、これから訪れる。

そんな破滅の予感に全身を震わせながら、男たちは世界を侵蝕（しんしょく）していく巨大な空洞を呆然（ぼうぜん）と見つめ続けるのだった。

05 When the heavens break and fall

Presented by
MIKUMO GAKUTO

Illustration
MIYUU

Cover Design by Fujita Shunya
(Kusano Tsuyoshi Design)

THE HOLLOW
REGALIA

第一幕 エンド・ポイント

THE HOLLOW REGALIA

CHAPTER.1

1

揺光星(ヤオクアンシン)と呼ばれる装甲列車のラウンジで、ヤヒロはぼんやりと窓の外を眺めていた。

ディーゼル機関特有の甲高いノイズを撒(ま)き散(ち)らしながら、列車は廃墟(はいきょ)の市街地へと進入していく。今回の旅の目的地である旧・京都(きょうと)駅が近づいているのだ。

ギャルリー・ベリトの本拠地である横浜(よこはま)から京都(きょうと)まで一週間もかかってしまったのは、名古屋(なごや)で起きたいざこざで三日近くも足止めを喰(く)らった影響が大きい。

それでも交通インフラのほとんどが壊滅した今の日本の状況を考えれば、むしろ順調にここまで来たといっていいだろう。

野盗化した傭兵団(ようへいだん)による襲撃は一度だけしかなかったし、魍獣(もうじゅう)との戦闘も十回は超えなかった。ギャルリーの身内や関係者に、死人が出なかっただけでも上出来だ。

もっともその間に、揺光星の中では小さな変化が起きていた。

それは彩葉の妹である佐生絢穂の、ヤヒロに接する態度である。

「ヤヒロさん、線路の復旧作業お疲れさまでした」

二人分のコーヒーをトレイに載せた絢穂が、ヤヒロに声をかけてくる。緊張のせいか少し声が硬いが、引っ込み思案な彼女のほうから近づいてくるのは、どこか意外な印象があった。

「あ、ああ。ありがとう。それを言うなら俺よりも絢穂のほうが大変だっただろ。土砂をどけたり、落石を砕いたり。俺はせいぜい線路を塞いでた倒木を燃やしただけだからな」

「いえ。ヤヒロさんがこれの使い方を教えてくれたおかげです。このレリクトだって、元はといえばヤヒロさんから預かっていたものですし」

手首に刻まれた翡翠色の紋様を見せながら、絢穂はヤヒロの前にコーヒーを置いた。

そして彼女は、そのままヤヒロの右隣に座る。なんとなく近すぎる気もするが、気のせいと言われてしまえばそんな気もする、実に微妙な距離感だ。

だが実際に、遺存宝器を手に入れた絢穂の活躍は目覚ましいものだった。地面を自在に隆起させる山の龍の権能は、土木作業においては抜群に使い勝手がいいのだ。

絢穂がレリクトに適合していなければ、揺光星の京都到着は二日は遅れていただろう。ヤヒロが彼女に感謝する理由としては充分だ。

「わたしも！　わたしも頑張ったからね！　魍獣から揺光星を守ったり！」

お互いを褒め合うヤヒロと絢穂に対抗意識を燃やしたように、彩葉が会話に割りこんでくる。

しかしそんな彩葉のことを、ヤヒロたちは冷ややかに見返した。

「近づいて来た魍獣たちを追い払ったのはヌエマルだろ」

「彩葉ちゃんは魍獣を餌付けしようとして、むしろ怒られてたよね。ロゼさんに」

「う、うう……そう言えばそんなこともあったような気もするけど……」

ヤヒロたちの素っ気ない反応に、彩葉は拗ねたような顔をする。

魍獣たちを手懐けるという彩葉の謎の能力のおかげで、たしかに無駄な戦闘の多くが避けられた。だが、過度に魍獣に肩入れする彩葉の行動に、周囲が振り回されたのも事実である。ヤヒロたちが彩葉に冷たいのはそのせいだ。

「これ、よかったら食べてください。ほのかたちと一緒に焼いたので」

絢穂が、タイミングを見計らっていたかのように、トレイに載っていた器を差し出す。

器に盛りつけられていたのは、いかにも手作りという雰囲気の素朴なバタークッキーだ。焼きたてのクッキーはまだ温かく、バターのいい香りがテーブルの上にふわりと広がった。

「腹が減ってたんで助かるよ。美味そうだな」

「ふふっ……だといいんですけど」

ヤヒロが器の上のクッキーに手を伸ばし、絢穂がそんなヤヒロの口元をじっと見つめる。妙に親しげな二人の様子を見て、蚊帳の外に置かれた彩葉がムッと頬を膨らませた。

「むー……ちょっと、ヤヒロ。絢穂に近づきすぎじゃない？」

「そうか？」

彩葉の抗議を、ヤヒロはあっさりと聞き流す。

今の席に座っていたのは、ヤヒロのほうが先なのだ。文句を言われても知るか、というのが、ヤヒロの素直な感想である。

「すみません。私も一緒に食べたかったから」

内気な絢穂が、めずらしく控えめに主張した。べつに構わない、とヤヒロは首を振り、

「窮屈ってわけじゃないから、気にしないでくれ」

「良かったです」

ホッとしたように微笑みながら、絢穂がさらに距離を詰めてくる。

そして妹の想定外の反応に、ぴくり、と頬を引き攣らせたのは彩葉だった。

「あのね、絢穂。言っとくけど、ヤヒロはわたしのファンだからね」

「配信者が一人のファンだけを特別扱いするのはよくないよ、彩葉ちゃん。伊呂波わおんはみんなのアイドルでしょ？」

「そ、それはそうだけど……」

絢穂の反論になにも言い返せず、ぐぐ、と彩葉が声を詰まらせる。

その間に絢穂は器の上から、新しいクッキーをひょいと摘み上げた。

「ヤヒロさん、よかったらもうひとつどうですか？」

「もらうよ。美味いな、これ」

「はい、どうぞ」

摘み上げたクッキーを、絢穂がヤヒロの口元へと運ぶ。

予想外に大胆な絢穂の行動にヤヒロは呆気にとられつつ、勢いに流されて成り行きのまま、思わずあーんと口を開きかけてしまう。と——

「むー……！」

ついに彩葉がたまりかねたように奇声を発して、ヤヒロと絢穂の間に割りこんだ。そのままシートの上にひっくり返って、駄々っ子のように手足をばたつかせる。

「ずるい！　ヤヒロばっかり絢穂に優しくしてもらってずるい！　お姉ちゃんのことももっと構ってよ、絢穂！」

「え？　そっち？」

まさかの方向から放たれた彩葉の言葉に、絢穂が目を丸くした。

彩葉にとっては、ヤヒロと絢穂が仲良くしていることよりも、可愛い妹が自分の相手をしてくれないことのほうが大きな問題だったらしい。

「は、はい。彩葉ちゃんもどうぞ」

「わーい！　はい、絢穂にもお返しだよ！」

絢穂が苦笑しながら彩葉の口にクッキーを運び、彩葉はウキウキで同じことを妹にやり返そうとする。いつも控えめな性格の絢穂が彩葉に振り回されてばかりいるような印象があったが、案外この二人は、これでバランスが取れているのかもしれない。

仲が良くて結構なことだ、とヤヒロは少し呆れつつも失笑し、そして不意に視線を感じて顔を上げた。白い毛並みの魍獣をぬいぐるみのように抱えた少女が、いつの間にかヤヒロの隣に立っていたのだ。

彩葉の末の妹の瀬能瑠奈である。

「おまえも欲しいのか、瑠奈?」

無言でヤヒロを見つめている瑠奈に、ヤヒロは困惑しながら質問した。

瑠奈は表情を変えないままうなずいて、沈黙したまま小さく口を開ける。どうやらヤヒロがクッキーを食べさせてくれることを期待しているらしい。

「えーと……これでいいか?」

いつまでも同じ姿勢で待ち続けている瑠奈に根負けして、ヤヒロは彼女の口元にクッキーを差し出した。瑠奈はそのクッキーにパクリと齧りつく。

小動物めいた彼女の仕草にヤヒロは微笑み、続けてもう一つクッキーを差し出した。瑠奈は特に抵抗することもなく、再びそれを啄むように食べ始める。

彼女の歳は七歳くらいだと聞かされていたが、実のところ、保護者である彩葉にも正確な年

齢はわかっていないらしい。小柄な体つきからはもっと幼い印象を受けるが、その一方で年齢に似合わない聡明さや落ち着きを感じることもある。

そして瑠奈は出会った直後から、なぜかヤヒロに懐いていた。その理由もよくわからない。ある意味、彩葉の弟妹たちの中で、もっとも謎めいた存在といえるのが彼女だった。

「そうやって幼女を餌付けして、いったいなにをするつもりですか？」

黙々とクッキーを咀嚼する瑠奈をヤヒロが苦笑まじりに眺めていると、なぜか横から咎めるような声が聞こえてきた。音もなく現れたロゼッタ・ベリトが、ヤヒロを蔑むような目つきで見下ろしている。

「人聞きの悪い言い方をするな。普通に菓子を喰わせてただけだろうが」

「それにしては楽しそうにニヤニヤと笑っていましたが」

「ニヤニヤはしてねえよ」

「ヤヒロ、ヤヒロ。はい、あーん」

辛辣な口調で言い放つロゼの隣で、ジュリエッタ・ベリトが大きく口を開けている。

本気でクッキーを欲しがっているのか単にからかっているだけなのか、区別がつかないのが彼女の厄介なところだ。

「悪いがおまえのぶんのクッキーはねえよ。欲しければ自分の妹に作ってもらえ」

「えー……ケチー」

空になったクッキーの器を押しつけられたジュリが、拗ねたように唇を尖らせた。

ヤヒロはそれを無視して窓の外に目を向ける。装甲列車が目に見えて減速を始めたからだ。

「京都に来るのは、初めてですか？」

興味深げに風景を眺めるヤヒロに、ロゼが訊いた。

ヤヒロは静かに首を振る。

「小学生のころに一度来たな。修学旅行の行き先が京都だったんだ」

「修学旅行……鳴沢珠依も一緒ですか？」

「いや。珠依は旅行には参加しなかった。あいつは昔から身体が弱かったからな。それで親父に止められて」

「なるほど」

ロゼが、すべてを見透かしたような思わせぶりな態度でうなずいた。

彼女の反応にヤヒロは疑問を覚えたが、ロゼの真意を確認することはできなかった。

その前に彩葉が、興奮した口調で話しかけてきたからだ。

「見て、ヤヒロ！　すごいね。京都って感じだね！」

ヤヒロの腕をつかんで強引に引き寄せながら、彩葉が列車の窓に顔を近づける。

彼女がそうやって大騒ぎしている理由はすぐにわかった。

列車の窓から見えた景色は、ヤヒロが予想していた廃墟とはまるで違っていたからだ。

もちろん、京都ならではの寺社や仏閣の姿もある。

だが、それ以上にヤヒロの目を惹いたのは、ごく普通の民家やビルなどの建物だった。そこにはヤヒロがかつて目にした、京都の街並みがそのまま広がっていたのだ。

「どういうことだ？」

「え？　どうって……なにが？」

呆然と呟くヤヒロの横顔を、彩葉が怪訝な表情で見た。

ヤヒロは戸惑いながら激しく首を振る。

「俺が前に来たときとほとんど変わってない！　どうして京都だけが大殺戮の影響を受けてないんだ……？」

「あー……運が良かった、とか？」

「それで済むレベルの話じゃないだろ……!?」

緊張感の乏しい彩葉の言葉に、ヤヒロは脱力して息を吐く。

大殺戮の発生からすでに四年が過ぎて、その影響は日本全土に及んでいる。魍獣の出現と、それに対する多国籍軍の攻撃で、国内の主要大都市はすべて廃墟に変わってしまった。それは京都に来るまでの道中で、ヤヒロ自身がその目で確認している。

なのに京都だけが例外だった。

たしかに人の姿は見当たらない。しかし市内の街並みはほぼ無傷だ。まるで京都の中心部だ

けが、時間の流れから取り残されたように、かつての姿を保っているのだ。

「それはここが天帝家のお膝元だからだよ」

ヤヒロの疑問に答えたのは、低く張りのある男性の声だった。統合体の元・エージェント
——そして天帝家の使者であるオーギュスト・ネイサンだ。

いちおう今の彼はギャルリーの捕虜という立場のはずだが、相変わらず揺光星の中を自由に歩き回っているらしい。ジュリたちもそれを止めるつもりはないようだ。

「どういう意味だ、ネイサン？　京都には魍獣は出現しなかったのか？」

訝るような口調で、ヤヒロが訊く。

だが、ネイサンははぐらかすように曖昧に首を振った。

「いや、彼らは当然現れた。だから京都は無事だったんだ。天帝家には妙翅院がいるからな」

「は？」

「妙翅院迦楼羅は魍獣を操る。侭奈彩葉と同じようにな」

驚く彩葉を眺めて、ネイサンは続けた。

次の瞬間、激しい軋み音とともに、京都駅構内に侵入した装甲列車が完全に停止する。

「その力で、彼女は京都を守ったんだよ。詳しいことは、本人に直接聞けばいい。そのために、きみたちは京都まで来たのだろう？」

ネイサンが、驚きで声をなくしたままのヤヒロと彩葉に微笑みかけた。

ヤヒロたちは、ただ黙ってうなずくことしかできなかった。

2

「着いた――……！」

装甲列車のラウンジに、彩葉の弟妹たちの歓声が弾けた。

薄暗い無人の京都駅のホームに止まった揺光星が、車体を固定するための駐鋤を展開し、主砲の射撃準備を開始する。敵対勢力や野盗による待ち伏せを警戒しているのだ。

しかし京都駅の構内は酷く静かで、周囲に人の気配はなかった。

建物自体も妙に小綺麗で、荒廃した雰囲気は感じられない。ただ異常な静けさだけが、無人の駅構内を満たしている。そのことがどこか不気味ですらあった。

「京都駅はどこの国が管理してるんだ？」

愛刀である九曜真鋼を装備しながら、ヤヒロが訊いた。

「京都は緩衝地帯です。施設の維持は天帝家が行っているようですが、公式にはどの勢力の管理下でもありません」

ロゼが愛想の乏しい口調で、それでも丁寧に答えてくる。

彼女の言葉に、ヤヒロは少しだけ安堵した。数日前に名古屋で巻きこまれた中華連邦軍との

いざこざを思い出したのだ。

「とりあえず、地元の軍隊に難癖をつけられる心配はしなくてすみそうだな」

「そうですね。代わりに襲撃を受けたときに守ってくれる者もいませんが」

「自分たちの身は自分で守れって?」

「そういうことですね」

ロゼの答えに、ヤヒロは納得する。目的地である京都駅に着いてもギャルリーの隊員たちが警戒を解かないのは、どうやらそれが理由らしい。

「妙翅院迦楼羅はどこにいるんだ?」

ヤヒロは、続けてネイサンに質問した。

迦楼羅が京都で待っているという情報をギャルリーにもたらしたのはネイサンだ。だが、京都のどこに彼女がいるのかは、まだ知らされていなかった。

しかしネイサンはヤヒロの疑問に答える代わりに、悪びれることなく堂々と首を振る。

「奥嵯峨の山中にある妙翅院家の領地だ。正確な場所は私にもわからない」

「わからない? 迦楼羅さんは、あんたの雇い主じゃなかったのか?」

「天帝家を構成する六家はどこもそうだが、妙翅院家は特に用心深い。領地には結界が張り巡らされていて、案内がなければ近づけないようになっている」

「他人を京都まで呼びつけておいて引きこもりとは、いい身分だな」

ヤヒロは顔をしかめながら皮肉を口にした。

ネイサンは特に反論することもなくうなずいて、

「我々が到着したことは、すぐに彼女にも伝わるだろう。そのうち迎えが来るはずだ」

「ここまで来て、また待たされるのか」

「待ちわびていたのは、彼女も同じだ。迦楼羅嬢は、きみたちが来るのをずっと待っていた」

「そう言われても、こっちは関東から来たんだぞ。一週間で着いたなら、まだ早いほうだろ」

「いや、そうじゃない。彼女は、九年前のあの日から、ずっときみたちを待っていたんだ」

どこか含みのある口調で、ネイサンが言った。

ヤヒロは、意味がわからずに目を瞬く。

九年前といえば、当然、大殺戮はまだ起きていない。

当時のヤヒロは不死者などという力とは無縁な、ありふれた子どもの一人でしかなかった。迦楼羅のような立場の人物が、ヤヒロの存在を知っているはずもない。

それでもネイサンの言葉を頭から否定できなかったのは、彼が九年前という具体的な時期を指定したからだ。

その年、たしかにヤヒロの周囲では、ひとつの変化が起きている。

それは鳴沢珠依という少女が、ヤヒロの妹になったことだ。

のちに大殺戮を引き起こし、地の龍の巫女と呼ばれることになる少女が——

『――ジュリエッタ様！　ロゼッタ様！』

思わせぶりなネイサンとの会話は、スピーカーから流れ出した車内通信の声に遮られた。

声の主は、マイロ・オールディス。揺光星(ヤオクアンシン)の列車長である。

「マイロ？　そんなに慌てちゃって、どうしたのかな？」

ジュリが車内通信用のモニタに向かって訊(き)き返(かえ)す。列車長の深刻な声音(こわね)とは対照的な、のんびりとした口調だ。

『先行で偵察に出していた無人機(ドローン)の映像です！　周囲を警戒中の第二分隊からの報告も！』

「へー……あらら、これは完全に取り囲まれちゃってるね」

モニタに転送されてきた映像を眺めて、ジュリが感心したように眉を上げた。

京都(きょうと)駅の近辺とおぼしき航空写真だ。

写っているのは、大量の装甲戦闘車両である。その数は優に四十両以上。戦闘員(オペレーター)は五百人を超えているだろう。信じられないほどの大戦力だ。

『民間軍事会社か⁉　どこの勢力だ⁉』

ギャルリー・ベリト極東支部・民間軍事部門のジョッシュ・キーガンが、声を上擦らせながら通話に割りこんでくる。彼が指揮する極東支部の第一分隊は、揺光星(ヤオクアンシン)の警備を担当してい

るのだ。

『列車長、偵察に出した分隊を呼び戻せ！　このまま駅の中に入るのはまずい！』

『わかっている！　第一分隊は戦闘員(オペレーター)の増援を四号車と九号車に回してくれ！　ホームに続く階段を封鎖する！』

「──待って、マイロ。遠隔銃架(RWS)の起動を止めて。ジョッシュも人員の配置はそのままでいいよ。全員、警戒レベル(オレンジ)第二種で待機」

『姫さん⁉　いいのか⁉　揺光星(ヤオクアンシン)が待ち伏せされてたんだぞ⁉』

耳を疑うようなジュリの命令に、ジョッシュが抗議の声を上げた。

十倍以上の戦力に包囲された状況で、彼女はなんの対策もしないと言っているのだ。

もしも敵部隊が駅構内に攻めこんできたら、停車中の装甲列車などひとたまりもないだろう。

嬲(なぶ)り殺(ごろ)しを待つようなものである。

しかしジュリが口元に浮かべているのは、うんざりしたような苦笑いだ。

彼女の双子の妹であるロゼも、無表情に溜息(ためいき)をついている。

「待ち伏せは待ち伏せですが、目的は戦闘じゃなくてドッキリ(サプライズ)でしょうね」

「は？」

ロゼらしからぬ砕けた言い回しに、ヤヒロは思わず眉を寄せた。

ジュリが、大袈裟(おおげさ)に肩をすくめて首を振る。

「あの戦闘員（オペレーター）の制服は、本店の直轄部隊だね」

「本店？　もしかして、あいつらもギャルリー・ベリトなのか？」

「だね。ギャルリー・ベリト欧州本部の戦闘員（オペレーター）。つまり、うちの父様（とうさま）の部下ってことだよ」

そう言ってジュリが、モニタに映し出された画像の片隅を指し示す。

そこに映っていたのは、武装した戦闘員（オペレーター）たちがプラカード代わりに掲げた防弾盾（ライオットシールド）だった。

盾に書かれていたのは、〝ようこそ（ウエルカム）〟の文字——

彼ら京都（きょうと）駅包囲部隊は、ヤヒロたちの到着を歓迎して出迎えていたのだった。

3

「どうなってるんだ、これは……」

敵部隊の襲撃を警戒しながら駅の外に出たところで、ヤヒロは呆然（ぼうぜん）と足を止めた。

かつて観光バスの駐車場として使われていた駅前の広いスペースに、見慣れない仕様の装甲車が何両も駐（と）まって、百人近い戦闘員（オペレーター）が集合している。

彼らが掲げているのは、ギャルリー極東支部の到着を歓迎する横断幕。

ご丁寧なことに、楽隊による演奏つきである。

あまりにも場違いなその光景に、ヤヒロは脱力して刀の柄（つか）から手を離した。護衛のジョッシ

ュたちも明らかに困惑の表情だ。

「長旅お疲れさまです、ジュリエッタ様。ロゼッタ様」

やがて戦闘員(オペレーター)たちの中から、一人の男性が歩き出してくる。

仕立てのいいモーニングコートを着た初老の男だ。

おそらく五十歳を超えているはずだが、身のこなしは機敏で若々しい。いわゆるロマンスグレーの髪を丁寧に撫(な)でつけた、紳士然とした出(い)で立(た)ちの人物だった。

「あれ、シリル？」

「あなたがいるということは、あの方もこちらに来ているのですか？」

紳士風の男に向かって、ジュリとロゼが呼びかける。

どうやら男は、ジュリたちと旧知の間柄らしい。彼女たちに対する態度から見るに、ベリト本家の執事のような立ち位置の人間なのだろう。

「ご案内します。どうぞ、こちらへ。侭奈(ままな)彩葉(いろは)様と鳴沢(ナルサワヤ)八尋(ヒロ)様もどうぞご一緒に」

男がヤヒロたちに向き直って告げた。

「わたしたちもいいの？」

まさか自分が声をかけられるとは思っていなかったのか、彩葉(いろは)が驚いたように訊(き)き返(かえ)す。

「あの方ってのは、誰のことだ？」

厄介事の予感を覚えて、ヤヒロがロゼに確認した。

言葉遣いこそ丁寧だが、ロゼは基本的に誰に対しても傍若無人だ。そんな彼女が、誰かに敬意を払うのはめずらしい。

「ユーセビアス・ベリト侯爵。ギャルリー・ベリトのオーナーです。くれぐれも失礼のないようにしてください」

「ベリト侯爵って……ロゼたちのお父さん？」

彩葉（いろは）が目を大きくしてロゼを見た。

ロゼは無表情のまま曖昧に首肯する。

「そうですね。その理解で間違いではありません。生物学的な親子関係はありませんが。あってもせいぜい七パーセントといったところでしょうか」

「……生物学的？　養子ってわけじゃないんだよね？」

「あの方に造られたという意味では、実の親子という認識で間違いありません。実際に父と呼ぶことを許されていますしね」

「闇の深そうな話だな」

ヤヒロが深々と息を吐いた。

ジュリたち双子が遺伝子操作によって造られた人間であることは、彼女たちの過去の言動からヤヒロもうっすらと気づいている。そんな双子と父親の人間関係が、危ういバランスの上に成り立っていることは容易に想像できた。

それだけで不幸と決めつけるのは早計だろうが、双子の態度を見ている限り、父親に対して親愛の情を抱いているとは思えない。その意味ではやはり彼女たちに同情してしまう。と――

「あなたがそれを言うのですか？」

ロゼの呟きが聞こえた気がして、ヤヒロは彼女に視線を向けた。

「え？」

「……いえ。統合体がらみでは、よくあることですよ」

ロゼは人工的な微笑みを浮かべ、そのままシリルと呼ばれた男を追って歩き出す。

きょとんとした表情の彩葉を連れて、ヤヒロは仕方なくロゼたちに続いた。

警備の戦闘員たちが見守る中、シリルが向かったのは、装甲トレーラーを改造した大型のモーターホームの中だった。恐ろしく頑丈なキャンピングカーとでも呼ぶべき代物だ。

高級オフィスを思わせる豪華な車内の一室には、一人の白人男性が座っていた。

実業家風のビジネススーツに身を包んだ長身の男だ。

俳優といわれても納得できる端整な容姿の持ち主だが、同時に貴族的な気品もまとっている。

この男がベリト侯爵家の現当主――ユーセビアス・ベリトなのだろう。

「閣下。極東支部の執行役員二名をお連れしました」

雇い主の隣に歩み寄り、シリルが丁寧に報告する。

読みかけの書類の束を置いて、ユーセビアスは顔を上げた。部屋の入り口に立つジュリとロ

ゼを一瞥し、そして彼はヤヒロたちに目を向けてくる。

「ご苦労だった、シリル。彼らは？」

「お客人です。侭奈彩葉嬢、および鳴沢八尋殿。日本人の生き残りとうかがっております」

「そうか。きみたちが龍の巫女と不死者か。本当に若いのだな」

値踏みするような視線をヤヒロたちに向けながらも、ユーセビアスは愛想良く微笑んだ。

「きみたちの活躍は聞いているよ。私の娘たちが世話になったようだね」

「いえ、こちらこそジュリたちにはお世話になってます！」

彩葉がめずらしく緊張した様子で、その場で深々と頭を下げた。そして彼女はどこからともなく、唐突に四角いブリキ缶を取り出す。

ユーセビアスの隣に立つシリルの表情に、一瞬、鋭い緊張が走った。その缶が爆発物ではないかと警戒したのだろう。

しかし彩葉はあっけらかんとした表情で缶の蓋を開け、その瞬間、中から強いバターの匂いが溢れ出す。缶の中身は絢穂たちが焼いた例のクッキーだったのだ。

「あの、よかったらこれ食べてください！　うちの妹が焼いたので！」

自慢げに口角を上げながら、彩葉はクッキーをユーセビアスに差し出した。

どこかで見たような光景だな、とヤヒロはぼんやりと考える。どうやら彩葉の頭の中では、偉い人間に会うときには食べ物をお裾分けするものだという謎の固定観念があるらしい。

「これは美味(うま)そうだ。いただこう。シリル、お茶の用意を頼む」

ユーセビアスは彩葉(いろは)からクッキーを受け取って、そのまま一つ口へと運んだ。

本来なら毒殺の危険性を疑うべき状況だが、彩葉(いろは)の態度を見て、警戒するのも馬鹿馬鹿しいと考えたのかもしれない。あるいは、そうすることで彩葉(いろは)への信頼をアピールしているのか。

いずれにしても、ユーセビアス・ベリトという男は、ヤヒロが想像していたような、冷徹で高慢なだけの貴族というわけではないらしい。

「よく来たな、ジュリエッタ。それにロゼッタ。息災か？」

クッキーを食べ終えたユーセビアスが、自分の娘たちに呼びかける。

ジュリとロゼは直立したまま、いつになく神妙な表情で首肯した。

「はい」

「閣下もご機嫌麗しゅう」

「よい。堅苦しい挨拶は抜きだ。久々の親子の対面なのだからね」

ソファに着席するようにと促しながら、ユーセビアスは娘たちに微笑(ほほえ)んだ。

人数分のティーカップを運んできたシリルが、洗練された動きで紅茶を注いでいく。

「さて、まずはこれまでよくやってくれた。極東支部の働きに、侯爵家はとても満足している」

全員に紅茶が行き渡るのを待って、ユーセビアスは口を開いた。

「不死者(ラザルス)を雇い入れ、火の龍の巫女(アワリティアみこ)を保護。地の龍の巫女(スペルビアみこ)とオーギュスト・ネイサンを捕虜として確保。さらには遺存宝器(レリクト・レガリア)の適合者(デイザーバー)も発見したと聞いている。おかげで統合体(ガンツアイト)内部におけるギャルリーの発言力は、ずいぶんと増したよ。実に素晴らしい功績だ。アンドレアの件は残念だったが、その損失が霞(かす)むほどにね」

「当然の責務を果たしたまでです、父上」

他人行儀な口調で、ジュリが答える。

ユーセビアスは朗らかに微笑(ほほえ)んで首を振った。

「だとしても、良い働きには正当な報酬で報いなければね」

「報酬……ですか？」

ロゼが怯(おび)えたように表情を硬くする。

そんな娘の反応を見て、侯爵は楽しげにうなずいた。

「ギャルリーはきみたちの昇進を決めた。まずはロゼッタ。きみにはギャルリーの南米事業を預ける。統括本部長(ヴァイスプレジデント)として、兵器事業に腕を振るってくれたまえ」

「統括本部長(ヴァイスプレジデント)……私が？」

「続いて、ジュリエッタ。きみには総監としてギャルリーの情報部を任せる。二人とも栄転だよ。おめでとう。ああ、もちろん極東支部の人員はそのまま連れて行ってもらって構わない。信頼できる部下の重要性は、私もよく知っているからね」

「待って！　ちょっと待ってください」

ユーセビアスの言葉に立ち上がって異議を唱えたのは、彩葉だった。

ヤヒロも、険しい表情で侯爵を睨めつける。

「ジュリたちが日本からいなくなるということか？　天帝家との交渉はどうなるんだ？」

「それは安心してくれたまえ。極東支部の業務は我々ギャルリー欧州本部が引き継ぐ。そのために私が日本に来たのだからね。動かせる戦力も格段に増えるよ」

ユーセビアスは、ヤヒロたちの無礼な質問にも動じることなく即答した。

まるで最初から決められた筋書きをなぞっているような、淀みのない口調だ。

「でも、そんな……いきなり……」

口ごもりつつどうにか言い返そうとする彩葉だが、反論の言葉は出てこない。

ギャルリー・ベリトが企業という形を取っている以上、オーナーであるユーセビアスが役員の人事を決めるのは特におかしな話ではない。ましてや今回ジュリたちは、功績を認められて昇進する立場である。部外者に過ぎないヤヒロや彩葉が、口出しできる問題ではなかった。

「話は以上だよ。火の龍の巫女。これからは我々がきみたちの力になる。なにか気になることがあれば、こちらのシリルに相談してくれたまえ」

沈黙を続ける彩葉を眺めて、ユーセビアスが満足そうに告げた。

「シリル・ギスランと申します。以後、お見知りおきを」

呆然と立ち尽くす彩葉に、白髪の執事が一礼する。

ユーセビアスは、それからもとりとめもない世間話を続けたが、ヤヒロはその会話の内容をほとんど覚えていない。

そしてジュリとロゼの双子姉妹は、最後までなにも言わなかった。

4

「分隊長、酒が足りないっすよ。もっとジャンジャン運んできてください」

「ふざけんな、てめえら。いくらなんでも飲み過ぎだ」

京都駅の構内に張られたテントの下で、ジョッシュか彼の部下たちが、用意された酒や料理を前に大騒ぎしている。ユーセビアス・ベリトの計らいで、極東支部の戦闘員のために歓迎の宴が催されているのだ。

大隊規模の戦力が集結しているという安心感もあってか、宴会に興じる戦闘員たちの表情は明るい。本部の隊員たちが周囲の警備を肩代わりしているので、極東支部の全員が心置きなく酔っ払うことができるのだ。

「ヤヒロ、飲んでる?」

異様な盛り上がりを見せている戦闘員たちの様子を、ヤヒロが離れた場所から眺めていると、

不意に声をかけられた。声の主は第二分隊隊長のパオラ・レゼンテだ。

「いや、飲まないよ。俺はいちおう未成年だから」

パオラが差し出してくる酒瓶を、ヤヒロは笑いながら彼女に突き返した。

日本という国はすでに滅びているのだから、律儀に法律を守る理由もないのだが、それでも飲酒を避けているのは、半ばヤヒロの意地のようなものだった。

たとえ些細な罪であっても、法を犯すことに慣れてしまったら、いつか殺人などに対しても歯止めが利かなくなってしまいそうで恐かったのだ。

そもそも不死者であるヤヒロは毒物に対して絶対的な耐性を持っており、たとえ浴びるほど酒を飲んでも、決して酔わないという事情もあるのだが。

「偉い。ご褒美に、これ、あげる」

パオラがヤヒロの背中をバシバシと叩きながら、べつの酒瓶を押しつけてくる。会話が成立してねえ、とヤヒロは思わず天を仰いで、

「いや、だから飲まないって。もしかして、酔ってるんですか、パオラさん」

「酔ってない。私は素面」

「いや、メチャメチャ酔っ払ってるじゃねーか！」

「間違い。訂正して」

ヤヒロの肩にぐったりと寄りかかりながら、パオラはグビグビと酒を呷った。

ギャルリーの制服である防弾ジャケットを脱いでいる彼女は、身体（からだ）にぴったりと張りついたタンクトップと短パン姿だ。ただでさえ野性的な色気を持つパオラが、酔いでほんのりと肌を赤らめているせいで、異常なほどに艶（つや）っぽい。

この酔っ払いからどうやって逃れようかとヤヒロが思案していると、たまたま近くにいた魏（ウェイ）の姿が目に入った。

彼もそれなりに酒を飲んでいるはずだが、清涼感のある美形の魏（ウェイ）はそんな状態でもやはり爽やかだ。救いを求めるようなヤヒロの視線に気づいて、苦笑しながら傍（そば）に来てくれる。

「助かりました、魏（ウェイ）さん。大丈夫なんですか、みんな、こんな酔っ払って」

酔い潰れたパオラを魏（ウェイ）に引き渡して、ヤヒロは安堵（あんど）の息を吐いた。

魏（ウェイ）は少しだけ困ったように目を細めて笑う。

「半年ぶりの休暇だからね。多少、羽目を外すくらいは大目に見てあげて欲しい」

「休暇、ですか？」

「けっこうな金額の臨時ボーナスも出たよ。ヤヒロには感謝しないといけないね」

「俺は関係ないと思いますけど」

ヤヒロは首を傾（かし）げて言った。

ユーセビアス・ベリトとの面会では、ヤヒロはなにもしていない。強いて言えば、同行した彩葉（いろは）が妹の手作りクッキーを渡したくらいのものだ。

しかし魏は真顔で首を振り、

「社長から聞かなかったのかい？　きみと彩葉ちゃんを味方につけた功績で、ジュリとロゼの昇進が決まったそうだよ。メローラ・エレクトロニクスを潰したのが、侯爵家のお気に召したみたいだね」

「はあ……」

ヤヒロは曖昧に相槌を打って誤魔化した。

極東支部がヤヒロや彩葉と契約したことで、統合体内部でのギャルリー・ベリトの発言権は増した。それはユーセビアス本人が語っていたことだ。

だが、そのせいでジュリたちと別れることになるのであれば、ヤヒロにとって手放しで喜べる結果ではなかった。あの双子姉妹や極東支部の面々を、なんだかんだでヤヒロは信頼していたからだ。

「――彩葉ちゃん！　見て！」

ヤヒロが魏やパオラと別れて宴の会場を彷徨っていると、子どもたちのはしゃぐ声が聞こえてきた。ご馳走の食べ歩きをしていた彩葉のところに、彼女の弟妹たちが押し寄せたのだ。

「凜花？　どうしたの、その制服？」

普段と違う恰好の凜花を見て、彩葉がこぼれ落ちんばかりに目を見開いた。

凜花が着ていたのは、古い魔法使いの映画から抜け出してきたような、古風で洒落た学生服だったからだ。本人もそれを気に入っているのか、凜花はご機嫌な表情で、その場でくるくると回ってみせる。凜花以外の子どもたちも、やはり同じ制服に身を包んでいた。

「寄宿学校の制服です。以前に注文した品がようやく届きました」

子どもたちと一緒に現れたロゼが、戸惑う彩葉に説明する。

「制服……どうして凜花たちに……？」

「あなたが私たちに協力する代わりに、あなたの子どもたちに日本国外での安全な生活を保障する。それがあなたと我々ギャルリー・ベリトの契約です。子どもたち自身の強い希望もあって契約の履行が延び延びになっていましたが――」

「……ロゼたちがいなくなったら、そんな融通も利かなくなっちゃうってこと？」

彩葉がハッと顔を上げてロゼを見返した。なぜこのタイミングで彼女が子どもたちの留学の手配を急いだのか、その理由に彩葉も気づいたのだ。

「そうですね。安易な期待を抱くのはお勧めしません」

ロゼが言葉を濁しながら目を伏せた。

つっけんどんな言動の多いロゼだが、彼女は彩葉の弟妹たちに対して甘かった。

しかし彼女の後任であるシリルが、同じように便宜を図ってくれるとは限らない。

だからロゼは自分の目が届く間に、子どもたちの安全を確保しようとしているのだろう。

「彼女たちの行き先はスイスの名門校です。信頼できる組織に後見を依頼していますし、学費や生活費として充分な金額を渡してありますから、そう悪いことにはならないはずですよ」

「うん。それは信用してるよ。でも、絢穂は一緒に行けないんだよね？」

彩葉は表情を硬くしながら、子どもたちの中にいる絢穂を見た。

全員が新しい制服を着ている弟妹たちの中で、彼女だけがいつもと同じセーラー服を着ている。遺存宝器に適合してしまった絢穂は、留学の対象から外されてしまったのだ。

「そうですね。むしろ彼女は、この国から離れるべきではないでしょう。適合者である彼女がギャルリーの庇護下を離れたら、各国の軍や情報機関がこぞって動き出すでしょうから」

「そっか……そうだよね……」

彩葉は寂しげにうなずいて、キュッと唇を噛み締めた。

そして彼女は両手で自分の頰を叩くと、気持ちを切り替えたように声を張り上げる。

「みんな、並んで！　一人ずつ写真撮るから！」

「ええ!?」

「やだよ！　こんなの恥ずかしい……！」

「試着だけだって聞いてたから、まだサイズも合ってないし、髪型も適当だし……！」

スマホを振り回しながら強引に被写体になることを求める彩葉に、彼女の弟妹たちが一斉

に抗議した。しかし、その程度で彩葉が折れるはずもない。

「だーめ。お姉ちゃんの命令は絶対だよ」

「横暴だ！」

「まあ、いいんじゃない」

「ええ……でも、希理がそういうなら……」

やがて彩葉と彼女の弟妹たちは、ワイワイと騒ぎながら写真を撮り始めた。

そこに酔っ払った極東支部の隊員たちも集まってきて、大規模な撮影会へと発展する。

厳つい戦闘員と無邪気な子どもたち。普通ならあり得ない奇妙な取り合わせでありながら、そこにはどこか不思議な一体感があった。わずか数カ月の短い間だが、間違いなく彼らは同じ戦場をくぐり抜けた戦友だったのだ。

「ヤヒロ、なにか不満でも？」

彩葉たちの様子を真顔で見つめていたヤヒロに、ロゼが怪訝顔で話しかけてくる。

ヤヒロはそんなロゼを正面から見返して、いつになく真剣な口調で告げた。

「ああ……いや、そうだな。ありがとう、ロゼ」

「は？」

「おまえらには、今までずいぶん世話になった。礼を言っとくよ。助かった」

「私は単に契約を履行しただけですが……いえ、あ、あなたの謝意は受け取りました……」

滅多に感情を表に出さないロゼが、めずらしく声を詰まらせながら視線を泳がせた。

まるでそのタイミングを見計らっていたかのように、ジュリが背後からぬっと顔を出す。

「あれ、ろーちゃん、どうしたの？　顔、赤いよ？」

「ジュ、ジュリ!?　気のせいです……！」

わざとらしく咳払い（せきばら）いを繰り返し、ロゼが早口で言い訳した。

ジュリはますます楽しげに唇の端を吊（つ）り上（あ）げて、

「ふーん、ヤヒロとなにを話していたのかな？」

「べつにたいした話ではありませんが……！」

「へー……」

なぜか必死で誤魔化（ごまか）そうとするロゼと、そんな妹を面白そうにからかうジュリ。ヤヒロにとっては見慣れたいつもの光景だ。

彼女たちが日本を離れてしまったら、こんなやりとりを見ることはもう二度とないのだろう。

それを寂しいと感じている自分に気づいて、ヤヒロは少しだけ驚いた。

5

「ううう……ヤヒロぉ……寂しいよぅ……！」

涙と鼻水で顔をぐちゃぐちゃにした彩葉が、ヤヒロの胸に顔を埋めてくる。

弟妹たちの前では平気な顔をしていたが、やはり彼らと別れが近づいていることに彼女はショックを受けていたらしい。

「そうだな、まあ、わかるよ……」

延々と繰り返される彩葉の泣き言に若干の疲労を覚えながらも、ヤヒロは彩葉を引きずるようにして揺光星へと向かっていた。駅での宴会はまだ続いているが、泣きじゃくっている彩葉の姿を、子どもたちには見せないほうがいいと思ったのだ。

だが、装甲列車が停まっているホームの入り口は、武装した数人の戦闘員たちによって塞がれていた。近づいてきたヤヒロたちに気づいて、彼らは剣呑な口調で警告する。

「止まれ。この先は立ち入り禁止だ」

「……立ち入り禁止？」

ヤヒロは眉を寄せながら、妙に殺気立った戦闘員たちに訊き返す。

彼らが着ているのはギャルリーの制服だが、ヤヒロの知らない顔だった。ユーセビアス・ベリトが連れてきた欧州本部所属の戦闘員なのだろう。

「聞いてないのか。貴様、どこの所属だ？」

「待て。こいつは例の不死者だ」

ヤヒロにライフルを向けた戦闘員を、彼の仲間が制止する。

「不死者（ラザルス）だと？　まだ子どもじゃないか……」

ライフルの引き金に指をかけたまま、戦闘員（オペレーター）は露骨な疑いの視線をヤヒロに向けた。ヤヒロにとっては馴染（なじ）み深い、異物を見るような蔑（さげす）みの視線だ。

「揺光星（ヤオクアンシン）に戻ろうと思っただけなんだが、立ち入り禁止というのはどういうことだ？」

ヤヒロは無理やり笑顔を作って、精いっぱい友好的な口調で訊（き）いてみる。

揺光星（ヤオクアンシン）の封鎖について、ジュリやロゼからはなにも聞いていない。おそらく本部が独断でやっていることなのだ。

歓迎すると言って極東支部の戦闘員（オペレーター）に酒を振る舞っておきながら、その裏では揺光星（ヤオクアンシン）の接収を進めている。どうにもキナ臭い雰囲気だった。

「失礼しました、鳴沢（ナルサワ）様」

ヤヒロと睨（にら）み合（あ）う戦闘員（オペレーター）の背後から、白髪の紳士が現れて優雅に一礼した。ユーセビアスの執事のシリル・ギスランだ。

「あんた……ギスランさん？」

「シリルと呼び捨ててくださって結構ですよ。揺光星（ヤオクアンシン）は現在、極東支部から本部への移管手続き中です。機密保持の関係上、恐縮ですが立ち入りはご遠慮くださいませ」

シリルが丁寧な口調で言った。彼の説明自体におかしな箇所はなく、ヤヒロもそれ以上は文句を言えなくなる。

「それはいいけど、その場合、俺たちはどこで寝ればいいんだ？」

「これは失礼しました。鳴沢様には、モーターホームを用意しております」

「モーターホーム？　あの馬鹿でかいキャンピングカーみたいなやつのことか」

ヤヒロは、ユーセビアスのオフィスがあった装甲トレーラーを思い出して困惑した。

さすがにあそこまで豪華な車が用意されているとは思わないが、だとしても、ほかの戦闘員たちのように仮設のテントで寝るよりは遥かに快適だろう。待遇がよすぎて、なにか裏があるのではないかと逆に不安になってしまう。

「然様です。こちらの鍵をお持ちください。もう一枚は、侭奈様に」

「あー……わかった。使わせてもらうよ」

ヤヒロは抵抗を諦めて、シリルが差し出してきたカードキーを受け取った。相手がもてなしてくれるというのだから、文句をつける理由もないと思い直したのだ。

「案内の者をつけましょう。どうぞ、ごゆっくりお過ごしください」

シリルが隙のない笑顔でそう言った。彼が手配した女性戦闘員に連れられて、ヤヒロたちは、すごすごとその場を離れる。

駅を封鎖していた戦闘員たちは、ヤヒロたちに対する警戒の姿勢を、最後まで決して解こうとはしなかった。

「十九号車……って、これか」

数字がマーキングされた装甲トレーラーの車体を見上げて、ヤヒロは感嘆の息を洩らした。

シリルが用意したというモーターホームは、ヤヒロの想像よりも更に巨大だったのだ。

「なにこれ、でっか……めちゃめちゃでかくない⁉　もうこれ車じゃないよ！　家だよ！」

直前までグスグスと泣きじゃくっていた彩葉も、今はぽかんと目を開いて立ち尽くしている。

彼女の言葉も決して大袈裟ではなかった。実際、車輪の上に載っていなければ、高級マンシヨンのモデルルームといわれても違和感がない。それほどまでに豪華な車両だ。

「ベリト侯爵家がお客様をもてなすために用意したモーターホームです。ぜひお二人に使っていただくようにと、我が主が申しております」

案内役の女性戦闘員が、慇懃に告げた。

「それはありがたいけど、いいのか？　こんな豪華な車を俺たちが使って……」

ヤヒロが引き攣った顔で訊き返す。

こんな車両で寝泊まりするのは、世界各地を転戦するＦ１ドライバーか、ハリウッドの人気俳優だけである。ヤヒロたちには分不相応もはなはだしい。

「お気遣いは不要です。侯爵家の皆様は、さらにグレードの高い車を使っておられますので」

「これよりもまだ上があるのか……」

微笑む女性戦闘員の言葉に、ヤヒロは驚くのを通り越してただ呆れた。貴族の金銭感覚は、

やはりよくわからない。あまり深く考えないことにしようと思う。

「それはわかったけど、どうしてわたしとヤヒロだけなの？　わたしの弟妹も呼んでいい？」

泣き腫らした目を擦りながら、彩葉が訊いた。たしかにこれだけ巨大なモーターホームなら、彩葉の弟妹たちを全員連れてきても、まだ空間には余裕がある。

しかし戦闘員はその質問に、冷ややかに微笑んで首を振った。

「申し訳ありませんが、警備の都合もあります。お二方以外の乗り入れはご遠慮くださいませ」

「警備？　わたしとヤヒロなら守ってもらわなくても平気だよ？　ヌエマルもいるし……」

「そうじゃない。彩葉」

なおも喰い下がろうとする彩葉を、ヤヒロが皮肉っぽい態度でたしなめる。

「俺たちが警戒されてるんだ。そうだろ？」

「ギャルリー本部の戦闘員は、龍の巫女や不死者という存在にまだ慣れておりません。それに、この駐屯地には、侯爵家の当主もおります。どうぞご理解ください」

女性戦闘員は、ヤヒロの指摘をやんわりと肯定した。

神蝕能を持つ不死者や龍の巫女に対して、ベリト侯爵家は脅威を感じている。だから彼らは、ヤヒロと彩葉を隔離して監視下に置こうと考えた。豪華なモーターホームは、そのための代償。いわばヤヒロたちを閉じこめる檻なのだ。

「そっか……そういう事情なら仕方ないね」

彩葉は頬を膨らませながらも、そう言って渋々と引き下がった。

「こんないい車を俺たちに回したのは、その埋め合わせって意味もあるんだろ」

ヤヒロはもう一度溜息をつきながら、カードキーでモーターホームのドアを開ける。

モーターホームの居住区内は、シャンデリアを思わせる照明で煌々と照らし出されていた。アンティーク調のテーブルと広大なソファ。鏡張りの天井と大理石の床。一流ホテルのスイートルームを思わせる、理不尽なほどに贅沢な空間だ。

「うん。本当にいい車だよね。うう……わたしのアカウントが消されてなかったら、超豪華なキャンピングカーに泊まってみた、ってテーマで動画が配信できたのに……」

愛用のスマホを握りしめたまま、彩葉が悔しそうに声を震わせる。

彼女の動画配信用アカウントは、原因不明の凍結を喰らっていまだに復活していないのだ。

配信中毒の彩葉にとっては、実にストレスのたまる状況らしい。

それでも彼女はモーターホーム内の写真を撮りまくり、めずらしい家具や設備を見かけては、きゃあああ、と歓声を上げている。

「うわ、テレビでっか！　キッチンもピカピカ！　お風呂もついてる！」

「……なんで風呂場の壁がガラス張りになってるんだ……」

リビングの隣に設けられたシャワー室を眺めて、ヤヒロは軽い頭痛を覚えた。円筒状のシャ

ワー室の壁は透明で、中の様子が丸見えだったのだ。

しかし案内役の女性戦闘員は、困惑するヤヒロを真顔で見返して、

「そういう需要が多くありましたので」

「どんな需要だ……!?」

「その奥が寝室になっております」

「寝室？　一部屋だけなのか？」

「ご心配なく。ベッドのサイズは大きめのものを用意しておりますので」

そう言って彼女はベッドルームの扉を開ける。

淡いパステルカラーで統一された部屋を眺めて、ヤヒロは苦悩の表情を浮かべた。

そこには当然のように二人分の枕がぴったり並んで置かれており、ご丁寧に透け透けの夜着まで用意されていた。今どき新婚カップルの寝室でも、ここまで露骨ではないだろう。

「いや、大きめとか、そういう問題じゃなくて……」

「それから鳴沢様には、どうぞこちらをお忘れなきよう」

「え？」

案内役から押しつけられた小箱を受け取って、ヤヒロはギョッと目を剝いた。それは百分の一ミリ単位の数字が書かれた、避妊用のゴム製品だったからだ。

「ちょっ……あんた……!?」

「それでは私はこれで失礼します。あとはお二人でお楽しみくださいませ」

「誤解を招きそうな言い方はやめろ！」

ヤヒロの抗議の声を無視して、案内役はそそくさとモーターホームから出て行った。

渡された小箱を握ったまま、ヤヒロはぐったりと脱力する。

「なになに？　ヤヒロだけなにもらったの？」

いまだに動揺を引きずっているヤヒロに、室内の撮影を終えた彩葉が無邪気に訊いてきた。

ヤヒロは慌てて小箱をポケットに隠すと、

「いや、これは……なんでもない。おまえには関係ないものだから……！」

「なんでよ!?　見せてくれてもいいじゃない！　気になるでしょ！」

「ああ、くそ……もういい。ベッドは彩葉が使え。俺はそこのソファを使わせてもらうから」

ヤヒロは焦りに声を裏返らせながら、怒ったような乱暴な口調で言った。

彩葉はきょとんとした表情でヤヒロを見返し、小首を傾げながら訊いてくる。

「なんで？　余裕で二人寝られるよ？」

「俺が余裕じゃねえんだよ！」

「ヤヒロってそんなに寝相悪かった？　あ、そうだ、ヌエマルも一緒でいいよね？」

「それはいいよ。好きにしろ」

「うん、わかった——って、そういえばヌエマル、どこに行ったんだろ？」

いつも一緒にいる白い魍獣を探して、彩葉が周囲を見回した。

そのすぐあとにモーターホームの扉が開いて、誰かが中に入ってくる。

案内役の女性が戻ってきたのかと思ったが、現れたのは想像よりもずっと小柄な人影だった。

中型犬サイズの魍獣を、ぬいぐるみのように胸に抱いた少女である。

「瑠奈……か？」

「え、瑠奈？　どうして一人で？　警備の人たちは？」

ヤヒロと彩葉が、驚いて口々に少女に訊く。

彩葉の末妹——瀬能瑠奈は、そんなヤヒロたちを見上げて静かに首を振った。

「お客さん。ヤヒロたちに」

「……客？」

怪訝な表情を浮かべたヤヒロの前に、瑠奈は抱いていた魍獣をすっと差し出した。

ヤヒロと彩葉の表情が凍ったのは、その魍獣がヌエマルではないことに気づいたからだ。

彩葉の相方である純白の魍獣は、瑠奈を護衛するかのように彼女の足元にちょこんと座っている。瑠奈が抱いていたのは、そのヌエマルによく似た大きさの——しかしまったく別の個体だった。

どちらかといえば狐や狼っぽいヌエマルに対して、その魍獣は狸に似た雰囲気がある。

そして毛並みは艶やかな漆黒だ。

「ヌ……ヌエマルが二匹……!?」

彩葉がおろおろと混乱したように、二体の魍獣を見比べる。

「その魍獣、どこから拾ってきたんだ？」

ヤヒロは瑠奈の前に屈みこみ、目線の高さを合わせて彼女に訊いた。

さすがにヌエマルが増殖したわけではないとは思うが、ギャルリー本部の駐屯地に、こんな小さな魍獣が一体だけで偶然紛れこんでくるとも思えない。偶然でないとするならば、誰かの意志が介入していると考えるのが自然である。

そんなヤヒロの憶測を裏付けるように、黒い魍獣は知性を感じさせる眼差しでヤヒロをジッと見た。そして唐突に人間の声で話し出す。

『——ふふっ、ようやく会えましたね』

「な……!?」

ヤヒロは驚愕に息を呑んだ。

漆黒の魍獣は金色の瞳をわずかに細めて、驚くヤヒロを面白そうに眺めている。

「魍獣が……喋った!?」

「おまえ……何者だ!?」

彩葉が声のトーンを一オクターブ撥ね上げ、ヤヒロは無意識に刀の柄に手を伸ばした。

これまで多くの魍獣に遭遇してきたヤヒロだが、人語を解する個体に会うのは初めてだ。そ

れは彩葉も同じだろう。

だが、動揺するヤヒロたちとは対照的に、瑠奈と黒い魍獣は冷静だ。

『何者とは、またずいぶんな挨拶ですね。あなた方は、わたくしに会うために京都に来たのではないのですか？』

「なに……？」

魍獣がさらりと口にした言葉に、ヤヒロは再び衝撃を受けた。

相手の言葉が理解できなかったからではない。今度は心当たりがあったからこそ驚いたのだ。

『いえ、ですが、たしかにこの姿では驚かれても仕方がありませんね。自己紹介が遅れたことは詫びましょう』

瑠奈の腕に抱かれたまま、黒い魍獣がちょこんと頭を下げた。妙に人間臭い仕草だった。

「まさか……あんたは……」

ヤヒロが掠れた声で訊き返す。

黒い魍獣はグルグルと喉を鳴らして愉快そうに笑い、そして厳かな口調で告げた。

『はい。わたくしの名は妙翅院迦楼羅。太古の龍殺しの一族――〝天帝家〟の末裔です』

6

「あんたが……妙翅院迦楼羅……だと？」

ヤヒロは激しい目眩を覚えながら、瑠奈に抱かれたままの黒い魍獣を見つめた。

いずれ妙翅院から迎えが来ると、ネイサンはたしかに言っていた。だがそれが、このような形で訪れるというのは、ヤヒロたちの予想の範囲外だ。

「まさか、その姿があんたの本体なのか……？」

『その姿？　ああ、クロのことですか？』

迦楼羅を名乗る魍獣が、不思議そうな表情で訊き返す。

「……クロ？」

『この子はわたくしが使役している魍獣の一体です』

「魍獣を使役？　まさか……本当に彩葉と同じ能力なのか……？」

ヤヒロは隣にいる彩葉に目を向けた。彩葉は慌てて首を振る。

「わたし、ヌエマルを操ったりなんかできないよ？　魍獣に言葉を教えたこともないし……」

『いえ。わたくしも魍獣に言葉を教えたことはありませんよ。これはクロの身体を借りているだけです。あなたにも、同じことはできるはずですよ、侭奈彩葉』

「そ、そうなの？」

『はい。禁域から離れられないわたくしと違って、あなたにはその必要がなかったのかもしれませんが』

黒い魍獣が、どこか寂しげな口調で言った。彩葉は戸惑ったように軽く首を傾けて、

「禁域って……？」

『迷いの結界に守られた妙翅院の領地です。わたくしがこの地を離れてしまうと、結界の加護が失われてしまうのです』

「そうか……だからわたしたちを京都に呼んだんだ」

『はい。ご承知のとおり、天帝家の立ち位置はとても危ういものですから。まあ、無理もありませんけどね。統合体にしてみれば、わたくしたちは目障りな存在なのでしょう』

魍獣の口を借りながらそう言って、迦楼羅は自嘲するようにクスクスと笑った。

すでに滅亡した国の為政者の末裔でありながら、龍の秘密を知り、今もなお生き延びている謎めいた一族――龍の知識の独占を目論む統合体が、彼ら天帝家を邪魔だと感じているのは間違いないだろう。

「ネイサンは、あんたが日本人を復活させる方法を知ってると言っていた。その話は本当か？魍獣になった日本人を元の姿に戻す方法があるのか？」

ヤヒロは真剣な表情で迦楼羅に訊く。

ギャルリー・ベリトが珠依を殺さずに捕虜にしたのも、危険を冒して京都まで来たのも、すべては日本人を復活させるためだった。そして迦楼羅が持つというその知識は、統合体にとっては、もっとも許容しがたい情報のはずである。

『そうですね。少なくともわたくしは、可能性があると信じています』

「本当に？」

『ええ』

迦楼羅はあっさりとヤヒロの疑問を肯定した。

そして彼女は、自分の顎の下に手を伸ばしている彩葉をジロリと睨み、

『ところで、侭奈彩葉。なぜ、わたくしの喉を撫でているのですか？』

「あ、ごめんなさい。気持ちよさそうだったから、つい……」

『べつに文句を言っているわけではありません。撫でたければ撫でていいですよ。鳴沢八尋も、どうぞ遠慮なく』

「ああ……いや、人間の言葉を喋る魍獣は、さすがにちょっとな……」

ヤヒロはぎこちなく笑って目を逸らす。迦楼羅は少し傷ついたようにムッとして、

『せっかく自慢の毛並みだったのですが、まあいいです。時間もありませんし、本題に入りましょう』

「そうしてくれ」

『では、さっそくですが、わたくしの救出を依頼します』

「……救出？」

迦楼羅の唐突な発言に、ヤヒロと彩葉は当惑の声を出す。彼女がなにを言い出したのか、すぐには理解できなかったのだ。

しかし迦楼羅は戸惑うヤヒロたちに構わず続けた。

『はい。京都からの脱出を手伝って欲しいのです。現在、妙翅院家の領地は、統合体の戦力に完全に包囲されていますので』

「包囲って、つまり、統合体に攻撃されてるのか……？」

ヤヒロは表情を硬くして訊き返す。

妙翅院の領地が攻撃を受けているということは、迦楼羅自身、命の危険に晒されているということだ。普通なら落ちついていられる状況ではないはずである。

しかし迦楼羅は飄々とうなずいて、

『そうですね。一刻を争うという状況ではありませんが、自力で包囲を抜け出すのは困難です。今は迷いの結界が敵の接近を阻んでいますが、四方から大軍で接近されてしまうと、方向感覚を狂わせた程度ではさすがにどうにもなりませんので』

「待ってくれ。天帝家は、統合体と協力していたんじゃなかったのか？」

『いえ。少なくとも仲間とは呼べませんね。表立って敵対してはいなかった、というよりも、

これまでは手を出しかねていたというのが正確でしょうか』

「だったら、どうしていきなり攻撃されるようなことになったんだ？」

ヤヒロは混乱しながらも、どうにか情報を整理しようとする。

迦楼羅の言葉が事実なら、これまで手を出しあぐねていたはずの統合体が、突然、大戦力をもって天帝家への攻撃を開始したということになる。

だとすれば、おそらく統合体の内部に、なんらかの変化があったのだ。

『それは、あの男──ユーセビアス・ベリトが日本に来たからですよ』

迦楼羅が冷ややかに笑って答える。

ヤヒロと彩葉は一瞬沈黙し、そして同時に声を上げた。

「ユーセビアス……！」

「って、ジュリたちのお父さん⁉」

『ユーセビアス・ベリトは、統合体の中でも強硬派と呼ばれる派閥の一員です。龍の力を積極的に利用し、世界の覇権を握ろうというのが彼らの主張です。横浜で起きた魍獣たちの暴走──あのとき山瀬道慈の背後にいたのが彼らですよ』

黒い魍獣が淡々と説明する。彼女の言葉に、嘘や欺瞞の匂いはない。

彩葉は混乱したように小さく頭を振って、

「で、でも、あのとき襲撃されていたのはギャルリーの極東支部だよ？　自分の娘がいるのに、

どうしてそんな危険なことを？」

『その極東支部を襲撃したのも、同じギャルリー・ベリトではありませんでしたか？』

迦楼羅が、彩葉に冷静に訊き返す。彩葉は目を見開いて沈黙した。

横浜でギャルリーを襲撃してきた主犯は、アンドレア・ベリト。ギャルリー・ベリト・オセアニア支部の執行役員だ。

『ユーセビアスにしてみれば、最終的に生き残るのがどちらでも同じことだったのですよ。龍の恐怖を世界に知らしめ、世界規模の災害を引き起こすことができればそれでよかったのです』

「……その話だけ聞いてると、いちおうもっともらしく聞こえるな」

ヤヒロが皮肉っぽい感想を口にした。

迦楼羅の発言には筋が通っている。しかし証拠はなにもない。彼女の言葉を鵜呑みにして、ユーセビアス・ベリトを敵に回すのはさすがにリスキーだ。

『たしかに、わたくしの言葉だけでは信用できないかもしれませんね』

迦楼羅はどこか楽しげに首を振った。

『では、ユーセビアスが今になって自ら日本に来たのはなぜだと思いますか？　彼らがあなた方を足止めしているといわれて、思い当たる節はありませんか？』

「足止め……まさか、外の宴会は、時間稼ぎが目的なのか？」

ヤヒロの頬がかすかに引き攣った。

ユーセビアス・ベリトは、極東支部のこれまでの功績を賞賛し、彼らに昇進と休暇を約束した。そして歓迎の宴という名目で、酒と食事を豪勢に振る舞った。それだけなら、部下思いで気前のいい雇い主という印象だ。

だが、その結果としてギャルリーの極東支部は解体され、ジュリとロゼは日本から事実上、追い出される形になっている。妙翅院迦楼羅と面会し、日本人を復活させるというヤヒロたちの目的を、ユーセビアスはわかりやすく妨害しているのだ。

ギャルリーの欧州本部が京都駅を包囲するほどの大部隊を派遣してきたのも、その戦力で天帝家を滅ぼすためだと考えれば腑に落ちる。

『ここであなた方の動きを封じて、その間にわたくしたちを滅ぼすつもりなのでしょう。龍の巫女と不死者は、統合体にとっても計算できない不確定要素ですからね。なるべくなら巻きこみたくないと考えているはずです』

「……ベリト侯爵が天帝家を滅ぼしたがっている理由は、あんたが日本人を復活させようとしているからか？」

ヤヒロが震える声で迦楼羅に訊いた。迦楼羅は、少し思案するように沈黙して、

『おおむねその理解で合っています。日本人を復活させるにせよ、彼らが望んでいる世界規模の大殺戮を実現するにせよ、天帝家が持つ遺存宝器が必要ですから』

「遺存宝器……」

『ええ。神器と呼ばれる特別なレリクトです』

迦楼羅の言葉に、ヤヒロはメローラ社が保有していた神器の存在を思い出す。

草薙剣と呼ばれるその遺存宝器を回収するために、統合体は、龍の巫女である舞坂みやびをわざわざ送りこんできた。統合体は神器に対して、そこまでの価値を見出しているということだ。

天帝家が草薙剣と同格の神器を保有しているというのなら、統合体が彼らを襲撃する充分な理由になるだろう。

「だとしても、どうしてこのタイミングなんだ？　あんたたちのことが本当に邪魔なら、襲撃する機会はこれまでいくらでもあっただろ？　わざわざ俺たちが京都に来るのを、律儀に待つ必要はなかったはずだ」

『状況が変わったのですよ。横浜での事件がありましたから』

迦楼羅がヤヒロの疑問に即答した。その瞬間ヤヒロも事情を理解する。

「珠依か……！」

『そうです。統合体の強硬派は、鳴沢珠依を使った地の龍の顕現に失敗しただけでなく、彼女の身柄を奪われるという失態を犯してしまいました』

珠依は自らが加護を与えた不死者であるヤヒロを利用して、地の龍を顕現しようとした。

だが、彼女の目論見は、彩葉の存在によって破綻した。統合体にとってもその結末は、完全に想定外だったのだろう。

彼らの計画が狂った最大の要因は、思いがけない人物の裏切りだ。

『鳴沢珠依を管理するはずだったオーギュスト・ネイサンの離反。これが最後の決め手でした。おかげで強硬派は完全に余裕を失い、結果的に今回のような武力行使に踏み切らざるを得なかったというわけです』

「そんな他人事みたいに言ってる場合じゃないでしょ……!?」

それまで黙って聞いていた彩葉が、ついにたまりかねたように絶叫した。

こうしている今もユーセビアスが派遣した大戦力が、妙翅院家への侵攻を続けているのだ。たしかにのんびり話しこんでいる暇はない。

「ヤヒロ、今、珠依さんは……!?」

彩葉の質問に、ヤヒロはハッと顔を上げた。

昏睡状態に陥っている珠依は、揺光星に積みこまれた生命維持装置の中である。そしてその揺光星を管理しているのは、ギャルリーの欧州本部だ。

今ならユーセビアスたち強硬派は、捕虜となった珠依を、なんの苦労もなく取り戻すことができる。シリルが、揺光星の周囲を封鎖していたのは、珠依を運び出すためだったのだ。

「彩葉、おまえはここにいろ！　瑠奈と迦楼羅さん――というか、その魍獣を頼む！」

ヤヒロは彩葉の返事も待たずに、モーターホームを飛び出していく。

そんなヤヒロの後ろ姿を、魍獣を抱いた瑠奈は無言で見つめていた。

7

ギャルリー本部による京都駅ホームの封鎖は、ヤヒロと彩葉が追い払われた一時間前と比べても、更に厳重になっていた。

しかしホームへの侵入手段について、ヤヒロが頭を悩ます必要はなかった。

ヤヒロがまさに駅構内に入った直後、十数人ほどの戦闘員を引き連れた執事風の男と出くわしたからだ。

彼らが運んでいたのは、担架に接続されたモジュール状の生命維持装置。

担架に乗せられているのは、もちろん珠依だ。

「シリル・ギスラン！」

息を弾ませながら駆け寄ったヤヒロが、シリルを呼び止める。

一斉に銃を構えた周囲の戦闘員たちを制止して、シリルがヤヒロに微笑みかけてくる。

「おや、鳴沢様。どうなさいましたか？」

「どうもこうもあるかよ！　おまえら、珠依をどうするつもりだ……!?」

眠り続けている妹を一瞥して、ヤヒロはシリルへと詰め寄った。

「鳴沢珠依嬢は、医療施設で治療に回します。原因不明の昏睡状態が続いているとの報告を受けておりますので」

「治療？」

「然様です。丁寧に扱いますのでご安心を」

至近距離からヤヒロに睨みつけられても、シリルは表情を変えなかった。悪びれることなく、平然と告げてくる。

「捕虜となった地の龍の巫女は、ギャルリー・ベリトの大事な資産です。それに彼女の意識が戻るのであれば、兄であるあなたにとっても悪い話ではないはずですが？」

「そうだな。あんたたちが本当に信用できるのならな」

「我々が信じられないと？　極東支部と同じギャルリー・ベリトですよ？」

「こそこそ隠れて珠依を連れ去ろうとしておいて、ずいぶん調子のいいことを言うじゃないか」

ヤヒロは獰猛に笑ってシリルを威嚇した。

しかしシリルは、心外だ、というふうにゆっくりと首を振る。

「隠れて連れ去ろうとしたというのは誤解です。極東支部の業務を我々が引き継ぐという話は、あなたにも伝わっていると思いましたが」

「珠依(スイ)は妙翅院迦楼羅(みょうじいんかるら)との交渉に必要だ」

「承知しております」

「妙翅院(みょうじいん)は日本人を生き返らせると言っている。そのためには珠依(スイ)の力が必要だと」

「それは素晴らしい。ですが、我々はあくまでも商人ですので、利益がなければ動くことはできません。統合体(ガンツァイト)に彼女を売り渡す以上の利益を、天帝家が支払っていただけるのであればいいのですが」

シリルは、穏やかな微笑をたたえたまま、突き放すように冷たく言った。

ヤヒロはカッと目を見開いて、反射的に刀の鯉口(こいぐち)を切る。

「おやめください。ギャルリーを敵に回すおつもりですか？」

シリルの声から温度が消えた。

彼の背後の戦闘員(オペレーター)たちは、すでにヤヒロに銃口を向けている。この距離でライフルの集中砲火を浴びたら、いくら不死者(ラザルス)でも戦闘不能になるのは免(まぬが)れない。

それでもヤヒロは刀から手を離さない。シリルが至近距離にいる今はまだ、戦闘員(オペレーター)たちも発砲はできないはずである。

「珠依(スイ)を統合体(ガンツァイト)に渡すわけにはいかないからな」

「それは……意外な申し出ですね」

「なにがだ？」

「あなたは鳴沢珠依を憎んでいると聞いていましたから」

「その情報はべつに間違っちゃいないよ。俺は今でも珠依を殺したいと思ってる」

ヤヒロは吐き捨てるように言いながら姿勢を低くした。

シリルはすでにヤヒロの間合いの中だ。彼を人質にして、珠依を奪還する。

装甲車の一台でも強奪できればそのあとは、最悪ヤヒロ一人で妙翅院の領地に辿り着くことも不可能ではないだろう。瞬時にそこまで計算して、ヤヒロは通路の床を蹴りつけた。

「だから俺の手の届かないところに珠依を連れて行かれたら困るんだ！」

抜刀したヤヒロが、姿勢を低くしながらシリルの側面へと回りこむ。

そのまま執事の首筋に刀を突きつけようとして、ヤヒロは表情を凍らせた。

刀を握るヤヒロの右腕が、空中に固定されたように動かない。否、右腕だけでなく左腕も、
そして両脚までもが完全に自由を奪われていた。

目を凝らさなければ視認できない髪の毛よりも細いワイヤーが幾重にも巻きついて、ヤヒロの身体を縛っているのだ。

「そこまでだよ、ヤヒロ」

「ジュリ……!?」

背後の闇の中から現れた小柄な少女に気づいて、ヤヒロが頬を歪めた。

ヤヒロの周囲にワイヤーを張り巡らせていたのは、ジュリエッタ・ベリトだ。その隣には、

双子の妹のロゼもいる。

無条件に味方だと信じていた彼女たちが、ベリト侯爵家側の人間だという当然の事実を思い出し、ヤヒロは奥歯をギリギリと鳴らした。

「九曜真鋼を渡してください。あなたがギャルリーと敵対すると、彩葉の子どもたちの立場がまずくなりますよ」

ロゼが事務的な口調で告げた。

彼女の言葉の意味に気づいて、ヤヒロは脳が沸騰しそうなほどの怒りを覚える。

「あいつらを、人質にするつもりか……!?」

「なにを今さら。我々と彼らの関係は、最初からわかっていたはずです」

呆れたように呟いて、ロゼは静かに首を振った。

ヤヒロは今度こそ絶句する。

「さすがはジュリエッタ様とロゼッタ様。姉妹たちの中でもっとも優秀と言われただけのことはありますな」

シリルが、無感情な声でジュリたち姉妹を褒め称えた。

そして彼は、割れた無価値な食器を見るような視線をヤヒロに向けて告げたのだった。

「あなたを拘束させていただきます。残念ですよ、不死者の少年」

第二幕 リベリオン

THE HOLLOW REGALIA

CHAPTER.2

1

囚われの身となったヤヒロが連れて行かれたのは、駅の近くにあるホテルの中の一室だった。

ホテルといっても、大殺戮発生以来、四年以上放置された廃墟である。

だが、多少埃っぽいことを除けば、見た目はそれほどまずくない。

簡易トイレも用意されているし、ベッドもある。捕虜としては、悪くない待遇だろう。

「牢屋にしては、ずいぶんいい部屋だな」

両腕を手錠で拘束されたまま、ヤヒロは部屋を見回して言った。

「ギャルリーとしては、ヤヒロを本気で敵に回すつもりはないんだよ。少なくとも説得の余地があると思われている間はね。不死者は、なんだかんだで貴重な戦力だからね」

ヤヒロの呟きに答えたのは、ジュリだった。

　彼女はヤヒロを拘束したあと、そのままこの部屋までついてきたのである。

　もちろん、ほかにもヤヒロの知らない欧州本部の戦闘員たちが、四、五人ばかり同行している。ヤヒロの見張りとしては、むしろ彼らが本命なのだろう。

「それで、なんでおまえまで部屋の中に入ってくるんだ？」

「交渉人みたいなものだよ。ヤヒロが本気になれば、独房に閉じこめておいても無意味でしょ。それよりは色仕掛けで懐柔したほうが効果的かなって。あ、それともろーちゃんが相手のほうがよかった？」

「そうだな。どちらかといえばロゼのほうが交渉相手としては楽そうだからな」

「さすがにわかってるね、ヤヒロ。ろーちゃんは、ああ見えて心根が優しいからね」

「単にあいつがなにを考えてるのか、おまえよりはわかりやすいってだけだけどな」

　いつもどおりにマイペースなジュリを見返して、ヤヒロはうんざりと溜息をついた。

　ついさっきヤヒロを裏切るような真似をしておきながら、ジュリの態度にはまったく変化がない。多少の嫌味や当てこすりでは、彼女にダメージを与えるのは無理そうだ。

「どうして俺の邪魔をしたんだ、ジュリ？」

　回りくどい言い回しをやめて、ヤヒロは単刀直入に切り出した。

「逆に聞きたいんだけど、あの状況で、珠依ちゃんを連れ出せると思った？　仮に連れ出せたとして、それからどうするの？」

「それは……」

ジュリに真顔で訊き返されて、ヤヒロは無意識に目を逸らす。

シリルを人質にすることで、あの場を切り抜けられるという自信はあった。だが、昏睡状態の珠依を連れて、ギャルリーの追撃から逃げ切るのはまず不可能だっただろう。

あまり認めたくない事実だが、あれが無謀な行動だったのは間違いない。

「それに心配しなくても、ギャルリーは珠依ちゃんを乱暴に扱うようなことはないよ。彼女は龍の巫女の中でも特別だからね。あの子を治療するというシリルの言葉は、そのままの意味だと思っていいよ。ネイサンも、そう思ったから大人しくしてるんでしょ？」

ジュリが唐突に背後を振り返って呼びかけた。見張りの戦闘員に連れられて部屋に入ってきたのは、スーツ姿の黒人男性だ。

「ネイサン？　あんたも捕まってたのか？」

ヤヒロは驚いてネイサンに呼びかけた。

揺光星が京都に着いて以来、彼の姿が見当たらないとは思っていた。しかし拘束されていたとは思わなかった。レリクト適合者であるネイサンがその気になれば、いつでも容易にギャルリーから脱走できると思っていたからだ。

「私はいちおう捕虜だからな。ギャルリーの駐屯地を自由に歩き回るわけにもいかないだろう。私を捕らえたベリト姉妹の顔を立てるためにも、今は大人しくしておくさ」

ネイサンは肩をすくめながらそう言って、空いているソファに腰を下ろした。

「物わかりがよくて助かるよ。さすがにネイサンは大人だね」

ジュリが満足そうに笑って言った。どうやら彼女は、ヤヒロたち二人をまとめて監視するつもりでいるらしい。

ジュリがなぜ、そんなことをするのかはわからない。

だがそれは、ヤヒロにとっても好都合だった。ヤヒロにはネイサンに伝えなければならないことがあるからだ。

「聞いてくれ、ネイサン。迦楼羅さんが来てる」

「……そうか。魍獣を使ったのか。彼女の神蝕能だな」

ネイサンは、特に驚くこともなくうなずいた。

彼がジュリのいる前で、迦楼羅の権能をあっさりとバラしたことにヤヒロは驚いた。

しかしジュリはなにも言わずに、にこやかに微笑み続けている。

ヤヒロは大きく溜息をついて首を振り、意を決して言葉を続けた。

「妙翅院の領地が、統合体の部隊に包囲されてるらしい。助けに行かないと、彼女が危ない」

「なるほど」

「落ち着いてる場合かよ!?　あんたの能力なら、こんな檻なんか簡単に破れるだろ！」

ネイサンの予想外の反応の薄さに、ヤヒロは声を荒らげた。

だが、ネイサンは静かに首を振り、自分のシャツの襟元を引っ張ってみせる。そこにあったのは、彼の首に嵌められた不格好なリングだった。

「檻を破るのは簡単だ。それを理解しているギャルリー・ベリトが、なんの対策もせずに私を放置していると思うなら、楽観が過ぎるというものだよ」

「まさか、爆弾……か⁉」

ネイサンの首に取り付けられた起爆装置は、機械式腕時計程度の小さなものだ。だが、彼の頭を吹き飛ばすには、充分な威力があるだろう。

「不死者であるきみならば、たとえ首から上を吹き飛ばされても、時間をかければ復活できるだろう。レリクトの適合者にも多少の再生能力はあるはずだが、さすがに自分の身体でそれを試す気にはなれないな」

ネイサンが、悲愴感を感じさせない冷静な口調で言う。

「あんたの血の鎧で、防御することはできないのか？」

ヤヒロは戸惑いながらも提案した。

不死者が戦闘中に発現する〝血纏〟は、龍因子によって部分的に再現された龍人の鱗。銃弾すら弾く不死者の鎧だ。それと同じ能力をネイサンが使うところを、ヤヒロは一度目にしている。

だが、もちろん血纏には無敵と呼べるほどの絶対的な防御力はなく、爆発の衝撃までは

防げない。それでも無防備に爆発を喰らうよりはマシだとヤヒロは思う。

「そうだな。賭けてみる価値はあるだろう。だが、今はまだそこまで追い詰められた状況ではあるまい。妙翅院の結界が破られたわけではないのだろう？」

「ああ。迦楼羅さんはそう言ってた」

「ならば焦る必要はないさ。そもそも天帝家への攻撃が、統合体の総意というわけでもないはずだ。それなら宴会などで極東支部を足止めする必要などないのだからな」

ネイサンが足を組み替えながら愉快そうに微笑んだ。ユーセビアスが手配した宴会の目的に、彼は最初から気づいていたらしい。

「統合体の内部に、強硬派に対抗する勢力があると言いたいのか？」

強硬派には余裕がない――迦楼羅がそう言っていたことをヤヒロは思い出す。地の龍の顕現に失敗し、鳴沢珠依を失ったことで、彼らは追い詰められているのだと。

「どんな組織でも、派閥同士の抗争はつきものだ。それは統合体も例外ではあるまい。むしろ彼らは成り立ちからして、一体感や忠誠心などとは無縁の組織だよ」

「だけど、天帝家が滅びてしまえば、結局は強硬派の狙いどおりってことにならないか？」

ヤヒロがネイサンに反論する。

強硬派は珠依を奪還し、反逆者であるネイサンを捕虜にした。そして天帝家の持つ神器を強奪してしまえば、もはや彼らの野望を妨げる者はいなくなる。だからこそユーセビアス・ベリ

トは採算度外視で大戦力を注ぎこみ、天帝家を滅ぼそうとしているのだろう。

「逆に言えば、天帝家の殲滅に失敗すれば、強硬派はそうとう不味い立場に追いこまれるってことになりそうだね」

ヤヒロたちの会話に、唐突に割りこんできたのはジュリだった。彼女の父親の話題であるにもかかわらず、ジュリの言葉は容赦なく冷徹だ。そのことにヤヒロは驚いた。

「ジュリ……？」

「そうだな。より正確に言えば、妙翅院家が守っている神器と、鳴沢珠依だ。その二つをきみたちが手に入れれば、状況が変わる」

「珠依……またあいつか……」

ネイサンの言葉を聞いたヤヒロは、苛立ったように拳を握りしめた。

「ユーセビアス・ベリトも天帝家も、どうしてそこまで珠依にこだわる？　あいつにどんな秘密があるんだ⁉」

「ふっ……」

やり場のない怒りを晴らすように壁を殴りつけるヤヒロを見て、ネイサンが小さく失笑した。

「なにがおかしい？」

「いや。少し不思議に思っただけだ。幼いころから彼女と一緒に暮らしていたきみが、それを私たちに訊くのか、とね」

「なに？」

「そう。彼女は特別な龍の巫女だ。なぜほかの巫女たちと違って、彼女だけが頻繁に死の眠りに襲われるのか。なぜ彼女は、きみの父親を殺したのか。そもそも、なぜ彼女がきみと一緒に暮らしていたのか――それらは、すべてつながっているんだよ」

まるで謎かけをするかのように、ネイサンが立ち尽くすヤヒロに淡々と告げる。

ヤヒロは反発することもできずに、彼の言葉を呆然と聞いた。

「あんたは、日本人を復活させるために珠依が必要だと言ったな、ネイサン」

「ああ」

「そして丹奈さんは、俺たちと敵対してまで珠依を取り戻そうとした。それにはなにか理由があるんだな。連中が珠依を取り戻さなければならない理由が」

「そうだ。鳴沢珠依には秘密がある」

ネイサンが静かに首肯した。

ヤヒロは一瞬、打ちひしがれたような表情を浮かべる。

珠依に対する怒りと憎悪に惑わされ、ヤヒロはこれまで、彼女自身のことをなにも知ろうとしなかった。その事実を突きつけられた気がしたのだ。

「あんたはその答えを知ってるのか？」

「そうだな。私なりに彼女を調べて確信していることはあるが、聞くかね？」

「いや……いい。それは俺が、自分で確かめるべきことなんだろうな」

ヤヒロは少し逡巡したあと、迷いを振り切るように首を振った。

それはただの意地のようなものだった。兄として育った自分が、家族でもない人間に彼女の秘密を教えてもらうのは、珠依に対してあまりにも不誠実だと思ったのだ。

「いい判断だ。では、お節介だが、ひとつだけ助言しよう。鳴沢珠依を覚醒させる方法だ」

「あんた……最初から知ってたのか⁉」

ヤヒロは唖然としてネイサンを睨みつけた。

珠依を覚醒させることができるのなら、彼女を生命維持装置につないだまま搬送する必要はなかったし、京都までの移動中に彼女を尋問することもできた。

だが、そのぶん移動中に珠依が揉め事を起こす可能性も高かった。ネイサンは、それを疎んだということなのだろう。勝手な判断だが、それが間違いとも言い切れない。

「鳴沢珠依が死の眠りに陥っている原因は、龍因子の欠乏だ。地の龍の召喚の際にきみに送りこまれた彼女の龍因子が、侭奈彩葉の浄化の炎で焼かれたせいだよ。鳴沢珠依を覚醒させるなら、その欠乏を補ってやればいい」

「龍因子の欠乏を補う？　どうやって？」

やけに簡単そうに言い放つネイサンに、ヤヒロが訊く。

ネイサンはそんなヤヒロを見返して、意味ありげに片目を眇めてみせた。

「その答えを、きみはすでに知っているはずだ。不死者(ラザルス)から、奪えばいい」

「……俺が珠依(スイ)にキスさせられたときのことを言ってるのか？」

ヤヒロは不満そうに顔をしかめた。

山の龍(ヴァナグロリア)の暴走(スタンピード)を止めるためにヤヒロたちが珠依(スイ)の手を借りたとき、彼女が出した条件がヤヒロからのキスだった。それが龍因子の欠乏を補うための儀式だったとすれば、珠依(スイ)があんな場違いな要求をしたことにも説明がつく。

「鳴沢珠依(ナルサワスイ)と接触するときは、気をつけることだ。望まないものまで、奪われないようにな」

ネイサンが婉曲(えんきょく)な言い回しで忠告する。

ヤヒロはその言葉に無言でうなずいた。

2

「ロゼ！　ヤヒロが拘束されたって本当なの⁉」

ギャルリー極東支部の人間が集まっている宴(うたげ)の会場に飛びこんできたのは、黒い魍獣(もうじゅう)を抱いた彩葉(いろは)だった。駅の構内に設置された野戦用のテントの下にロゼの姿を見つけて、彩葉(いろは)は髪を振り乱しながら詰め寄っていく。

「どうしてヤヒロが捕まらなきゃいけないの⁉　元はといえばギャルリーの人たちが、珠依(スイ)さ

んを勝手に連れていこうとしたからでしょ⁉」

「落ち着きなさい、彩葉。ヤヒロにはジュリがついています。特に問題はありません」

声を張り上げる彩葉を見つめて、ロゼは平坦な口調で言った。冷え冷えとした彼女の気配に、彩葉は、一瞬、気圧されそうになり、

「いやいやいや、問題ないってことはないでしょ！　珠依さんはどうなるの⁉」

「治療という名目で隔離しているだけです」

「隔離？」

「ええ。彼女はギャルリー・ベリトの捕虜で、貴重な龍の巫女ですからね」

あらかじめ録音された言葉を繰り返すような、感情のない声でロゼが答える。そして彼女は彩葉が抱いている黒い魍獣に視線を向けて、

「それよりも、その黒い魍獣はなんですか？」

「え⁉　こ、この子は……その、ヌエマルの友達というか……か、可愛いでしょ？」

ぎこちなく目を逸らしながら、彩葉は強引に誤魔化そうとした。

だがそこで、彩葉はテントの周囲の風景が、自分の予想と少し違っていたことに気づく。

宴の名残である料理の皿は残っている。

だが、酒瓶は思ったよりも空いていない。酒を飲んで盛り上がっていたのは最初だけで、極東支部の戦闘員たちはとっくに酔いを覚ましていたのだ。

そして彼らは雑談に興じながらも、黙々と銃の手入れを行っていた。

まるでどこかの戦場に殴りこむ準備をしているような姿である。

「ジョッシュさんたちは、なにをやってるの？」

「武装解除です。ギャルリー極東支部は解体されることになりましたから」

「支部が……解体……？」

彩葉は首を傾げながらも、ロゼの言葉を繰り返した。武装解除という説明には違和感があったが、慣れ親しんだ武器を手放す前に、分解清掃するという理屈はわからなくもない。

「そっか。ロゼたちも日本から出て行くんだもんね」

「ええ。揺光星の所有権もギャルリー本部に移管されました。横浜の基地に残してきた部隊も、それぞれ帰国する予定になっています」

「みんないなくなっちゃうんだ……凜花たちも学校に通わなきゃだしね……」

目の奥にツンとした痛みを覚えて、彩葉は小さく洟をすすった。極東支部の隊員たちや弟妹との別れが近づいているという事実を、あらためて突きつけられたような気がしたのだ。

「彩葉」

滅多に感情を見せないロゼが、めずらしく彩葉を気遣うように見つめてくる。

彩葉は慌てて首を振り、

「大丈夫だよ！　わたしは迦楼羅さんと協力して、日本人を復活させるんだから……あ……」

「どうしましたか？」

「その迦楼羅さんが、わたしたちに助けを求めてるんだよ。妙翅院さんの領地が統合体の部隊に包囲されてて、その部隊を送りこんだのはロゼのお父さんだって……」

「……そうですか。あの男が」

迦楼羅からの依頼内容をロゼに伝えたのはまずかったのかもしれない――と、一瞬、後悔を覚えた彩葉だったが、ロゼの反応は予想とは少し違っていた。

ユーセビアスの行動を分析するかのように、ロゼは真剣な表情で考えこむ。

「思ったよりも動きが早かったですね。それだけ焦りを感じているということでしょうか」

「驚かないの、ロゼ？」

「あの男が日本に来た時点で、そうなる可能性は予想していました。ギャルリーの極東支部を解体したのも、万一の可能性を想定してのことでしょう」

「どういうこと？」

「私とジュリの裏切りを、あの男は恐れたということですよ」

そう言って、ロゼは口元に美しい笑みを浮かべた。

「裏切り？　でも、ベリト侯爵はロゼたちのことを褒めてたよね。昇進して栄転だって」

「そんなものはギャルリー極東支部の功績を掠め取るための口実に過ぎません。あの男の唯一の取り柄である、小狡い自己保身のテクニックです」

「ロ、ロゼ……？」

自分の父親を辛辣にあげつらうロゼを、彩葉は呆気にとられて凝視した。ロゼの言葉を聞いていると、まるで彼女がユーセビアスを憎んでいるようにも思えたからだ。

「十八人です」

「え？」

「マリオネッタ・シリーズ——ベリト一族によって人工的に生み出された私の姉妹の数ですよ」

自分自身の胸に手を当てて、独り言のようにロゼが呟く。

「生き残ったのは、ジュリと私の二人だけです。ほかの姉妹たちは、全員、使い潰されました。絶望的な戦場に放りこまれた子たちはまだマシで、性能試験と称して、姉妹同士で殺し合わされたのも一組や二組ではありません。最後の一人は、私がこの手で殺しました。横浜で」

「そんな目に遭わされても、ロゼたちはベリト家のために働くの？」

「ええ。当然です。それ以外に私たちが生き残る手段はありませんでしたから」

そう言って、ロゼは自嘲するように目を閉じた。

「そう。なかったんです。復讐の機会が。今日、この瞬間までは」

「え？」

ロゼが再び目を開けたとき、彼女が纏う空気は一変していた。精密な機械を思わせる無表情

な仮面が剝がれ落ち、これまで彼女が見せたことのない歓喜の光が瞳に浮かぶ。

「ジョッシュ。極東支部の全員に伝えてください。お待ちかねの正餐の時間です」

「お嬢……」

鼻歌交じりに銃の整備をしていたジョッシュが、驚いたように顔を上げた。そして次の瞬間、彼の口元には肉食獣に似た獰猛な笑みが浮かび上がる。

「ははっ、了解だ！　全員、聞け！　お嬢からの伝言だ。例の料理が、ようやくキンキンに冷えて食べ頃だとよ！」

立ち上がったジョッシュが、周囲を見回して荒々しく叫ぶ。

極東支部の戦闘員たちは一瞬、水を打ったように静まりかえり、その直後、歓喜の雄叫びを爆発させた。

「な、なに……？　なにが起きてるの⁉」

異様な盛り上がりを見せる戦闘員たちを見回して、彩葉は立ち竦む。

ギャルリー極東支部になにが起きているのか、彩葉にはさっぱりわからない。ただ一つ理解できたのは、彼らがこの時を待ち望んでいたということだけだ。

この煮えたぎる殺意に似た異様な興奮を、彼らはこれまで心の底で押さえつけていたのだ。

誰にも気づかれないように、ひっそりと――

「〝復讐は忘れたころにするのが良い〟――復讐という名の料理は、よく冷えてから食べるの

が一番美味しいそうですよ、彩葉」

「え？」

すでに冷静さを取り戻しているロゼが、それでも歌うような上機嫌な口調で言った。

そして彼女は、万感の想いをこめて呟く。

「さあ、復讐の時間です」

3

ヤヒロが最初に感じた異変は、振動だった。

大きな地震の前兆を思わせる、断続的な地面の揺れ。

だが、続けて聞こえてきた轟音で、その揺れの正体が爆発だと気づく。ギャルリーの駐屯地に配置された装甲車が、何者かに爆破されたのだ。

「砲撃？　いや、爆弾か？　外でなにが起きてるんだ？」

爆風の余波を喰らって、ホテルの窓ガラスがビリビリと震えている。

爆発の閃光で、時折、夜空が白く染める。京都駅の周囲では、火災も起きているようだ。

大粒の雨が降り注ぐようなバラバラという音は、おそらく機関銃の銃声だろう。

「ろーちゃんが反乱を始めたみたいだね」

焦りを覚えるヤヒロの隣で、ジュリが楽しげな表情を浮かべる。

「反乱？」

「ギャルリーの極東支部が、本部を裏切ったってこと。ううん、裏切ったというのは正確じゃないかな。あたしとろーちゃんが、あの男の味方だったことなんて一度もないからね」

「は？」

ヤヒロは困惑しながらジュリを見た。

ギャルリーの執行役員であり、オーナーであるユーセビアスから直々に功績を称えられたジュリが、自らをギャルリーの敵だと告げたのだ。理解できないのはむしろ当然だろう。

そしてヤヒロがその混乱から立ち直る前に、ホテルの廊下で銃声が聞こえた。

直後に廊下の壁が、ぐにゃりと変形して崩れ落ちる。

壁の崩落に巻きこまれた見張りの戦闘員たちが悲鳴を上げ、体勢を崩した彼らを銃弾が襲った。非殺傷性のゴム弾だが、動けない彼らを無力化するにはそれで充分だった。

ヤヒロが呆然と立ち尽くす中、見張りの戦闘員たちを倒した襲撃者たちが、ぞろぞろと部屋に入ってくる。彼らの姿を見て、ヤヒロは間の抜けた呻き声を洩らした。

襲撃者の正体は、魏洋と彼の分隊の隊員たち。そして、彩葉の弟妹たちだったからだ。

「いた！　ヤヒロさんだ！」

「絢穂ちゃん、こっち！」

最初にヤヒロを見つけたのは、蓮と凛花。

彼らに呼ばれて、セーラー服姿の少女が、少し慌てたように走ってくる。

「ヤヒロさん、無事ですか⁉」

「絢穂……おまえらまで、どうして……？」

朱塗りの懐剣を握りしめている絢穂に、ヤヒロは放心したような表情で訊いた。

ホテルの壁を破壊して、見張りの戦闘員たちを巻きこんだのは、絢穂の神蝕能だったのだ。

つまり彼女たちは、ヤヒロを脱走させるのに手を貸したということになる。そんな危険な決断を、彼女たちだけで下したとは思えない。

「ジュリエッタさんに頼まれていたんです。合図をしたら、ヤヒロさんが閉じこめられている部屋の壁を壊してくれって」

「ジュリが……頼んだ？　なぜだ、ジュリ？」

ヤヒロがジュリを睨みつけた。

ジュリは肩をすくめて笑う。戸惑うヤヒロを見上げる彼女は、いつにも増して楽しげだ。

「ネイサンも言ってたでしょ。統合体は忠誠心とは無縁の組織だって」

「だけど、おまえらの働きは認められてただろ。昇進するとか、栄転だとか……ジョッシュたちだって、ボーナスが出たって喜んでたじゃねえか」

「——ジョッシュは警察官だったんだよ」

「あ、ああ？」

唐突な話題の飛躍に、ヤヒロは虚を突かれて固まった。

しかしジュリは構わずに話を続ける。

「ジョッシュには幼なじみの女の子がいたんだけど、彼女は麻薬中毒にされて密売組織に飼われてた。警察官だったジョッシュは麻薬密売組織の潜入捜査中に彼女に再会して、助けようとしたんだけどね」

ジュリはそこで言葉を切って、小さく首を横に振った。

その仕草で、ヤヒロは物語の結末を理解する。

ジョッシュは警察を辞め、民間軍事会社の戦闘員になった。それが答えだ。

「彼が調べていた麻薬密売組織の背後にいたのが、ユーセビアス・ベリトだよ」

「じゃあ、ジョッシュは……最初から復讐のためにギャルリーに……」

気さくで面倒見がいいジョッシュは、出会った当初からヤヒロに友好的で、幼い子どもたちにも懐かれていた。そんな彼が抱えていた壮絶な過去に、ヤヒロは言葉をなくしてしまう。

「パオラが生まれ育った故郷の村は、ギャルリーが兵器を売り捌いた武装組織のクーデターで焼かれた。政治家だった魏のお兄さんは、冤罪で投獄されて獄中で殺された。ユーセビアスの息がかかった大臣の汚職を暴こうとしたせいでね。極東支部の戦闘員は、みんな似たような経験をしてる。あたしとろーちゃんで、そういう人間だけを集めたんだ。それはヤヒロも同じは

ずだよ」

ジュリが問い質すような視線をヤヒロに向けてくる。

珠依を唆し、大殺戮を引き起こしたのが統合体の強硬派だったのならば、たしかにヤヒロもユーセビアス・ベリトの被害者だ。

ジュリの言葉を信じるならば、だからこそ彼女たちは、ヤヒロを仲間に引き入れることにこだわっていた、ということになる。

「さあ、行こうか、ヤヒロ。復讐の時間だよ。妙翅院迦楼羅を助けに行くんでしょ」

「……わかった。だけど、ネイサンの爆弾は……」

「爆弾？　ああ、これか」

立ち上がったネイサンは、自分の首の爆弾に無造作に指をかけた。そして、ヤヒロが止める間もなく、それを無理やり引きちぎる。

「ネイサン……⁉」

ヤヒロの視界を閃光が白く染めた。ネイサンの首輪に仕掛けられていたセンサーが作動し、爆弾が瞬時に作動したのだ。

爆音が大気を震わせる。

しかし伝わってきた衝撃は、想像よりも遥かに小さかった。ネイサンの眼前に浮かぶ球体の中に爆発は完全に封じこめられて、力を失った破片がばらばらと床に落下する。

あとに残ったのは鼻をつく火薬臭だけだ。

「私に爆発を防ぐことはできないが、衝撃を抑えこむことはできる。目立ち過ぎるから、こんな騒ぎの最中でもなければ脱獄には使えないがね」

呆気(あっけ)にとられるヤヒロの前で、何事もなかったかのようにネイサンが告げた。

「あんたの神蝕能(レガリア)か……無茶な真似(まね)しやがって……」

ヤヒロはぐったりと息を吐く。

ネイサンの体内に埋めこまれたレリクトの権能は、不可視の斥力(せきりょく)障壁だ。その能力を球体状に展開することで、彼は爆発の衝撃を抑えこんだのだ。

つまりネイサンはその気になれば、いつでも爆弾を外して脱出できたことになる。

そうしなかったのは、単純にその必要がないと感じていたからなのだろう。

「これで問題ないね。ろーちゃんたちと合流するよ」

爆弾が無力化されたことを確認して、ジュリが言う。

わかった、とヤヒロは強張(こわば)った顔でうなずいた。

ホテルの外では、今も銃撃戦が続いている。ギャルリーの戦闘員(オペレーター)同士——つまり人間同士の戦いが行われているということだ。

不死者(ラザルス)どころか、ファフニール兵ですらない普通の人間を相手に戦えるのか、とヤヒロは今さらのように自問した。

死ぬことができない自分が、他人の命を奪っていいのか、と。

そんなヤヒロの葛藤を見透かしたように、ジュリがヤヒロの背中をつついてくる。

「心配しなくていいよ。ヤヒロたちが、人間相手に殺し合う必要なんかない」

「え？」

「ギャルリー本部の戦闘員(オペレーター)は、みんなプロの傭兵(ようへい)だからね。契約外の仕事はしないってこと。彼らは敵対勢力や魍獣(もうじゅう)と戦うために雇われただけで、ベリト侯爵家内部の権力争いなんかに参加する理由はないんだよ。自分たちが攻撃されない限りはね」

「じゃあ、今、ロゼたちが戦ってる相手は……」

「あの男——ユーセビアス・ベリトの直属の部下だね。それももう終わったみたいだよ」

ひときわ大きな一発の銃声とともに、路上にいた一人の男が吹き飛んだ。

対物ライフルによる精密狙撃。装甲車に乗りこもうとする一瞬の隙をついて、指揮官らしき男の胴体を、狙撃手が正確に撃ち抜いたのだ。

狙撃したのはもちろんロゼだろう。装甲車のハッチのわずかな隙間を精確に狙い澄まして標的を撃ち抜く狙撃手など、彼女以外にはあり得ない。

そして指揮官の死をきっかけに、戦闘は一気に収束へと向かった。

欧州本部所属の戦闘員(オペレーター)たちは次々に武器を捨てて降伏し、周囲には静寂が戻ってくる。

「これで……終わりなのか？」

あまりにも呆気ない幕切れに、ヤヒロは逆に不安を覚えて呟いた。

たとえギャルリー極東支部の反乱が周到に準備されたものだとしても、これほどまでにあっさりと欧州本部が制圧されるものなのか、と。

「――抵抗が少ないのは、ユーセビアス本人がいないせいだね。あの男は、妙翅院襲撃の指揮を執ってるみたいだから」

ヤヒロの疑問に答えたのは、絢穂たちを護衛していた魏だった。

言われてみれば、駐屯地に残っていた戦闘員や装甲車の数はかなり少ない。ユーセビアスはすでに部隊の大半を率いて、妙翅院の包囲に参加しているのだろう。

「極東支部の反乱が成功したのは、そのせいか」

「――残念ながら、そうなりますね。確実に成功するから反乱に踏み切ったのも事実ですが」

「ロゼ」

対物ライフルを抱えたロゼが、狙撃ポイントとして使っていたビルから降りてくる。

「まあ、これは復讐の第一歩だからね。お疲れ、ろーちゃん」

「はい。投降した戦闘員たちとの交渉が終わり次第、ユーセビアスの追撃に入ります。ヤヒロも行けますね」

「当然だ」

ロゼの問いかけに、ヤヒロは迷いなく首肯した。

双子姉妹以外の極東支部の戦闘員たちも、休む間もなく次の作戦行動の準備を始めている。ジュリたち姉妹の反乱を、ユーセビアスはまだ知らない。彼がそれに気づいて増援を呼ばれたら、極東支部は圧倒的に不利になる。その前に片をつけなければならない。ひとたび反乱を起こした以上、これから先は時間との戦いなのだ。

「──ヤヒロ！」

極東支部の戦闘員たちが慌ただしく行き交う中、二体の魍獣を引き連れた彩葉がヤヒロに向かって駆け寄ってくる。そして彼女は、そのままヤヒロに抱きついた。

ヤヒロの背後にいた絢穂がピキとこめかみを引き攣らせ、それを見た蓮と凛花がヒッと小さく息を呑む。しかし彩葉はそれに気づかず、至近距離からヤヒロを見上げて目を潤ませた。

「よかった、無事だったんだね。心配したよう……」

「あ、ああ……そっちも怪我はなさそうだな」

しがみついてくる彩葉の意外な華奢さと、甘い匂いに動揺しながらヤヒロが答えた。

「大丈夫だよ。ヌエマルとクロがいるからね」

彩葉はヤヒロから手を離し、足元の魍獣二体を自慢げに両腕で抱え上げる。

そして彼女は、不意に表情を引き締めて周囲を見回した。

「それで、珠依さんは？　無事だったの？」

「いや……それが……」

「残念ですが、彼女はもうここにはいません。連れ出されたあとでした」

沈黙するヤヒロに代わって、ロゼが説明する。

「鳴沢珠依の生命維持装置に取り付けた発信器からの情報によれば、行き先は大阪方面です。おそらくメローラ・エレクトロニクスの研究施設が目的でしょう」

「メローラ……名古屋でレリクトを研究していた連中だな」

「ええ。ライランド・リウが失脚したことで、メローラの研究部門は統合体の傘下に入っています。鳴沢珠依を治療する施設としては妥当でしょうね」

メローラ・エレクトロニクス社は、遺存宝器を人工的に複製する技術を開発していた中華連邦系の多国籍企業である。

絢穂の持つ山の龍のレリクトを強奪しようとしたことでギャルリーの怒りを買い、企業体としてはすでに解体の憂き目を見ているが、彼らが研究していた技術自体は有用だ。統合体はそれを目当てに、メローラ社の研究部門を買収したのだろう。

「今から追いつけるか？」

「もうすでにパオラの分隊が追っています。増援も呼んでありますから、戦力的には問題ないでしょう」

焦るヤヒロに、ロゼがさらりと告げた。

ヤヒロは激しい焦燥を覚えながらも、深く息を吐いて表情を緩めた。

現状、優先しなければならないのは珠依よりも、統合体の襲撃を受けている天帝家だ。それくらいのことはヤヒロにもわかっている。

ヤヒロが今から追いかけたところで追いつく保証がない以上、珠依の奪還についてはパオラたちに任せるしかないのだろう。と――

そのとき、彩葉に抱き上げられていた黒い魍獣が、不意に全身を激しく震わせた。

「わ!? ど、どうしたの、迦楼羅さん!?」

一瞬、迦楼羅の制御を離れた魍獣が彩葉の腕を振り払おうとして、彩葉は慌ててそれを押さえつける。魍獣はすぐに落ち着きを取り戻したが、彩葉の不用意な発言を聞き逃すような双子の姉妹ではなかった。

「迦楼羅? あなたは妙翅院迦楼羅なのですか?」

「へえ、思ったよりも毛深いね。それにどうしてそんなにお口が大きいの?」

ロゼとジュリは特に驚いた素振りも見せずに、平然と黒い魍獣に問いかける。

『あなた方を食べるためではありませんよ、ご安心を。ジュリエッタ・ベリトとロゼッタ・ベリト』

今さら誤魔化す必要もないと判断したのか、迦楼羅が魍獣の口を借りて喋りだした。

冗談めかして答えながらも、彼女の声にはほんのわずかに焦りの響きが混じっている。

『本来なら、ゆっくりお茶などしながら自己紹介したかったのですが、遺憾ながら問題が起き

られませんでした』

「問題？」

ロゼが魍獣を見つめて訊いた。

迦楼羅がいうところの問題と、魍獣の制御が途切れたことは無関係ではないだろう。つまり迦楼羅の本体がいる妙翅院の領地で、彼女の神蝕能に影響を及ぼすなにかがあったのだ。

その予想を裏付けるように、迦楼羅は小さく溜息をついて続けた。

『妙翅院を包囲している統合体の部隊に、舞坂みやびが加わっているようです』

「舞坂みやび……風の龍の巫女ですか」

『風を操る彼女の権能は、迷いの結界を無効化します。このままでは統合体の侵攻を止められません』

「天帝領が陥落するまでの時間の猶予が、なくなったと？」

「舞坂みやびには天帝家……いえ、わたくしとの因縁がありますからね」

迦楼羅の声にかすかな苦笑の響きが混じる。

舞坂みやびは、過去にも一度、天帝領に侵入したことがあると語っていた。

そこで迦楼羅と遭遇した彼女は、右目と左脚に龍人化を発症するほどの激戦を強いられたのだ。そして今度は統合体の戦力を借りたみやびが、逆に迦楼羅を追い詰めている。みやびと迦楼羅の因縁とは、おそらくそのことなのだろう。

「わかった。じゃあ、部隊を二手に分けようか、ろーちゃん」

パン、と一度手を叩いて、ジュリが即決した。ここであれこれ迷っている暇はないと彼女は判断したのだ。

「そうですね。では、ジュリはヤヒロたちを連れて妙翅院に向かってください。私はこの駐屯地の後始末をしたあと、鳴沢珠依を回収して合流します。あなたもそれで構いませんね、ヤヒロ?」

ロゼがヤヒロの顔を見て確認する。

本音を言えば、連れ去られた珠依のことが気にならないわけではない。だが、統合体に協力している舞坂みやびに対抗するには、不死者の力が必要だ。

「わかった。珠依を頼む、ロゼ」

ヤヒロは、自分でそう言ったあとで複雑な気分になった。

まるで妹を心配している兄のような言葉だと思ったのだ。

「行くよ、クロ……じゃなかった、迦楼羅さん」

彩葉が力強い笑みを浮かべて、黒い魍獣に呼びかける。

迦楼羅は魍獣の瞳越しに、そんな彩葉を興味深そうに見つめていた。

4

鳴沢珠依(ナルサワスイ)を連れた輸送部隊をパオラ・レゼンテが捕捉したのは、大阪(おおさか)と京都(きょうと)の県境を跨(また)いだ直後のことだった。

この先にはかつて大学の医学部があり、メローラ・エレクトロニクスは、その大学跡地を研究施設として利用していたらしい。ユーセビアスたちは実験体である鳴沢珠依(ナルサワスイ)を、そこに運びこむつもりだったのだろう。

「追いつきましたぜ、姉御(あねご)」

パオラの部下である大柄な男が、荒っぽい口調で報告してくる。

なぜかパオラの部下のほとんどは、この手の時代錯誤と思えるような豪快な男たちだった。

私はおまえたちの姉ではないのだが、と内心で愚痴りつつ、パオラは部下に続きを促す。

「敵の戦力……は？」

「多用途装輪装甲車(ストライカー)が三台。そのうち一台は、医療モジュール装備ですな」

「少ない……ね。思ったよりも……」

「しかし周囲五キロ圏内にほかの車両はありませんぜ。仕事が楽になったってことで喜びましようや」

「……わかった。無人機に攻撃を命令して。でも、医療モジュール搭載車には当てちゃだめ」

「了解ですぜ」

パオラの部下がＡＩ操作の無人機に指示を出し、上空を旋回していた無人機が、二発の対地ミサイルを発射した。対地ミサイルは要人暗殺用として開発された、炸薬を搭載していないタイプのものだ。それでも五十キロ近い重量のミサイルが時速四百キロ以上で突っこんでくれば、装甲車を走行不能にする程度のダメージを与えることはできる。

レーザー誘導装置を備えた二発のミサイルは、それぞれが正確に二台の装甲車に命中した。

先頭を走っていた一台は横転。最後尾にいたもう一台も激しくスピンして路肩にぶつかる。

前後の装甲車が動けなくなったことで、中央にいた医療モジュール搭載車も停止した。

パオラたちの乗った装甲車は、一気に加速し、動けなくなった敵部隊へと接近する。

「制圧……するよ。総員、戦闘準備」

パオラが愛用のライフルを構えながら、部下たちに告げる。

鳴沢珠依の追跡に参加した第二分隊の戦力は、パオラ自身を含めてもわずか九人。敵の戦力が予想よりも少なかったとはいえ、戦闘が長引けば不利になるのは否めない。奇襲で相手が浮き足立っているうちに、可能な限り敵の戦力を削りたいところだ。

「こちらはギャルリー極東支部、パオラ・レゼンテ曹長。シリル・ギスラン、聞こえてる？」

パオラは無線で、輸送部隊の指揮官であるシリルに呼びかけた。その間に彼女の部下たちは

装甲車を飛び出して、敵部隊の包囲を始めている。

「ジュリと、ロゼからの命令。武装解除して投降して。三十秒だけ、待つよ」

包囲が完了するまでの時間を見積もりながら、パオラが続けた。

シリルが本当に降伏するとは、パオラも最初から思っていない。交渉は、あくまでも戦闘を有利に運ぶための時間稼ぎが目的だ。

おそらくシリルもこの時間を利用して、部隊の態勢を立て直そうとするはず——

そんなパオラの予想は、しかし敵の予想外の反撃によって覆される。

敵の装甲車から降りてきた戦闘員が、やけに巨大な拳銃を構えた。そしてろくに狙いもつけず無造作に発砲する。

銃口から放たれたのは、銃弾ではなかった。敵戦闘員が銃を向けた周囲の地面が爆発的な勢いで隆起し、中から無数の鋭い刃が現れる。

その刃が車体を貫く前に、パオラは装甲車を飛び出していた。

「分隊長！」

「大丈夫。応戦して」

ひび割れたアスファルトの上に転がりながら、パオラは容赦なく敵の拳銃使いに向けて発砲した。ほぼ同時に彼女の部下たちも射撃を開始。十数発のライフル弾をまともに喰らって、拳銃使いが吹き飛んでいく。

にもかかわらず、相手は生きていた。全身を鮮血に染めながらも、ゾンビのように平然と起き上がろうとする。不死者に匹敵する再生能力だ。

「やれやれ……まさかジュリエッタ様とロゼッタ様が造反とは。目的は鳴沢珠依ですか」

無傷だった医療モジュール搭載の装甲車から、執事風の男が降りてくる。

周囲を取り囲むパオラたちを見回して、シリル・ギスランは冷ややかに首を振った。

「このタイミングでというのは少々驚きましたが、内輪での殺し合いはベリト侯爵家のお家芸ですからね。ユーセビアス閣下がなにも備えをしていないとでも思いましたか？」

「レリクト適合者……」

破壊された装甲車を盾にしながら、パオラが呟く。

人工的に複製された量産レリクトを使用することで、擬似的に神蝕能を手に入れた戦闘員たち。彼らの戦闘能力は、通常の兵士を遥かに凌ぐ。

メローラ社の研究所を接収したギャルリー・ベリト欧州本部が、人工レリクトの技術を手に入れているのは、ある意味で当然のことだった。

鳴沢珠依の輸送部隊の戦力が一見すると手薄に思えたのは、戦闘員の大部分を、強力なレリクト適合者に置き換えていたからだ。

そしてシリルが用意していた適合者は、一人ではなかった。

最初の一人と合わせて、敵の装甲車から降りてきた戦闘員は四人。全員が人工レリクトを装

着した巨大な拳銃を持っている。

「こちらからも警告して差し上げましょう。武装解除して投降なさい。ジュリエッタ様、ロゼッタ様に命じられたのであれば、部下であるあなた方を罪に問うつもりはありません」

シリルが穏やかな口調で言った。自分たちの圧倒的優位を確信した上での余裕の態度だ。

しかしパオラは、そんなシリルを冷ややかに睨み返す。

「ジュリたちの命令……だけじゃない」

「ふむ？」

「私たちは、ダーレン共和国の出身。サン・カベサスという地名に、聞き覚えは？」

「カベサス……なるほど、私怨というわけですか」

シリルは退屈そうに息を吐いた。

自分たちが売り捌いた兵器によって地図から消えた街の名前を、彼は覚えていたらしい。それほどまでに印象的な〝殺戮〟が、その地で行われたということだ。

「ならば、これ以上の説得は不要ですね。故郷のお仲間の元に送ってあげるのが慈悲というものでしょう。死になさい」

「死ぬのは、そっち」

パオラがシリルに銃口を向ける。

シリルを護衛していた適合者たちも、パオラを狙って一斉に引き金を引いた。彼らの神蝕能

が発動すれば、たとえ装甲車を盾にしていてもパオラたちは全滅を免れないだろう。

しかし適合者たちの攻撃が放たれることはなかった。

その前に起きた巨大な爆発によって、彼らは四方に吹き飛ばされていたからだ。

「な……⁉」

吹きつけてくる高温の蒸気を浴びて、シリルの顔が苦痛に歪んだ。

彼の部下の適合者たちを吹き飛ばしたのは水蒸気爆発。道路の側溝に溜まっていた水が一瞬で高温の蒸気に変わり、その急激な膨張が爆発を引き起こしたのだ。

「なるほど。ロゼッタ・ベリトが言っていたとおりだな。人工レリクト……神蝕能が使えるといっても、威力も精密さも本物には及ばない、か。」

「でも、見た目はちょっと恰好よくない、あの拳銃？　めっちゃキラキラしてヤバーって感じ」

パオラの背後から現れた二人組の男女が、爆破で薙ぎ倒された適合者たちを眺めて、好き勝手な評価を口にする。

一人は、生真面目そうな顔立ちの背の高い少年。もう一人は、派手な制服を着た女子高生風の少女だ。少年が構えた西洋剣の先端から液状化した極低温の大気が放出されて、傷口を再生しようとしていた適合者たちの肉体を凍りつかせていく。

「水の龍の巫女と、不死者……！　清滝澄華と相楽善ですか。あなた方が、いったいなぜここ

に……!?」

シリルの表情から初めて余裕が消えた。本来ギャルリーとは無関係なはずのゼンと澄華が、この場に現れたのは、彼にとっても想定外だったのだ。

「なんでって……ロゼっちに雇われたからだけど？　友達の妹が連れ去られたって言われたら、そりゃ助けにいくでしょ、フツーに」

澄華が怪訝な口調で言った。なぜそんな当然のことを訊くのか、と言いたげな態度だ。

「鳴沢の味方をするのは業腹だが、侭奈彩葉には多少の借りがあるからな」

ゼンが不本意そうに吐き捨てる。

舞坂みやびを独自に追跡していたゼンと澄華が最終的に京都に辿り着いたのは、ギャルリー極東支部の反乱が始まったのとほぼ同じタイミングだった。

どんな手段を使ったのかは知らないが、ロゼはそんなゼンたちの行動を把握していたらしく、鳴沢珠依奪還への協力を要請されたのだ。鳴沢珠依がゼンたちにとっても因縁の相手である以上、それを断るという選択肢はなかった。

結果的にゼンと澄華はパオラの部隊に同行し、こうしてシリルと対峙しているというわけだ。

「友達の妹を、助ける……だと……」

信じられないものを見るような目つきで、シリルが澄華たちを睨んだ。

肉親ですら道具として使い捨てるベリト侯爵家に仕える彼にとって、損得抜きに行動する澄

華たちの行動は、理解を超えていたのだろう。

「ジュリたちは、統合体が量産レリクトを手に入れる可能性に気づいていた。だったら対策するのも当然。シリル・ギスラン、覚悟は決まった？」

パオラがシリルに問いかけた。降伏を促すための最終勧告だ。

「降伏した場合の、私の安全は保障していただけるのですかな？」

シリルは観念したようにそう言いながら、右手でさりげなく胸元のポケットチーフに触れようとした。

「もちろん」

そう言ってパオラはライフルの引き金を引いた。狙ったのはシリルの右手ではなく、左手だ。これ見よがしに怪しげな仕草をした右手に注意を引きつけて、左手で拳銃を抜こうとしたのだ。

だがその拳銃はシリルの左手首ごと、パオラの銃弾に吹き飛ばされる。

「き……貴様ァ……ッ！」

血塗れの左手を押さえて、シリルが絶叫した。人工レリクトを埋めこんだ拳銃が地面に落ち、咄嗟にそれを拾い上げようとしたシリルに、再びパオラが銃弾を叩きこむ。

「ジュリとロゼから言われている。シリル・ギスラン。あなただけは決して信用するなと」

パオラの呟きが終わると同時に、彼女の部下たちが一斉に発砲した。

何十発ものライフル弾を浴びて、シリルの身体が踊るように跳ね回る。

しかしシリルは、それでも絶命しなかった。それどころか彼の肉体は銃撃を受ける前よりも二回り以上も肥大化し、爬虫類のような硬質の鱗に覆われていく。

「まだ生きてる……レリクト……じゃない！　F剤……⁉」

シリルの肉体に起きた変化に気づいて、パオラの表情が強張った。

龍の巫女の血液から抽出した龍因子を利用して、兵士の肉体を龍人化させる禁断の薬品——ファフニール剤。シリルは自らそれを服用して、超人的な生命力を手に入れていたのだ。

「この……平民風情がッ……！」

牙の並ぶ巨大な顎を開いて、シリルが吼えた。

ライフル弾の集中砲火が途切れた一瞬の隙を衝いて、彼は疾走。立ち尽くすパオラへと襲いかかる。

「ゼン！」

「わかっている！　【氷瀑】！」

ゼンが再び神蝕能を発動した。液化した大気の奔流を操り、それをシリルへと叩きつける。

ファフニール兵と化した執事の肉体がたちまち白く凍りつき、やがて極低温の彫像へと変わった。それでもシリルはパオラを攻撃しようと足掻く。が——

「これで、終わり」

血走った目を見開くシリルの頭部へと、パオラが銃弾を叩きこむ。

凍りついた執事の肉体はその衝撃に耐えきれず、細胞の一片まで余さず粉々に砕け散った。いかにファフニール兵といえども、その状態で生き残ることは不可能だ。

「無事ですか、姉御」

「問題ない、よ。目標は？」

心配そうに声をかけてくる部下に、パオラは淡々と問い返す。

「いちおう確保しましたが、念のために本人かどうか確認しといてもらえますかい？」

指揮官であるシリルの死によって、欧州本部の戦闘員たちは抵抗を諦め、降伏していた。パオラの部下たちは彼らを拘束しつつ、装甲車に積まれた医療モジュールのハッチを開放する。

「鳴沢珠依。まだ眠り続けているのか」

生命維持装置につながれたままの珠依を見て、ゼンは複雑な表情を浮かべた。

ゼンにとって、彼女は庇護すべき相手ではない。むしろ憎しみの対象だ。

しかし鳴沢珠依が日本人復活の鍵だと聞かされている以上、ここで彼女を殺すことはできない。おまけに彼女が意識をなくしているせいで、恨み言をぶつけることすらできない。その事実にゼンは割り切れない感情を抱いている。

「でも取り戻せてよかったじゃん。彩葉っちにも教えて安心させてあげないとね」

澄華が、陽気に笑いながらスマホを取り出した。

珠依の姿を写真に収めてフィルターによる加工を始めた澄華を、ゼンとパオラは呆れまじり

に眺める。

そんな二人の表情が、突然、恐怖に凍りついた。龍の巫女ならぬパオラですらはっきりわかるほどの強烈な龍気が、物理的な圧力となって吹きつけてきたのだ。

「澄華！」

「え!?　なに!?」

ゼンが澄華を強引に抱き上げ、そのまま突き飛ばすように地面に転がった。

パオラも無意識にその場に伏せていた。多くの戦場を渡り歩いた戦闘員としての勘が、そうしなければ死ぬと叫んでいたのだ。

雷光のような一瞬の輝きが、周囲を白く照らし出す。

直後に轟音が地面を震わせた。爆風で医療モジュールを積んだ装甲車が吹き飛び、生命維持装置つきの担架ごと、珠依が地面に投げ出される。

「くっ……」

飛び散る破片を浴びたパオラが、苦痛に呻きながら首を振った。

衝撃で薙ぎ倒されているのは、ギャルリー・ベリトの戦闘員たちも同様だ。

なにが起きたのか、パオラも把握しているわけではない。落雷があったとしか思えない状況だが、そんな予兆はまったくなかった。

爆発の余波で大気が激しく渦を巻き、土煙がもうもうと立ちこめている。

その土煙に紛れて、誰かが近づいてくる気配があった。まだ若い男女の二人組だ。

「ははっ、本当にいたよ。鳴沢珠依（ナルサワスイ）。ね、言ったとおりだろ、華那芽（かなめ）」

「ええ。あの老人の情報も信じてみるものですね」

濃密な龍の気配をまとったまま、場違いなほどにはしゃいだ声で二人が言う。

声の主は、不健康そうに痩せた小柄な青年と、袴姿（はかますがた）の美しい少女だった。

隙だらけのリラックスした雰囲気でありながら、パオラは彼らの姿に恐怖を感じる。檻（おり）から解き放たれた猛獣を見ているような威圧感だ。

「あなたたちは……誰……？」

地面に片膝を突いたまま、二人を睨（にら）んでパオラが訊（き）いた。

袴（はかま）姿の少女は、隣の青年と一瞬顔を見合わせ、それから美しい所作で一礼した。

「お初にお目にかかります、ギャルリー・ベリトの皆様と水の龍（アシーディア）の巫女（みこ）。私は鹿島華那芽（かしまかなめ）。こちらは投刀塚透（なたづかとおる）。雷龍（トリスティティア）の巫女（みこ）と不死者（ラザルス）です」

「悪いけど、鳴沢珠依（ナルサワスイ）は連れて行かせてもらうよ。ああ、でも、その前に――」

青年は、どこか気怠（けだる）げな表情でパオラたちを見回した。

そして彼は、見る者をぞっとさせるような虚（うつ）ろな笑みを浮かべて宣告する。

「おまえたちのこと、殺しておくよ。ついでだからさ」

5

青年──投刀塚透の言葉が終わると同時に、彼の全身が青白い閃光に包まれた。圧倒的な高電圧が生み出す稲妻が、大気を裂いて無差別にばら撒かれる。

「澄華、来い！」

「ゼン⁉」

絶対不可避の投刀塚の雷撃に抗うため、ゼンは澄華を抱き寄せながら、ありったけの龍気を撒き散らした。地下水脈から大量の水を引き寄せて、巨大な氷壁を展開する。

氷壁の表面を覆う水が導電体となって、投刀塚の雷撃を地面に散らした。

ゼンは青ざめながら荒い息を吐く。水の龍の権能を使うゼンにとっては、戦場となっている場所が偶然にも川辺だったのが幸いした。

もし充分な水が使えない場所で投刀塚と遭遇していたら、今の一瞬でゼンたちの敗北は決定していただろう。

「へえ、今のを防ぐのか。意外にやるね」

投刀塚は、自分の攻撃に耐えたゼンを眺めて、なぜか瞳を輝かせた。

「だったらさ、こいつはどうだろうな……？」

胸の前に両手を掲げた投刀塚が、左右の掌の間に青白い雷球を作り出す。球体の中に封じこめられた大気が凄まじい電圧によってプラズマ化し、超高温の炎へと変わった。

その炎が解き放たれれば、周囲にどれほどの熱量が撒き散らされるか計り知れない。

ゼンは恐怖に衝き動かされて、液化した大気の奔流を投刀塚に向けて撃ち出した。

極低温の水の槍――

しかし投刀塚は、残像すら残さない閃光の速さでゼンの攻撃を回避する。

「なんだ、そんなものか。つまんないよ、おまえ」

背後から聞こえてきた投刀塚の声に、ゼンは驚愕した。

全身に雷光を纏っての超高速移動。文字どおり紫電の速度だった。ゼンが撃ち放つ氷の槍では、投刀塚の動きに追いつけない。

投刀塚は動揺するゼンに向かって、雷光に包まれた腕を伸ばしてくる。

直接素手で電流を流しこまれたら、ゼンの氷壁でも防げない。全身の細胞を焼かれてしまえば、不死者の再生能力でも生き返れるという確証はなかった。仮に絶命を免れたとしても、復活には相当な時間が必要になるはずだ。

しかし投刀塚が伸ばした右手が、ゼンの身体に触れることはなかった。

その前に投刀塚の右腕が、肩の付け根から吹き飛んでいたからだ。

対魍獣用大口径ライフル弾の直撃。パオラ・レゼンテと彼女の部下による援護射撃だ。

ズタズタに弾け飛んだ右肩を押さえて、チッと投刀塚が舌打ちする。

「あいつら、邪魔なんだけどさ。片付けておいてよ、華那芽」

投刀塚は、ライフルを構えたパオラたちを眺めて、鬱陶しげに言った。

パオラたちの銃撃は続いているが、その銃弾はもう投刀塚には当たらない。彼の周囲で渦巻く強力な電界が、電磁誘導によって銃弾の軌道を逸らしているのだ。

「仕方ありませんね。引き受けてさしあげます」

袴姿の少女――鹿島華那芽が、抱いていた袋を解いて長柄の武器を取り出した。

美しい螺鈿細工を施した、黒漆の薙刀だ。

最新鋭のライフルを装備した民間軍事会社の戦闘員に、薙刀一本で戦いを挑む――その現実感のない光景に、ゼンたちは戸惑った。

だが、次の瞬間、華那芽は常人ではあり得ない驚異的な速度で、ギャルリーの戦闘員の中へと斬りこんでくる。

「澄華！」

華那芽の狙いが、同じ龍の巫女である澄華だと気づいて、ゼンが叫んだ。

しかし、戦いに関して素人である澄華の目は、華那芽の速度をとらえきれていない。

無防備に斬り殺されるのを待つだけだった澄華を救ったのは、パオラだった。華那芽の斬撃の軌道に割りこんで、パオラはライフルの銃身で華那芽の薙刀を受け止める。

激突した刃が火花を散らし、パオラのライフルは半ばまで見事に断ち切られていた。小柄な華那芽が繰り出したとは思えない、凄まじい威力の斬撃だ。

「危ない。下がってて」

パオラが、澄華に警告して彼女を遠ざける。

「いい腕です。ただの人間にしては」

激突の反動を利用して、華那芽が薙刀を旋回させた。

下段から襲ってくる石突の一撃をよけながら、パオラは腰の拳銃とナイフを抜く。堂に入った近接格闘の構え。ナイフのリーチの短さを、拳銃で補う戦闘スタイルなのだろう。

しかし雷龍の神蝕能で加速する華那芽は、至近距離からの銃撃を易々とかわし、パオラを速度で圧倒する。

「姉御！」

かわしきれなかった薙刀の刃で、パオラの右肩が浅く斬り裂かれた。舞い散る鮮血を見て、彼女の部下が悲鳴を上げる。

投刀塚と退治していたゼンが、その声に注意を奪われた。

それを見逃す投刀塚ではなかった。

「ねえ、よそ見なんて、舐めてるの？」

「くっ⁉」

再び雷光の速度で突っこんできた投刀塚が、ゼンの眼前で稲妻を放つ。帯電した筋肉が硬直して、ゼンはその攻撃を防げない。

だが、ゼンはその瞬間を狙い澄ましていたかのように自らの正面で巨大な衝撃波を発生させた。相打ち覚悟の水蒸気爆発だ。

超高温の蒸気を浴びながら、投刀塚が背後に吹き飛ばされる。

「ゼン⁉」

「大丈夫……だ！　投刀塚は⁉」

自らも全身に重度の火傷を負いながら、ゼンは西洋剣を構えて立ち上がった。

水蒸気爆発の方向には、ある程度の指向性を持たせていたが、それでもゼンはこれだけのダメージを負ったのだ。投刀塚とて無傷では済まないはずである。だが――

「ははっ……ははははははっ！　なんだよ、やればできるじゃないか！」

肉の焼ける不快な臭いを撒き散らしながら、投刀塚はゆっくりと立ち上がった。

彼の頬に刻まれているのは、隠しようもない歓喜の笑みだった。

「ゼンって言ったっけ。おまえ、人を殺してるよね。それもけっこうな人数さ」

「黙れ……」

なにもかもを見透かしたような投刀塚の言葉に、ゼンが肩を震わせた。

そう。ゼンは人間を殺している。大殺戮による日本人狩りが苛烈だった時代の出来事だ。

ゼンは南ヨーロッパにある小さな宗教団体に匿われ、そこで兵隊として働いた。

自分と同じように国外に取り残された日本人を保護して、安全な場所に逃がすためである。

だが、その宗教団体を運営していたのは、地元の犯罪組織だった。

彼らが日本人を集めていたのは、〝商品〟として売るためだ。

金持ちの玩具として。性産業の労働力として。あるいは移植用臓器の供給源として——彼らは生きた日本人を集めていた。

ゼンが命懸けで救ったつもりの日本人たちは、彼らの金儲けの道具に過ぎなかったのだ。

それを知ったゼンは、絶望し、怒り、そして復讐した。宗教団体の関係者を皆殺しにし、犯罪組織の幹部をも次々に手にかけた。

もちろん日本人の生き残りがたった一人で、犯罪組織を壊滅させられるはずもない。復讐の途中でゼンは力尽き、確実に命を落としていただろう。

龍の巫女として覚醒した直後の澄華と出会い、不死者になっていなければ——

それはゼンにとって、忘れることの出来ない忌まわしい記憶だ。

だが、そんなゼンの苦悩を弄ぶかのように、投刀塚が笑いながら訊いてくる。

「なんで怒るのさ？　本当のことだろ？」

「黙れ——と言っている！　貴様になにがわかる？」

「わかるよ。楽しかったんだろ。気持ちいいよな。圧倒的な力で、自分より弱いやつらを踏み

にじるのはさ」

「貴様……！」

ゼンが怒りのままに神蝕能（レガリア）を解き放つ。

投刀塚（なたづか）の周囲の水蒸気が凄（すさ）まじい熱を帯び、彼を焼き殺そうとする。しかし、そのときにはもうすでに、投刀塚（なたづか）はべつの場所へと移動を終えていた。

「ゼン！　そんなやつの言葉、聞くことないよ！」

「ええ……ひどいな。同類だろ、僕たちは」

ゼンを落ち着かせようとする澄華（すみか）の言葉に、投刀塚（なたづか）は傷ついたような表情を浮かべた。

そして投刀塚（なたづか）はゼンの背後に瞬時に移動し、唇の端を吊（つ）り上（あ）げて囁（ささや）きかける。

「それともおまえ、自分のことを正義の味方かなにかだと勘違いしてるわけ？」

「っ!?」

ゼンが瞳を揺らして動揺する。

自分自身の正義を信じて行動し、人を殺し、その結果として救うはずだった多くの日本人を逆に不幸にした。その過（あやま）ちはゼンの心の深い場所に、今も癒えない傷を刻みつけている。

投刀塚（なたづか）はその傷を的確に抉（えぐ）るのだ。

不死身である不死者（ラザルス）の唯一の弱点——心を叩（たた）き折るために。

だが——

「ゼン……！　忘れないで、ゼン！　あたしを助けてくれたのは、あなただよ！」

全身に無数の傷を負いながらも投刀塚の猛攻に耐えるゼンを見つめて、澄華が叫んだ。

たった一人。だが、間違いなくゼンの正義に救われた人間がいるのだと証明するために。

娼館に売られた自分を、命の危険も顧みずに救いだそうとしたゼンは、澄華にとって紛れもない正義の味方だったのだ。澄華のその真っ直ぐな感情が、ゼンの戦意を支えてくれる。

「ちぇっ、しぶといな。この程度じゃ揺らがないか。はぁ、怠っ……！」

澄華の信頼に応えようとするかのように、ゼンの神蝕能が威力を増した。

二人の絆が揺らぎそうにもないと判断して、投刀塚は不満そうに息を吐く。

龍殺しの〝英雄〟である不死者を殺すのは、龍の巫女と不死者の間で交わされた誓約だ。

〝誓い〟は破られたときに〝呪い〟に変わる。龍の巫女の信頼を失った瞬間、不死者の不死性は失われてしまうのだ。

しかしゼンが正義の味方であろうとする限り、澄華との誓いが破られることはない。

そのことに苛立った投刀塚の視線は、ゼンの背後にいる澄華に向けられる。

「まあいいか。だったら、先に水の龍の巫女から殺せば済むことだ」

独りごちる投刀塚の全身が、再び稲妻を纏った。雷光を放つ血の鎧。防御力を持たない代わりに、でたらめな加速能力を不死者に与える。それが彼の〝血纏〟だ。

「やめろ、投刀塚！」

投刀塚の狙いが澄華だと気づいて、ゼンは叫んだ。

嗜虐的な笑みを浮かべながら、投刀塚は首を振る。

「いやだね」

澄華を守るためにゼンが氷の障壁を張り巡らせるが、投刀塚はそれらをあっさりと突破した。

ゼンの神蝕能の速度では、投刀塚の攻撃に追いつけない。

だが、勝利を確信する投刀塚が聞いたのは、澄華の断末魔の声ではなく、恐怖に引き攣った華那芽の悲鳴だった。

「透！」

「え？　なに？」

一瞬だけ動きを止めた投刀塚の胴体に、純白の閃光が突き刺さる。

その閃光の正体は、蛇だった。実体を持たない、幻影の蛇だ。

人間の腕ほどもある太さの蛇が、投刀塚の脇腹に喰らいついている。

「は⁉　蛇⁉　なんだこいつ……いったいどこから……」

投刀塚が、雷光をまとった腕で、その蛇を払いのけようとした。

だが、その前に蛇の肉体が蠕動する。まるでなにかを嚥下しようとするかのように。

その瞬間、投刀塚の全身を覆う雷光が衰え、彼の肉体からごっそりと龍気が失われた。

「おまえ……まさか、鳴沢珠依……⁉」

投刀塚がよろめきながら振り返る。

純白の蛇の正体は、髪だった。

投刀塚の攻撃で担架から吹き飛ばされ、地面に投げ出されたままの鳴沢珠依。彼女の長く白い髪の一部が、自らの意思を手に入れたかのようにうねって蛇のような姿へと変わっている。

その蛇は巨大な鞭のようにしなって、投刀塚の脇腹から、メキメキと大量の血肉を引き剝がした。投刀塚の全身を覆う雷光が完全に消滅し、投刀塚の喉から苦悶の絶叫が洩れる。

「おまえ……ふざけんなよ！　ふざけんなよ、クソがあああああっ！」

膝を突く投刀塚に、再び白蛇が巻きついた。投刀塚は雷撃でその蛇を吹き飛ばそうとするが、彼の両手からは、わずかな火花が散っただけだった。

「透から離れなさい！　化け物！」

対峙していたパオラに背を向けた華那芽が、振りかざした薙刀で白蛇へと斬りかかる。

幻影の白蛇はゆるゆるとうねりながら、投刀塚の肉体を解放した。その際に不死者の肉体から、さらに大量の龍因子を奪っていく。

「ぐはっ……」

投刀塚が喉から大量の血塊を吐き出した。

そんな彼を、駆け寄ってきた華那芽が抱き支える。

「ここから離れます。跳べますか、透？」

「クソ……よくも、僕に、こんな……ふざけやがって……」

投刀塚が憎悪に満ちた眼差しを珠依に向けた。

その視線を平然と浴びながら、目を開けた珠依がゆっくりと立ち上がる。

彼女の特徴的な赤い瞳が、血塗れの投刀塚を蔑むように冷ややかに見下ろした。

白蛇の幻影はすでに消えている。しかし珠依が纏う威圧感はそのままだ。同格の龍の巫女であるはずの澄華や不死者のゼンですら、その隔絶した気配に圧倒される。

「く……！」

今の投刀塚に、雷速で移動するほどの神蝕能は使えない。

そう判断した華那芽は、自らが雷　龍の権能を発動した。投刀塚とともに全身を青白い稲妻に包んで、その場から高速で逃げ出していく。

不死者ではない彼女がそこまで強力な神蝕能を使えば、相当な負担がかかるはずだが、そうでもしなければ彼らが逃走することは不可能だっただろう。

遠ざかっていく投刀塚たちの姿を、珠依は表情を変えることなく見送った。

そして彼女は、裸足のままゆっくりと歩き出す。

「──待て。どこに行く気だ、鳴沢珠依？」

ゼンが、掠れた声で彼女を呼び止めた。

珠依は昏睡から目覚めたばかりで、ほとんど体力も残っていないはずだ。

にもかかわらず、ゼンは底冷えするような恐怖を感じている。

今の珠依(スイ)はあの投刀塚(なたづか)すら、歯牙(しが)にもかけずに一蹴したのだ。ゼンが同じ目に遭わないという保証もない。

しかし珠依(スイ)は、無関心な眼差(まなざ)しでゼンたちを眺め、澄んだ声で笑い出す。

彼女の周囲の大地に幾つもの小規模な冥界門(プルトネイオン)が生み出され、そこから、ぞろぞろと魍獣(もうじゅう)たちが湧き出した。召喚された魍獣(もうじゅう)たちは、怒りに衝(つ)き動(うご)かされたように、理由もなくゼンたちに襲いかかってくる。

「鳴沢(ナルサワ)珠依(スイ)ッ……！」

ゼンの叫びは、次々に這(は)い出(だ)してくる猛獣たちの咆吼(ほうこう)にかき消された。

そして彼らの姿に紛れて、珠依(スイ)は夜の闇の中へと消えていくのだった。

第三幕　レルム・オブ・ザ・デッド

THE HOLLOW REGALIA

CHAPTER.3

1

いつの間にか降り出していた雨が、彼女の白い髪を濡らしていた。

夜の廃墟を、鳴沢珠依は一人で歩いている。

珠依がいるのは旧・茨木市付近。相楽善が投刀塚透たちと戦った場所からは、すでに十キロ近く離れている。

普通なら、昏睡から目覚めた直後の珠依が移動できるような距離ではない。しかし大量の龍因子を奪った彼女は、疲労の色を見せることもなく平然と歩き続けている。

その珠依が不意に足を止めたのは、闇の中に立つ人影に気づいたからだった。

派手な柄のシャツを着た小柄な老人だ。

「若い娘さんが、こんな夜更けに一人で出歩くのは感心せんの」

老人が、飄然とした口調で珠依に呼びかける。

珠依はなにも答えずに、老人の目の前の地面を見つめた。雨に濡れた地面に小規模な冥界門が出現し、小型の魍獣が三体ほど這い出してくる。

「ふぉっふぉっふぉ……いやはや。剣呑、剣呑」

威嚇するように吼える魍獣を見ても、老人の態度に変化はない。

珠依はそこで初めて表情を動かした。老人の異常さにようやく気づいたのだ。

そんな珠依の殺意に反応したのか、三体の魍獣が一斉に老人へと襲いかかる。

だが、魍獣たちの攻撃が老人に届くことはなかった。老人の背後から飛び出してきた一人の青年が、巨大な剣で魍獣たちを薙ぎ払ったからだ。

「っ……！」

珠依が警戒するように眉を寄せた。

剣で斬られた魍獣たちが、腐り落ちるように溶けて雨に流されていく。

魍獣たちを容赦なく屠った青年は、興味をなくしたように剣を下ろした。

青年の代わりに珠依に近づいて来たのは、女子大生風の若い女だった。

彼女が纏っているのも龍の気配。珠依と同じ龍の巫女だ。

「お久しぶりですー。また会いましたねー、鳴沢珠依さん」

女が両手でピースサインを作りながら、珠依に人懐こく呼びかけてくる。

ふわふわとした、とらえどころのない雰囲気の女性。だが、彼女がまとう龍気は強大だ。

「姫川丹奈……」

珠依は、女の名前を呟いた。

沼の龍の巫女、姫川丹奈。だとすれば、大剣を持った青年は、彼女の加護を受けた不死者である湊久樹だろう。

しかし珠依には、彼女たちと一緒にいる老人の正体がわからない。

そして彼らが、なぜここで珠依を待ち構えていたのかということも――

「少し話をしませんかー。よかったら温かい飲み物も用意しますよー」

緩い口調でそう言って、丹奈はふわりと微笑んだ。

そして彼女は細長い布包みを取り出しながら、悪戯っぽく目を細める。

「あとは、ほら。こんなところに本物の遺存宝器が」

丹奈が布包みから取り出したのは、酷く錆びた一振りの剣だった。

それを見た珠依は動揺したように息を呑み、そして夜目にも美しい笑みを浮かべたのだった。

2

ヤヒロたちを乗せたギャルリー極東支部の兵員輸送車は、濃い雨霧が立ちこめる中、嵯峨野

の山中をゆっくりと進んでいた。

京都に六カ所ある天帝家所有の神領の一つ——妙翅院と呼ばれる領地に向かっているのだ。

迷いの結界に囲まれた妙翅院領へは、普通の人間は近づけない。京都の市街地からそう遠くない場所にありながら、誰にも存在を知られていないのはそのためだ。

しかし、その迷いの結界は、風の龍の巫女である舞坂みやびによって、すでに破られつつあるらしい。

ユーセビアス・ベリトが率いる統合体の強硬派は嵯峨野周辺に戦力を集中させつつあり、ヤヒロたちは彼らに気づかれないように、慎重な移動を余儀なくされている。

「妙翅院の包囲には、ギャルリー欧州本部だけでも大隊規模の戦力を動かしてるみたいですね。少なく見積もっても戦闘員五百人といったところですか」

敵の通信を解析した魏が、地図上に敵の部隊を模したコマを配置していく。

一見すると絶望的な戦況だが、ジュリは呆れたように首を振るだけだった。

「あらら……完璧に採算度外視だね。株主にバレたら大変なことになるよ」

「そうでしょうね。ほかにも、大手の民間軍事会社が少なくとも四社。あとは未確認の部隊が二つ。どこかの国の特殊部隊でしょう」

「統合体の強硬派がここぞとばかりに戦力を投入してきたみたいだね。さすがにあれと正面からやり合うのは厳しいな。極東支部の反乱も、そろそろバレてるだろうしね。奇襲であの男の

首が獲れたらよかったんだけどね」

ジュリが冗談とも本気ともつかない口調で言う。

彩葉は、ジュリのその発言に複雑そうな表情を浮かべて、

「だけど、ここまで来たってことは、なにか作戦があるんだよね？」

「策ってほどの策じゃないけどね。少人数でこっそり妙翅院の領内に入って、迦楼羅ちゃんを連れて脱出する。どちらかといえば正攻法だね」

『現実的ですね。よい案に思えます』

迦楼羅が、黒い魍獣の口を借りて賛同する。

「迦楼羅さん以外の人たちはどうするんだ？　見捨てるのか？」

ヤヒロが険しい表情で訊いた。

妙翅院の領地に残っているのは、当然だが迦楼羅一人ではないだろう。その全員を連れ出すのは不可能だ。しかし置き去りにしてしまえば、彼らは意味もなく統合体の猛攻に晒されることになる。

『わたくしが禁域を出れば、ほかの者たちがここに残っている理由もなくなります。魍獣の助けがあれば、脱出するのは難しくないでしょう』

「魍獣の助け……か」

「はい」

迦楼羅がヤヒロを見つめて言った。

迷いの結界が破られても妙翅院領が陥落していないのは、深い森と、夜の闇に紛れた多くの魍獣たちが、禁域を守っているからだ。ギャルリー欧州本部の戦闘員たちは、慣れない地形と魍獣相手の戦闘に、かなりの消耗を強いられている。

「そうだね。あの男としても、危険を冒してまで非戦闘員を追撃するとは思えないしね。今の状況なら、逃げ切れる可能性は高いと思うよ」

『それを期待したいですね』

ジュリの冷静な分析に、迦楼羅が祈るように呟いた。

彼女たちも、それが楽観的な想像だということを理解していないわけではない。それでも、今はそう信じるしかない。迦楼羅の声に、命を背負う者の覚悟を感じてヤヒロは沈黙する。

『着きました。降りましょう』

竹藪に囲まれた山道の途中で、迦楼羅が車を止めるように指示を出す。

「ここが目的地？　ずいぶんワイルドな家に住んでるね」

装甲車の窓から外を眺めて、ジュリが皮肉っぽく肩をすくめた。

『残念ながら、ここは隠し通路の入り口です。権力者というのは、いつだって逃げ道を用意しておくものなのですよ。歴史の中では、部下の裏切りや民衆の反乱は日常茶飯事ですからね』

「こんなところに……道があるのか？」

車を降りたヤヒロは、困惑しながら周囲を見回した。

暗闇の中に見えるのは、鬱蒼と生い茂った竹林と、朽ちた小さな神社の跡だ。

彩葉の腕の中から抜け出した黒い魍獣が、その神社跡に向かって石の階段を上っていく。

ジュリは、魏たちにその場に残るように指示を出し、ヤヒロと彩葉だけを連れて、魍獣のあとを追いかけた。そして、階段を上りきったところで足を止める。

神社の跡地に残っていたのは、半壊した鳥居と祠。そして人一人がかろうじて通れる小さな洞窟の入り口だった。その入り口の前には、景色と一体化したような灰色の獣の姿がある。

「魍獣⁉」

ヤヒロは反射的に刀を抜こうとした。

魍獣の数は二体だった。虎に似た姿の小型の魍獣だ。彼らは、まるで祠を守る狛犬のように洞窟の前に鎮座して、近づいてくるヤヒロたちを睨んでいる。

『彼らはこの通路の門衛です。心配は要りません』

迦楼羅が操る黒い魍獣が、そう言いながら洞窟の入り口へと近づいた。

洞窟を守っていた二体の獣は、声もなく立ち上がって彼女に道を譲る。どこか荘厳な光景だ。

「へえ……本当に魍獣が守ってくれてるんだ。彩葉みたいだね」

間近で二体の猛獣を見上げながら、ジュリが感心したように言う。

「わたしはみんなにお願いを聞いてもらってるだけだから。迦楼羅さんみたいにはできない

よ」

彩葉は少し困ったように頬に手を当てた。

そう言う彼女は、いつもの白い猛獣を連れていない。ヌエマルは、子どもたちの護衛として、駐屯地にいる瑠奈に預けてきたのだ。

『いえ、それは違いますよ、侭奈彩葉』

迦楼羅が、彩葉の言葉をきっぱりと否定した。

『前にも言いましたが、今のあなたは本来の権能のほとんどを失っている状態なんです。わたくしが猛獣を操れるのは、あなたの能力の一部を受け継いでいるからに過ぎません』

「受け継いでる……ってどういう意味だ？　彩葉は天帝家の関係者なのか……？」

ヤヒロが困惑の表情で黒い魍獣を見下ろし、彩葉が驚きの声を上げた。

「え、じゃあ、もしかしてわたしと迦楼羅さんって、親戚……!?」

『そういうわけではありません。ある意味、昔なじみとはいえなくもありませんが』

「そ、そうなの……!?」

彩葉が、目を輝かせて訊き返す。

はっきり口にしたわけではないが、迦楼羅の発言は、記憶をなくす前の彩葉のことを知っている——というふうにも受け取れるものだった。だとすれば、彩葉が期待する気持ちもわかる。

しかし迦楼羅は足を止め、少し困ったように深く息を吐いた。

『それを説明するために、あなた方をここに招いたのですが……先客がいたようですね』

「先客？」

黒い魍獣の視線を追いかけて、ヤヒロはハッと息を呑む。

二体の魍獣に守られた洞窟の入り口に、ほっそりとした人影が立っていた。

長い前髪で顔の右側を隠した、美しい女性だ。ヤヒロの知っている顔である。

「ごめんなさいね。不敬なのは承知の上で、勝手に入らせてもらったわ」

女が、迦楼羅に向かってにこやかに呼びかける。

洞窟を守っていた魍獣たちが、彼女を攻撃することはない。魍獣は龍の巫女を襲わないのだ。

どうして彼女がここにいるのか、とヤヒロは目つきを険しくする。

しかし迦楼羅は溜息まじりに首を振り、むしろ歓迎するように彼女に呼びかけた。

『いえ、構いませんよ。お互い知らない仲でもありませんしね――風の龍の巫女、舞坂みやび』

3

「どういうことだ、みやびさん……？」

彩葉たちを庇うように移動しながら、ヤヒロは彼女に問いかけた。

「なんであんたがここにいる？　統合体の部隊を連れてきたのか？」

「まさか。統合体は、私がここに近づくために利用させてもらっただけよ」

殺気立つヤヒロを苦笑しながら見返して、みやびは静かに首を振った。

「たしかに途中までは案内してあげたけど、迷いの結界を何層か残したまま置いてきたから、彼らがここに辿り着くには、まだしばらくかかるわ」

「統合体を利用って……どうしてそんなことを……？」

彩葉が、困惑したように訊き返した。

みやびはこれまで、常に統合体の命令を受けて動いていた。

ヤヒロたちにとっては明確に敵だ。それはみやび自身もよく理解しているはずだ。

そのみやびが、たった一人で無防備にヤヒロたちの前に現れた。ある意味で自殺行為である。

それほどの危険を冒してまで、みやびには禁域を訪れる理由があったのだ。

「あらためて訊かれると気恥ずかしいのだけれど、私の目的は最初からなにも変わってないわ」

彩葉の質問に、みやびは自嘲の微笑みを浮かべた。

「私は真実を伝えたいの。二年前にはあなたに追い払われて辿り着けなかった真実――今回は見せてもらえるかしら、妙翅院迦楼羅？」

『いいでしょう。あのときと今では状況が違いますしね』

彩葉に抱き上げられていた黒い魍獣が、穏やかな口調でみやびに告げた。

『この禁域の本来の主が帰還した今となっては、あなたを拒む理由もありません。それにほかの龍の巫女が一緒にいてくれたほうが、彼女の理解も早いでしょうし』

「そう……やっぱりそういうことだったのね」

みやびが、彩葉に視線を向けたまま、納得したようにうなずいた。

「え？　なにそれ？　どういう意味？」

彩葉が小声でヤヒロに問いかける。ヤヒロは呆れたように彼女を見返して、

「俺に訊くなよ。おまえがわからないのに、俺がわかるわけないだろ」

「そうだよね……ごめん……」

「いや、謝られるようなことでもないけどな」

「──相変わらず仲良しね。少し羨ましいわ」

間の抜けた会話を続けるヤヒロと彩葉を見つめて、みやびが口元を綻ばせた。

「あ……」

彩葉が動揺して唇を震わせる。

みやびが加護を与えていた不死者──山瀬道慈はもういない。ほかならぬヤヒロと彩葉が、激戦の末に彼を殺したのだ。

「みやびさん……その……」

「ああ、ごめんなさい。道慈（ドウジ）のことを言ってるわけじゃないから、気にしないで。そもそも、最初に彼を見限ったのは私のほうだしね」

　みやびが悪戯（いたずら）っぽく左目を眇（すが）める。

「だけど、私は許せなかったの。私が求めている真実を、彼は嘘（うそ）で塗りつぶして、あまつさえそれを世界中に拡散しようとした。そんなことが許せるわけないでしょう？」

　淡々と続けるみやびを見て、ヤヒロはぞくりとした寒気を覚えた。

　不死者（ラザルス）が巫女（みこ）との〝誓い〟を破ったとき、龍の加護は不死者（ラザルス）を滅ぼす〝呪い〟へと変わる。

　山瀬（ヤマセ）は、みやびとの約束を裏切った。真実を報道するという約束を。その結果、彼は不死の力を奪われて死んだのだ。

「みやびさんが求めている真実ってなんですか？　龍の存在というだけではないですよね？」

　彩葉（いろは）が真剣な口調でみやびに訊（き）いた。

　統合体（ガンツアイト）に命じられて、みやびたちは龍の巫女（みこ）である彩葉（いろは）の存在を世界中に公表した。だが、そんなものが彼女の求めている真実であるはずもない。

「もちろん違うわ。統合体（ガンツアイト）の目的にも、彼らの支配にも興味はない。私が知りたいのは、私たちが何者かということだけよ」

「私たち？」

「ええ、そう。姫川丹奈（ひめかわにな）に訊（き）かれたわ。九年前になにが起きたのか、覚えてるかって」

みやびが、問いかけるような視線を彩葉に向ける。

「九年前……ですか……？」

「そうよ。当時のあなたは、何歳だった？　それより前にどこにいたのか、思い出せる？」

「いえ……わたしには……」

彩葉が弱々しく首を振った。

「記憶がない？」

「はい」

「そういうこともあるでしょうね。幼かったから無理もないわ」

みやびが優しく目を細めた。どこか羨むような表情だった。

「でも、私は覚えている。私は一度死んだのよ」

「死んだ？」

「ええ。取材中の事故で、馬鹿みたいにあっさりと」

みやびが冗談めかした口調で、朗らかに言った。

「誰かに殺されたわけじゃないのよ。私がいた時代は平和だったから。もちろん戦争や犯罪が存在しないわけではなかったけれど、少なくとも私が暮らしていたのは、歴史上でも滅多にないくらい安全な国だった。ここととは違う世界だけれど」

「違う……世界……」

ヤヒロは、険しい目つきでみやびの告白を聞いた。

みやびが暮らしていたのは、ここことは違う世界だという。彼女はそこで一度死んだのだと。

普通なら、信じられるような話ではない。夢でも見たのかと笑い飛ばすところだ。

しかしヤヒロは、彼女の言葉を疑うことができなかった。

なぜならヤヒロは、すでにべつの世界の存在を知っていたからだ。

冥界門(プルトネイオン)の底で見た古龍の記憶。すでに滅びた、ここではない日本を――

「そう。私が生まれた世界はここじゃない。姫川丹奈(ひめかわにな)も同じだそうよ。私たちは死人なの」

「死人……って、じゃあ、わたしも……?」

自分の心臓の鼓動を確かめようとするように、胸に手を当てながら彩葉(いろは)が訊(き)き返(かえ)す。

しかしみやびは、無言で彩葉(いろは)を見つめるだけだ。

「なかなか興味深い話だね」

それまで沈黙していたジュリが、動揺する彩葉(いろは)の代わりに会話を続けた。

「つまりみやびちゃんは、こう言いたいのかな。龍の巫女(みこ)は、ここことは違う別の世界で一度死んで、この世界に転生したって」

「転生……果たしてそうなのかしら。私はその答えを知りたくて、ここに来たのよ」

みやびが思わせぶりな表情で、その場にいる全員の顔を見回した。なにかを諦観したような彼女の表情に、不穏な気配を感じてヤヒロは眉を寄せる。と――

「クロ……!?」

彩葉が抱いていた黒い魍獣が、するりと彩葉の腕から抜け出した。

魍獣はそのまま真っ直ぐに駆け出して、洞窟の奥へと勝手に進んでいく。

暗闇の中から抜け出してきた人影が、その黒い魍獣を抱き上げた。

腰まで届く長い黒髪の女性だ。

身に着けているのは、平安装束を思わせる長袴の豪華な和服。上衣にあしらわれた紋章は、天帝家の象徴である金翅鳥である。

「その期待には応えてあげられると思いますよ、舞坂みやび。ただし、それがあなたの望む答えかどうかはわかりませんが」

魍獣を抱き上げた女性が、聞き覚えのある口調でみやびに答えた。

「迦楼羅……さん？」

彩葉が呆然と目を見開いて確認する。

「ええ。あらためて妙翅院にようこそ、侭奈彩葉」

和服の女性――妙翅院迦楼羅が、悪戯好きの子猫を思わせる表情でうなずいた。

迦楼羅の年齢は、ヤヒロたちの想像よりも若かった。

おそらく二十歳か、その前後。凜とした美貌の持ち主だが、彼女の表情は柔らかい。

「どうしよう、ヤヒロ。すっごい美人なんだけど……！」

「なんでおまえが挙動不審になるんだ」

もじもじしながら自分の背後に隠れる彩葉を、ヤヒロは呆れ顔で見た。

そんなヤヒロたちのやりとりを見て、迦楼羅は愉快そうに口角を上げる。

「できればゆっくりとお茶でも振る舞いたいところでしたが、そういう状況でもありませんね。せっかく美味しいお菓子を用意していたのに、残念です」

「天帝家のお菓子……」

「物欲しそうな顔をするな。時間がないのはわかってるだろ」

彩葉がごくりと喉を鳴らし、ヤヒロは彼女の頭を軽くはたいた。

迦楼羅はたまりかねたように声を上げて笑い出す。

「それならば、歩きながらでも食べられるように手配しましょうか。ですが、その前にレリクトの回収に行きましょう」

「レリクトの回収？　その勾玉があんたのレリクトじゃないのか？」

ヤヒロは、迦楼羅の胸元に揺れている大きな宝石を見つめて訊いた。

龍の血を固めたような深紅の宝玉だ。離れて見ているだけでもその宝玉が帯びている龍気がはっきりとわかる。間違いなく本物の遺存宝器だろう。それも、佐生絢穂が持つ山の龍のレリクトに匹敵する強力なものだ。

「これもレリクトには違いありませんが、天帝家に伝わる神器とは違います。あなた方をここ

に招いたのは、それが理由です。神器は本物の龍の巫女でなければ持ち出せないのですよ」

迦楼羅が彩葉を見つめて言う。

統合体の侵攻部隊が迫ってくる中、彼女が妙翅院領を離れることができなかったのは、そこに神器が残されていたからだ。

だから彼女は、彩葉を禁域に招いた。龍の巫女である彩葉に神器を託すために――

「そこにいけば、私が求めていた真実も見つかるという理解でいいのかしら？」

みやびが可愛らしく小首を傾げて訊いた。

「ええ。おそらく」

迦楼羅は悲しげに微笑んで首肯する。

そして彼女は、彩葉を招くように手を伸ばした。

「というわけです。歓迎しますよ、〝クシナダ〟侭奈彩葉。幽世の主よ」

4

ヤヒロたちが洞窟を抜けて辿り着いたのは、平安貴族の邸宅を思わせる、寝殿造の社殿の一角だった。

さすがに規模こそは遠く及ばないが、天帝の住む帝宮にも似た美しい朱塗りの建物だ。

妙翅院というのは、本来その建物自体の名称であるらしい。正式な苗字を持たない迦楼羅の一族は、便宜上、その住居の名前で呼ばれているのだ。

「できれば、ゆっくり院内を案内できればよかったのですが――」

先頭に立ってヤヒロたちを案内しながら、迦楼羅が残念そうに溜息をつく。

それでも彼女は彩葉のために、従者を呼んで菓子を手配させた。意外に律儀な面があるのだ。もちろん迦楼羅本人が食べたかっただけ、という可能性もゼロではないのだが。

妙翅院の本殿を取り囲む周囲の建物も、充分に豪壮であり美しかった。

しかし、その建物の内部に人の気配はなく、死んだようにひっそりと静まりかえっている。

領内の人々はすでに避難を終え、残っているのは迦楼羅に直接仕えるごくわずかな人間だけである。命の危険すら厭わず最後まで迦楼羅に付き従う彼らは、客人であるヤヒロたちを、超然とした態度で粛々と迎え入れた。

そして迦楼羅は従者たちに命じて、拝殿の奥に祀られていた門を開かせる。

数人がかりでなければ開けられない、分厚く大きな木製の門だ。

門の周囲には太い注連縄が幾重にも張り巡らされて、資格のない者たちの接近を拒んでいる。

その門を見た誰もが瞬時に理解した。妙翅院と呼ばれる一族は、この門の向こう側にあるなにかを守るためだけに存在するのだと――

「迦楼羅さん……これって……」

門の奥にあったのは、剝(む)き出(だ)しの地面。そして、その地面に鎮座する円形の一枚岩だった。岩の厚さはヤヒロの身長程度。直径は十メートルを超えているだろう。信じられないほど大きな岩石の円盤である。

岩の形は、全体としては円形だが、細部を見ればその形は歪(いびつ)だ。決して美しく磨かれているわけでも、派手に飾り立てられているわけでもない。苔(こけ)むした天然の大岩だ。

しかし拝殿の奥に鎮座するその姿はどこか清浄で、神々(こうごう)しいものに感じられた。

まるで、それ自体が一つの祭壇のようですらあった。

「ええ。これは蓋(ふた)です。幽世(かくりよ)と現実世界を隔てる、本物の冥界門(プルトネイオン)を塞ぐ封印の岩。この祭壇の下には、幽世(かくりよ)への通路が口を開けています。あなた方が知る冥界門(プルトネイオン)というのは、幽世(かくりよ)に続く門(ゲート)のなり損ないなのですよ」

「本物の冥界門(プルトネイオン)が、この岩の下にあるということか？」

「はい。ただし、ここにあるのは、すでに役目を終えてしまった枯れた幽世ですけどね。幽世(かくりよ)の記憶を留(とど)めているだけの、化石のようなものです」

迦楼羅(かるら)が、巨岩を見上げて寂しげに笑う。

幽世(かくりよ)と呼ばれる空間が、現実世界と対(つい)になる異世界の別名であることをヤヒロは知っていた。時として死後の世界とも解釈されるが、それは幽世(かくりよ)の本質ではない。幽世(かくりよ)とは、変化しない場所。すなわち一方的な時間の流れや、因果律から解き放たれた空間ということだ。

永久に変わらない神域。それがどのような意味を持つのかはわからない。だが、冥界門が幽世のなり損ないという迦楼羅の説明は、なぜかすんなりと腑に落ちた。

ヤヒロたちが名古屋の冥界門で出会った古龍と、見知らぬ龍の巫女。

彼女たちは、その不完全な永遠に囚われた存在だったのではないか——ヤヒロはそんなことを考える。

「もうあまり時間がありません。行きましょう」

迦楼羅がためらいのない足取りで、冥界門を塞いでいるいう岩盤に近づいていく。

みやびとジュリは興味深そうに周囲を見回しながら、ためらうことなく彼女に続いた。

「……彩葉？　どうした？」

迦楼羅たちを追いかけようとしたヤヒロは、立ち止まったまま動かない彩葉に気づいて怪訝な顔をした。そんなヤヒロの袖口を、彩葉が震える指先でつかむ。

大きく見開いた彼女の瞳が、焦点を定めずに小刻みに揺れていた。

これまで一度も見たことのない表情。彩葉ははっきりと怯えていたのだ。

「どうしよう、ヤヒロ……わたし……恐い……」

「恐い？」

「ここには近づいちゃいけない気がする……ううん、この先にあるものを私が見たくないの」

彩葉がか細い声で呟いた。弱々しく首を振る彼女は、瑠奈よりも更に幼く見えた。

ヤヒロは静かに息を吐き、無言で彩葉の手を取った。

驚く彼女の目を見返して、力強く自分の傍へと引き寄せる。

「ヤヒロ……」

「大丈夫だ。俺がいる。約束しただろ、一緒にいてやるって」

「……うん」

彩葉が迷いながら小さくうなずいた。

彼女の手を引いたまま、ヤヒロは幽世の入り口に向かって歩き出す。

そんなヤヒロたちの様子を見て、迦楼羅がふふっと微笑んだ。

「鳴沢八尋……あなたが侭奈彩葉の隣にいてくれたことに感謝します。願わくば、最後までその言葉を忘れないであげてください」

「どういう意味だ？」

「ふふっ……足元に気をつけてくださいね」

ヤヒロの質問をきっぱりと無視して、迦楼羅は岩盤の上へと上っていった。

一枚岩の縁はかなりの段差になっているが、ずいぶん慣れた足取りだ。どうにかよじ登れそうな場所を探して、ヤヒロたちは迦楼羅についていく。

岩の上には石を積み上げただけの原始的な祭壇があり、その中心には一本の木があった。おそらく樹齢数百年を超える、曲がりくねった大木だ。

その大木は、封印の岩の中央にある深い亀裂から伸びている。

つまりその木は、封印の岩のさらに下——冥界門の奥底から生えているのだ。そして木の幹に埋めこまれるようにして、一個の石が置かれていた。

色褪せた灰色の宝玉だった。

大きさは、人間の握りこぶしとほぼ同じ。やや不格好だが、大雑把にくくれば勾玉と呼んでもいい形をしている。

遺存宝器なのは間違いないが、神器と呼ばれるほどの力は感じない。

しかし迦楼羅が手を触れると、宝玉の放つ印象は一変した。

「え？」

その瞬間、ヤヒロは激しい目眩に襲われる。

視界が完全に闇に閉ざされ、足元にある巨岩の存在が消えた。

光も、音も、上下の感覚も、重力すらも薄れて遠ざかる。

突然、虚空へと放り出されて、自分の居場所すらもうわからない。それどころか自分自身の輪郭すら曖昧になって、虚空に溶けていくような感覚が襲ってくる。

冥界門を塞いでいた一枚岩を透過して、幽世に放り出されたのだ、とヤヒロは気づく。これが迦楼羅の言っていた、幽世の記憶というやつなのだろう。

今のヤヒロが唯一感じられるのは、果てのない闇の底から伸びている巨木の枝と、隣にいる

彩葉の存在だけだった。

強く握りしめたままの彩葉の手から、彼女が見ている世界が流れこんでくる。

龍の巫女である彩葉の感覚を通さなければ、ヤヒロには巨大過ぎる幽世の全容を理解することができないのだ。

眩い満天の星空に似た、広大な空間。星のように瞬く無数の命。その空間を取り囲むのは、巨大な龍だ。否、それを龍と呼んでいいのかすらわからない。

世界は龍という概念に囲まれた結界であり、同時に龍は世界の一部だった。

龍は自らの尾を食んで円環をなし、時間はその円環の中を一本の大樹として流れている。

世界樹。そして、世界龍――

もちろんそれは人間が知覚できる存在ではない。不死者であるヤヒロも同じだ。ただ、龍の巫女である彩葉を通じて、その感覚だけをヤヒロは共有しているのだ。

「なんだ、ここは……!?」

「これが幽世です。世界の根幹。そして世界そのものを制御するシステムといえば、伝わりやすいでしょうか。統合体は、このシステムを龍骸と呼んでいるようです。すなわち〝世界龍の骸〟と」

どこか遠くから、迦楼羅の声が聞こえてくる。

同時にヤヒロを襲っていた激しい目眩も薄れていた。

世界龍（ウロボロス）の幻影（ヴイジョン）は今も視（み）えている。だが、先ほどまでヤヒロが感じていたような、圧倒的な存在感はすでにない。

おそらく今のヤヒロたちがいるのは、現世（うつしよ）と幽世（かくりよ）の境界なのだろう。かろうじて人間が理解できる次元にまで、迦楼羅（かるら）が引き戻してくれたのだ。

「龍骸（コープス）……つまり、世界龍（ウロボロス）の……死骸か……」

宇宙空間を思わせる暗闇の中を漂いながら、ヤヒロは深く息を吐きだした。

人類が住む世界は、龍の死骸の上に生まれた――そのような創世神話を伝える民族は多い。

まさしくそれは真実なのだとヤヒロは理解する。正確に言えば、真実の一部だ。人間はそのような曖昧なイメージでしか、世界の姿をとらえることができないのだ。

「これは……龍、なのか？　世界を取り囲む……龍……？」

「あなたが龍と感じたのなら、龍なのでしょう。もちろん龍骸（コープス）に物理的な実体はありません。本来であれば人間が知覚できる空間（ばしょ）ですらありませんから」

迦楼羅（かるら）の声が明瞭さを増すと同時に、龍の幻影が遠ざかっていく。

自分自身の肉体の重みを感じて、ヤヒロはかすかにふらついた。重力が戻ってきているのだ。

巨大な世界樹の枝にしがみつくように立ちながら、ヤヒロは周囲へと視線を巡らせる。

「わたくしたちが暮らす世界とは、この巨大な龍に取り囲まれたちっぽけな箱庭でしかないのです。あるいは世界龍（ウロボロス）の神蝕能（レガリア）が生み出した幻といったほうが正確かもしれませんね」

迦楼羅が苦しげに息を吐きだした。

彼女が握りしめた勾玉が、心臓のように脈動しながら鈍い輝きを放っている。神器は迦楼羅の生命力と引き換えに、幽世の姿をヤヒロたちに見せているのだ。

「知ってる……」

ヤヒロの隣で声がした。顔を蒼白にした彩葉が、呆然と目を見開いたまま全身を震わせる。

「え？」

「わたしは、この場所を知ってる……この龍のことも知ってるの……」

「彩葉……!?」

その場に崩れ落ちそうになる彩葉を、ヤヒロは咄嗟に抱き支えた。両手で頭を抱えた彼女の全身は冷え切り、今にも消えてしまいそうなほどに弱々しく見える。

「それって、みやびちゃんも同じなのかな？」

ジュリが好奇心に満ちた視線を、みやびに向けた。

龍の巫女だからという理由で彩葉が世界龍の存在を知っているのなら、当然みやびも同じ記憶を持っているはずである。

しかしみやびは、彩葉の反応を観察しながら静かに首を振る。

「私がこの景色を見たのは、記憶にある限り初めてよ。だけど、ここに来てすべてわかったわ。忌々しいけど、姫川丹奈の仮説は正解だったみたいね」

「丹奈さんの仮説？」

ヤヒロが、彩葉を支えたまま訊き返す。

彩葉がびくり、と肩を震わせた。そして怯えたような眼差しでみやびを見つめる。その続きを口にしないで、というふうに。

「私たちは――いえ、この世界にいるすべての人間は、死人よ」

みやびが簡単なクイズの謎解きをするように、さらりと告げた。

彩葉が絶望の表情で首を振り、一方のみやびは視界全体に広がる世界龍を見上げて、満足そうに笑っていた。

「生きている人間なんて、最初からどこにもいなかった。私たちが現実だと信じていた世界は〝冥界〟――死者の国なのね」

5

「俺たちが現実だと思ってた世界が……実は冥界だった、だと……？」

世界樹の一部である巨大な木の枝の上に立ったまま、ヤヒロは呆然とみやびを見つめた。

幽世。世界龍。世界を裏側から動かしている巨大な絡繰り――その幻影を俯瞰して、気が遠くなるような感覚に襲われる。

この世界はすべて作り物で、自分たちはただの操り人形ではないのかと。

そう。動く死体を使った悪趣味な人形劇だ。

「死者の国ってのは、つまり地獄ってことか？　俺たちは地獄に落とされた罪人なのか？」

「いえ。地獄というのが死者に刑罰を与える場所という意味なら、冥界と地獄は同じものではないわ。だからといって、天国というわけでもないけれど――」

「冥府、煉獄、黄泉の国――様々な呼び名がありますが、共通しているのは、罪や未練を残した死者が送られて、魂の浄化を待つ場所ということですね」

みやびの言葉を引き継いで、迦楼羅が説明した。

迦楼羅のその行動は、みやびの発言の正しさを間接的に認めたようなものだった。

「俺たちは……いや、現実世界にいた人間は、全員が亡霊だったってことか……？」

「信じられませんか？」

「そんな話、すんなり納得できるわけないだろうが……！」

唇を大きく歪めながら、ヤヒロが吐き捨てるように呟いた。

だが、心のどこかで納得もしていた。

なぜ、自分が死なないのか。

なぜ不死者などという者が存在しているのか。

ヤヒロたちは不死身なのではなく、すでに死んでいるのだ。一度死んだ人間が、それ以上の

死を繰り返すことはない。龍因子によって動いているだけの生きた死体。それが不死者の正体だ。

「魍獣なんてものが生まれてきたのも、ここが冥界だからってことか？」

「そうですね。畜生道に落ちるという言葉もありますが、魍獣は、記憶を失った魂が人の形を維持できなくなってしまった姿だと考えれば辻褄が合います。彼らが、なぜ冥界門の底から湧き出してくるのかも」

「冥界門は、地獄の階層をつなぐ抜け穴というわけだね」

ジュリがあっけらかんとした態度で、迦楼羅の説明を受け入れる。

迦楼羅は、冥界門を幽世のなり損ないだと言っていた。

魍獣化した魂は、冥界にも幽世にも行くことができず、世界の境界に追いやられていたのではないか——すなわち冥界門の奥底に。

「それでも納得いかないな。仮に俺たちの世界が冥界だとしても、やけに生々しいっていうか俗っぽすぎないか？」

「それは、冥界があまりにも現世に似ている、ということを言っているのですか？」

迦楼羅が微苦笑を浮かべて訊き返す。

「ああ。美味い料理もあれば、飢餓もある。裕福な一生を送るやつもいれば、貧困や病に苦しむ連中もいる。挙げ句の果てに人間同士の殺し合いだ。箱庭の世界だか、世界龍が生み出した

幻だか知らないが、どうしてそこまでリアルにする必要がある？　逆に未練が溜まるだろ？」

「それは、世界がそういう姿になるように願った者がいたからです」

「どこの誰だよ、そのお節介は。神様か？」

「ある意味では神と言えるかもしれませんね。地母神。創世の女神です」

迦楼羅が真顔で答えたことに、ヤヒロは驚いた。

そして迦楼羅は、どこか哀れむような遠い瞳で、目の前の世界樹を凝視する。

遺存宝器が埋まった大木の幹——無数の蔦に搦め捕られた表面に、なにかが埋まっている、とヤヒロは気づいた。

「ですが、彼女の正体は人間です。世界龍を生み出し、神蝕能によって理想の世界を生み出した始まりの龍の巫女。私たちは彼女をこう呼んでいます。〝クシナダ〟と——」

ヤヒロの腕の中で、びくっ、と彩葉の華奢な肩が大きく撥ねた。

「クシナダ……だと」

掠れた声で、ヤヒロが呟く。

硬直して動けないヤヒロの腕から抜け出して、彩葉が世界樹の幹へと近づいた。そして彼女は、幹の表面を覆う蔦を無理やりかき分ける。

蔦の下から現れたのは、琥珀だった。

樹液が固まって生み出された、黄金色の宝石。直径数メートルはありそうな、信じられない

ほど巨大な琥珀である。

ヤヒロと彩葉は、世界樹に埋めこまれたその宝石の姿に声を失った。

琥珀の大きさに驚いたわけではない。世界樹の規模に比べれば、取るに足らない大きさだ。

ヤヒロたちの動揺の理由は、その巨大な琥珀の中に、人影が浮かんでいたからだ。

粗末な巫女服を着た、若い少女が。

「何百年前か、何千年前か――彼女は幽世というシステムに生贄として捧げられ、その代償に、私たちが暮らしていたあの現実を生み出しました」

迦楼羅が、歌うような優しい口調で言った。

「わたくしたちは彼女に感謝するべきなのでしょう。彼女がいなければ、冥界の住民たちは、陽光の射さない常闇の世界で、埃と粘土を食べて暮らしていたかもしれないのですから」

「だとしたら、どうして私たちが、新たな龍の巫女として喚ばれたのかしら？」

みやびが怪訝な口調で訊く。

それは当然の疑問だった。

龍の巫女とは、新たな龍を召喚するために存在するのだといわれている。

しかし冥界が生贄の少女によって生み出された世界なら、新たな龍の巫女は必要ないはずだ。

その世界には、すでに龍が存在するのだから――

「時間が経ちすぎたのですよ」

迦楼羅が、哀れむような視線を世界樹に向けた。

「冥界を維持しているのは、世界龍を生み出した龍の巫女の願いです。ですが数百年の時が経ち、龍の巫女の魂は摩耗して世界龍の力は衰えました。だから幽世は新たな生贄を求めた。強い願い、鮮烈な感情を持つ新鮮な魂を――」

「それはまた、ずいぶんと傍迷惑な話ね」

みやびが苛立ったように眉を寄せる。

「そうですね。わたくしが言うことではありませんが、同情します」

迦楼羅が微笑んでうなずいた。

ウロボロスとは、自らの尾を喰らう龍。その円環は永劫の回帰の象徴であり、無限を表しているのだという。

時が経てば世界龍は、自らが生み出した古い世界を滅ぼし、新たな世界を創る。そのための生贄が龍の巫女だ。

「それは不死者も同じです。新たな冥界を生み出すためには、今ここにある世界龍を内側から喰らって、古い冥界を消し去らなければならない。そのために用意されたのが、龍の力を持って龍を討つ〝龍殺しの英雄〟というわけです」

「そうか……ネイサンが言っていたのは、このことか……」

すべての神蝕能は、極めれば世界そのものを自在に操れる――

火の龍の力を引き出して八卦と呼ばれる段階に至ったヤヒロに、ネイサンは思わせぶりな口調でそう言った。完全に龍の力に覚醒した不死者は、やがて太極——世界そのものに至る。それがネイサンの真意だったのだ。

だとすれば、ヤヒロたちが今見ている世界龍は、かつて不死者だった人間の成れの果てということになる。

そして、その不死者に加護を与えていた龍の巫女こそが、クシナダ——

世界樹の中に囚われた生贄の少女なのだろう。

「嘘……」

少女を閉じこめた琥珀を見つめて、彩葉が言った。

ほとんど聞き取れないくらいの小さな声だ。

琥珀の周囲を覆う蔦を乱暴に引きちぎり、彼女は激しく首を振る。

「嘘だよ、そんなの……！」

迦楼羅も、みやびも、ジュリも——そしてヤヒロも、なにも言わなかった。

彩葉の動揺の原因を、全員がすでに理解していたからだ。

「だって、クシナダが本当にこの世界を生み出した龍の生贄なら！　魂が擦り切れて消えてしまったのなら……！　どうして私はここにいるの、い、い、いるの⁉」

彩葉が、激しく髪を振り乱して絶叫する。

琥珀の中に閉じこめられている生贄の巫女は、ヤヒロたちが知っている少女によく似ていた。

純白の魍獣を抱きかかえた、美しい少女――

その姿は、まるで彩葉を鏡に映したようにそっくり同じなのだった。

6

迦楼羅が神器である勾玉から離れると、再び空間が激しく揺らいだ。

幽世との境界が、閉ざされる気配。

そして気づくとヤヒロたちは、元の一枚岩の上に立っていた。

彩葉はヤヒロの腕の中でぐったりと目を閉じている。

琥珀の中に囚われてたクシナダの姿を目にしてすぐに、彩葉は意識を失ってしまったのだ。

あの生贄の少女の存在は、彩葉にとってそれくらい衝撃的だったのだろう。

無理もない話だ、とヤヒロは思う。この世界が冥界だという事実だけでも衝撃的なのに、その冥界を生み出したのが自分自身かもしれないといわれたのだ。動揺しないはずがない。

気絶したままの彩葉を連れて、ヤヒロたちはいったん祭壇から降りた。

封印の門を出て、社殿に戻る。

そこには迦楼羅の従者たちが、盆を持って立っていた。

盆の上に載っていたのは、温かいお茶とどら焼きだ。そんな状況ではないはずなのに、彩葉のリクエストを聞いて律儀に準備してくれていたらしい。もっとも彩葉の正体が本当に創世の女神ならば、天帝家に仕える彼らが、彩葉を神聖視するのは当然なのかもしれない。

幸いなことに彩葉が気絶していたのは、それほど長い時間ではなかった。

悪夢を見ているようにうなされながら、彼女はすぐに目を覚ます。

「気がついたか、彩葉。気分はどうだ？」

瞼を開けた彩葉を見下ろし、ヤヒロは安堵の表情で呼びかけた。

「ヤヒロ、わたし……」

怯えたような瞳でヤヒロを見上げて、彩葉は唇を震わせる。なにかを言わなければと焦っているのに、言葉が出てこないという表情だ。

「喉、乾いてないか？」

ヤヒロが、精いっぱい優しい口調で彩葉に訊く。

「え……あ、少し……」

唐突な質問に困惑しながら彩葉はうなずき、そんな彼女にヤヒロは無理やりお茶を押しつけた。ヤヒロの強引さに気圧されながら、彩葉はそれを怖ず怖ずと受け取る。

「あ、ありがと」

「ん」

「これは？」

「天帝家の菓子らしい。食べたがってただろ」

「う、うん」

赤ん坊に離乳食を与えるような感覚で、ヤヒロが彩葉の前にどら焼きを差し出した。彩葉はそれに釣られたように口を開ける。

小動物めいた仕草で一口嚙みちぎり、その瞬間、彼女は驚いたように目を大きくした。

さすがに天帝家御用達だけあって、そこからの菓子とはひと味違ったのだろう。

気絶から目覚めたばかりだということも忘れて、彩葉はガツガツとどら焼きに嚙りつき、あっという間に食べ尽くしてしまう。

「美味いか？」

「もう一個欲しい」

「ほら」

遠慮を知らない彩葉の発言に、ヤヒロは安堵の笑みを浮かべた。やはり糖分が効いたのか、いつもの彼女のペースが戻ってきている。

どら焼きをがっつく彩葉の姿を、迦楼羅たちも面白そうに見つめている。実際、気持ちいいくらいの食べっぷりである。やがて盆の上のどら焼きを食べ尽くした彩葉は、お茶をすすって満足そうに息を吐いた。

そしてハッと我に返って、慌てたように立ち上がる。

「ご、ごめんなさい。わたしのせいで貴重な時間が……！」

「あなたが謝罪する必要はありません。動揺するのはむしろ当然でしょう」

迦楼羅が彩葉を気遣うように、柔らかな表情で微笑んだ。

「そうだな。俺だって、いきなりおまえは死人だって言われて頭の中がパニックだ」

ヤヒロも迦楼羅に同意する。

自分と同じ顔の生贄を目にした彩葉ほどではないにせよ、ヤヒロも充分に混乱していた。自分以上に混乱している彩葉がいてくれたからこそ、取り乱さずに済んだのだ。

「ジュリたちは最初から知ってたのか？　この世界の正体のことも？」

「細かい部分で解釈のズレはあるけど、ほとんど同じ内容の伝承がうちの一族にも伝わってるんだよ。統合体の構成員の家系は、どこも似たようなものだろうね」

迦楼羅を横目で見つめながら、ジュリが言った。

思えばジュリとロゼは、最初から彩葉をクシナダと呼んでいた。

龍が世界を生み出す存在だとヤヒロに教えたのも彼女たちだった。現実感のない話だと思っていたが、彼女たちはずっと事実だけをヤヒロに語っていたのだ。

「だけど、幻影とはいえ本物の幽世の姿を見ることができるのは、天帝領だけだよ。統合体やあの男が天帝家に固執するのはそれが理由」

「あいつらの狙いは、この本物の冥界門か……」

「そうですね。より正確に言えば、冥界門を開く神器でしょう。幽世にアクセスするための唯一の鍵となるのが、あの遺存宝器ですから」

迦楼羅が、巨岩の上の祭壇へと目を向けた。

世界樹の枝に埋めこまれた勾玉を持ち去ることで、ここにある冥界門を完全に閉ざす。迦楼羅はそのために彩葉とヤヒロを、この妙翅院領へと呼び寄せたのだ。

「統合体の連中は、神器を使ってなにをするつもりなんだ？」

「ユーセビアス・ベリトたち強硬派の目的は、彼らにとっての理想の世界の実現です。鳴沢珠依がかかわった横浜での事件を覚えていますか」

ヤヒロの質問に、迦楼羅が答えた。顔をしかめて、ヤヒロがうなずく。

「忘れるはずないだろ。おかげで俺は、危うく龍にされかけたんだからな」

「ですが、結果的に地の龍の召喚は失敗しました。今の鳴沢珠依にはもう、新たな龍を生み出す力はないのです。四年前の大殺戮が中途半端な形で終わってしまった時点で、それはわかっていたことですが」

迦楼羅の言葉に、ヤヒロは彩葉と顔を見合わせた。

珠依の地の龍召喚を妨害したのは、彩葉だった。

四年前も、そして前回も。彩葉の浄化の炎が地の龍の龍因子を焼き払ってヤヒロを解放し、

その結果、珠依は龍の巫女の力を大きく削がれたのだ。

「だから彼らは、神器に手を出さざるを得なくなったのでしょう。神器があれば、新たな龍を召喚せずとも幽世へと辿り着けますから。彼らはそこで世界を再構築するつもりなのでしょう」

「そんなことができるの？　新しい世界を生み出せるのは生贄の巫女だけなのでしょう？」

みやびが眉を顰めて言った。

たとえ幽世に辿り着けたとしても、世界龍を生み出すためには生贄の巫女が必要だ。世界龍が世界を作り変える力の源は、生贄の巫女の願いなのだから。

「巫女はいますよ。彼らがそのために造り出した巫女が」

迦楼羅が、哀れみを滲ませた口調で答えて、溜息をつく。

「造り出した……？」

「それは、珠依のことを言ってるのか？」

みやびが訝るように目を瞬き、ヤヒロは硬い声で訊き返す。

「気づいていたのですね、鳴沢八尋」

「あれだけヒントをもらえばな」

ヤヒロは苦々しげな表情で溜息をついた。

珠依は、彩葉と違う意味で特別な龍の巫女だった。

生まれつき色素を持たない、真っ白な髪。

年齢の割に幼い、病弱な身体。彼女を頻繁に襲う死の眠り。

統合体は珠依を実験動物のように扱う一方で、捕虜になった彼女を、姫川丹奈たちを使ってまで取り戻そうとした。それもこれも、珠依が統合体によって造られた存在だとすれば説明がつく。

「鳴沢珠依は、統合体が人工的に生み出した龍の巫女です。それを実現するために、彼女の肉体にはかなりの負担がかかっているようですが」

「俺の親父も、統合体の関係者だったのか？　だから、珠依は親父を殺したんだな？」

珠依はヤヒロの父親が、ある日突然連れてきた少女だ。

戸籍上はヤヒロの妹という扱いだったが、珠依の過去や彼女の母親の素性について、父親がヤヒロに説明することはなかった。

そして珠依は、最終的にヤヒロの父親を刺殺した。

彼女が大殺戮を引き起こす直前の出来事だ。

「鳴沢珠依が自分の出生の秘密に気づいたことが、殺人の動機になった可能性は高いでしょうね。その日、実際になにがあったのかは、想像するしかありませんが」

迦楼羅はヤヒロの推測を否定しなかった。

彩葉とみやびは驚きに目を見張っていたが、ジュリは表情を動かさない。

おそらくジュリは、一目見た瞬間から珠依の正体に気づいていたのだろう。珠依は、ジュリたち双子と同じ技術で造り出された、強化人間だったのだから。

「あの男――ユーセビアス・ベリトは、天帝家の神器を使って幽世に辿り着き、珠依ちゃんに自分の理想の世界を生み出させるつもりなんだろうね」

自らの父親を嘲るような冷淡な口調で、ジュリが言った。

ヤヒロはジュリを見返して、呆れたように首を振る。

「馬鹿げてるな。珠依が大人しく言うとでも思ってるのか」

「彼女の自我なんて、薬物や暗示で好きにコントロールできると思ってるんだよ、あの男は」

ジュリは、冷ややかに微笑みながら肩をすくめた。

そして彼女は防弾ジャケットの懐から、スマホサイズの通信端末を取り出して画面を見る。緊急の通信が送られてきたらしい。

「――その珠依ちゃんだけど、ちょっと厄介な状況になってるみたいだよ」

「まさか、シリル・ギスランに逃げられたのか？」

ヤヒロが不安で表情を曇らせた。

昏睡状態の珠依を運び出したシリルが統合体の強硬派と合流したら、たしかに面倒なことになる。いくら確率が低いとはいえ、ユーセビアスたち強硬派が珠依を幽世へと運びこむ可能性はゼロではないからだ。

「ううん、そうじゃないよ。パオラたちはきっちり追いついて、シリルはもう始末したって」

「始末した？」

だったらなにが問題なんだ、とヤヒロは胡乱な視線をジュリに向けた。

「問題なのは、そのあとなんだよね。雷龍の巫女と、不死者が現れたらしいよ」

「雷龍の不死者⁉　投刀塚か⁉」

ヤヒロが驚きに声を荒らげた。

迦楼羅の表情にも、一瞬だけ憂いの色が浮かぶ。

雷龍の加護を受けた不死者、投刀塚透——彼の恐ろしさをヤヒロはよく知っていた。彼はかつてヤヒロの目の前で、同じ不死者である神喜多天羽をあっさりと殺してみせたのだ。

「パオラたちは無事なのか？　まさか……」

「大丈夫。負傷者はいるけど、死人は出てないよ。その前に珠依ちゃんが覚醒して、投刀塚を攻撃したからね」

「珠依さんが目を覚ましたの……？」

絶句するヤヒロに変わって、彩葉が訊き返した。信じられない情報の連続で、正直、理解が追いつかない。

「いちおう意識は戻ったらしいけど、まともなコミュニケーションが取れる状態じゃなかったみたいだね。投刀塚に重傷を負わせて追い払った上で、本人もどこかに消えちゃったって」

「それは……まずいかも知れないわね」

みやびが憂うように目を伏せた。

そんな彼女の反応を、ヤヒロは少し意外に思う。

「たしかに面倒な状況には違いないけど、ジュリたちの親父に捕まるよりはマシじゃないのか？　投刀塚からも、ひとまず逃げ延びたみたいだし……」

「珠依さんを狙っているのは、ユーセビアス・ベリトだけではないのよ。忘れたの？」

「そうか……丹奈さん……」

彩葉が自分の口元を覆った。ヤヒロも無意識に唇を嚙む。

沼の龍の巫女──姫川丹奈が珠依を攫おうとしたのは、ほんの数日前の出来事だ。不死者である湊久樹を連れている上に、統合体の後ろ楯を持つ彼女は、ある意味でユーセビアスや投刀塚よりも遥かに厄介な存在だといえる。

「姫川丹奈の背後には、統合体最大派閥の長であるアルフレッド・サーラスがついている。おまけに彼らの手元にはすでに神器があるわ」

「神器？　そうか、草薙剣……！」

ヤヒロの顔から血の気が引いた。

珠依は、冥界門を生み出すことができる。

彼女一人の力では不完全なもの、、、しか創ることができないというが、神器である草薙

剣があれば話は別だ。おそらく珠依は、幽世への通路を開ける。

すでに役目を終えてしまった、枯れた幽世ではない。

新たな世界龍を生み出すための子宮――次世代の幽世に続く通路だ。

「どうやら、ゆっくりしている余裕は本当になくなってしまったようですね」

迦楼羅が重々しい口調で告げた。珠依にはすでに地の龍を召喚する力はない。彼女一人が幽世に辿り着いたところで、なにかが変わるわけではない。

だが、姫川丹奈にはヒサキがいる。沼の龍の不死者である彼は、龍を召喚するための触媒になり得るのだ。おそらく丹奈は自らが生贄の巫女となることで、ヒサキを世界龍へと進化させるつもりなのだろう。

この古い冥界を滅ぼして、新たな冥界を創り出すために――

そして珠依は、間違いなく丹奈たちに協力するはずだ。

新たな冥界が生まれるということは、古い冥界が崩壊するということである。それこそが、この冥界のすべてを憎む珠依の願いだからだ。

「侭奈彩葉。わたくしと一緒に来てください。勾玉を回収します」

「……いいの？」

「はい。龍因子の濃度が濃すぎて普通の人間では耐えられませんが、正統な龍の巫女であるあなたなら、問題なく持ち出すことができるでしょう。鳴沢八尋は、彼女の護衛を」

歩き出した迦楼羅を追って、彩葉とヤヒロは再び幽世を塞ぐ岩へと登った。

迦楼羅が世界樹の枝に抱かれた勾玉を指さし、彩葉が緊張気味に手を伸ばす。

「天帝家に伝わっていた神器は三つ。そのうちのひとつ──鏡は、四年前の大殺戮で触媒として使われ、失われました。草薙剣はメローラ社に回収されて、今はサーラス翁の手元に。ですからここにある勾玉が、天帝家に残った最後の神器です」

迦楼羅の説明にうなずいて、彩葉が勾玉を手に取った。

呆気ないほど簡単に、勾玉が世界樹の枝から離れる。

それと同時に、パキパキと乾いた音を立てて、世界樹の枝が朽ち果てた。

生い茂っていた葉が色をなくして粉々に砕け、枝自体も同じように塵へと変わる。

世界樹の最後を無言で見送り、迦楼羅は一瞬だけ目を閉じた。

そして彼女は顔を上げ、何事もなかったかのように微笑んで告げた。

「この冥界門は、これで機能を失いました。ここにはもう用はありません。脱出しましょう」

7

拝殿の外に出ると、夜空が赤く染まっていた。

音もなく降り続く霧のような雨の中、嵯峨野の森が燃えているのだ。

火災の原因は、統合体の侵攻部隊と魍獣たちの争いだった。破壊された装甲車から洩れた燃料や弾薬に火が回り、山中の草木に燃え移ったのだ。

戦闘の影響は、すでに妙翅院の領地内にも及んでいる。絶え間ない砲撃の音が地震のように大地を揺らし、大気を裂く魍獣たちの咆吼が領内の至るところから響いてくる。

炎が夜の街を真昼のように照らし、風が運んでくるのは噎せ返るような血の臭いだ。

想像を遥かに上回る惨状に、戦い慣れしたヤヒロですら思わず息を呑む。

「統合体……！　迷いの結界ってやつが破られたのか？」

「そうね。たしかに結界の内側まで入りこまれてる……でも、おかしいわ。いくらなんでも統合体の被害が大きすぎる。どうして彼らがこんな無茶を……!?」

風の流れを読むように目を閉じたまま、みやびが困惑の表情を浮かべた。

大戦力で妙翅院領を包囲した統合体は、本来、圧倒的に有利な立場だった。じわじわと包囲を狭めていけば、いつか必ず迷いの結界は破られる。焦って攻撃を仕掛ける必要などなかったのだ。

しかし今や統合体の指揮系統は崩壊し、連携を断たれた部隊は明らかに混乱していた。場当たり的に目の前の魍獣と戦うだけの、作戦もなにもない泥沼の消耗戦だ。

「魍獣だ……」

彩葉が、燃え落ちていく街並みを睨んだまま、震える声で呟いた。

「統合体が結界を破って攻めこんできたんじゃない。襲われてるのは、統合体のほうだよ。魍獣たちが……どうして、こんな……」

「魍獣？　だとしても、数が多すぎないか？　統合体の大部隊がここまで一方的に蹂躙されるなんて、いったいどこからそんな数の魍獣が……」

　そこまで言いかけて、ヤヒロはハッと息を呑んだ。

　大戦力による包囲網が、魍獣の大発生によって一瞬で瓦解する——ヤヒロはこれとよく似た事件を知っている。半月前に横浜で起きた出来事だ。

　魍獣たちは、そのとき、冥界門から現れたわけではなかった。

　彼らは、その場で生まれたのだ。ギャルリー・ベリト極東支部を包囲する敵の中から——

「ヤヒロ！　ジュリも無事ですか、よかった……！」

　呆然とその場に立ち尽くしていたヤヒロは、生真面目そうな呼びかけの声と、ディーゼルエンジンの轟音で我に返った。

　炎に包まれた街路を突っ切って、見覚えのある装甲兵員輸送車が現れる。魍獣の返り血に濡れた輸送車を護衛しているのは、ギャルリーの戦闘員たちだった。

「魏さん!?　どうやってここまで入ってきたんだ……!?」

「見てのとおり、強行突破だよ。統合体の戦力はもうズタズタだからね。僕たちに気づいたところで、彼らにはなにもできないよ」

軽機関銃を構えた魏洋が、息を弾ませながらヤヒロたちのほうへと駆け寄ってくる。

「それよりも急いで車に乗ってくれ。早いところ脱出しないとまずい。魍獣化だ」

「魍獣化……？」

「ああ。横浜のときと同じだよ。統合体の戦闘員が、魍獣化を起こしてる。このままだとそう遠くないうちに、この山の中は魍獣たちで溢れ返ることになるはずだ」

いつも冷静に振る舞う魏が、焦りを隠しきれない口調で言った。

「本当に魍獣化だったのか……どういうことだ？　龍が召喚された気配はなかったぞ？」

ヤヒロが、答えを求めるような視線を彩葉を向ける。

横浜で発生した魍獣化現象の原因は、珠依が地の龍を召喚しようとしたことだった。しかし、この妙翅院領の周辺で、龍の存在は感じない。統合体の戦闘員たちの魍獣化には、べつの理由があるとしか思えない。

「まさか、わたしたちがこれを持ち出したせいで……？」

彩葉が怯えたような眼差しで、自分が握っていた勾玉を見る。

祭壇上の世界樹から遺存宝器を外したことで、幽世への通路は閉ざされた。それが魍獣化現象の原因ではないのか、と彼女は不安を覚えているのだ。

「それは違います、彩葉。おそらくこれは、新たな世界龍が生まれつつある影響です。古い冥界の秩序が崩壊しようとしているのです」

迦楼羅(かるら)が迷いのない口調で断言した。ヤヒロは驚いて迦楼羅(かるら)を見る。

「まさか、珠依(スイ)たちの仕業(しわざ)なのか？」

「そうですね。少なくとも鳴沢珠依(ナルサワスイ)は、新たな幽世(かくりよ)を生み出すことが可能ですから。自ら冥界門(プルトネイオン)を開く権能を持ち、四年前にも幽世(かくりよ)に手をかけた彼女なら――」

「だとすれば、鳴沢珠依(ナルサワスイ)と姫川丹奈(ひめかわにな)は、すでに合流したということになるわね」

みやびが淡々と指摘した。

彼女がそう言い切れるのは、草薙剣(くさなぎのつるぎ)が丹奈(にな)の手元にあると確信しているからだ。

自分の逃走を手助けする見返りとして、メローラ社から奪った草薙剣(くさなぎのつるぎ)を丹奈(にな)に渡したのが、ほかならぬみやび自身だからである。そのことに対して、ヤヒロも文句がないわけではないが、恨み言を言っている場合ではないこともわかっている。

「新たな世界龍(ウロボロス)の誕生にどれだけの時間がかかるかはわかりませんが、すでに世界への影響が現れているのは事実です。このままでは、統合体(ガンツアイト)の主流派――姫川丹奈(ひめかわにな)たちの目的が果たされることになりますね」

「主流派？」

「ええ。自分たちの利益とは無関係に、純粋に新たな冥界(セカイ)の出現を望む者たちです」

「それは、なんと言うか……まずそうだな」

ヤヒロは乱暴に髪をかきむしった。

湊久樹という青年のことが、ヤヒロは決して嫌いではなかった。しかし彼には、丹奈の願いを叶えるためならどんな犠牲も厭わない、不安定で危うい部分がある。丹奈に対する抑止力としては期待できないということだ。

そして丹奈は、自らの知識欲を満たすためなら、どんな犠牲も厭わない人間だ。

ヒサキが彼女に協力する以上、放っておけばあの二人は、必ず行き着くところまで行こうとするだろう。その結果、この冥界が滅びることになったとしても、だ。

「湊くんが世界龍になったら、なにが起きるの？」

彩葉が迦楼羅に詰め寄って訊いた。

迦楼羅は微笑んで首を振る。

「姫川丹奈の願いの内容次第です。ただ、少なくともわたくしたちが今いるこの現実世界は、すべて消滅することになるでしょう」

「それを止める方法は？」

「殺してください。鳴沢珠依と姫川丹奈に追いついて、彼女たち二人を」

「っ……！」

なんのためらいもなく告げる迦楼羅を、彩葉が気色ばんで睨みつけた。彩葉の性格を考えれば、ある意味、当然の反応だ。

しかし迦楼羅は、感情の籠もらない瞳で彩葉を見返して、

「もちろん彼女たちを言葉で説得できるのならそれでもいいのですが、これまでの経緯を考えれば、それは望み薄でしょうね」

「……丹奈さんたちを、殺す以外の方法はないの？」

「一つだけありますが、それは言葉での説得以上に現実的とは言えません」

「教えて。どうすればいいの？」

「鳴沢珠依や姫川丹奈より先に、あなたが世界を変えればいいのです」

「……え？」

　思いがけない迦楼羅の言葉に、彩葉が目を瞬く。

「あなたが新たな世界龍を生み出し、この世界の存続を願ってください。そうすれば世界の消滅は止められます。正確には、この世界と地続きの未来が生まれる、というべきでしょうか」

「わたしが……龍の生贄に……」

　彩葉が、自分の手の中にある勾玉を呆然と見つめた。

　そんな彩葉の反応を眺めて、迦楼羅は柔らかく微笑んだ。

「ですが、おそらくそれは不可能でしょう。今のあなたには、もう叶えるべき願いが残っていませんから。光あふれるこの美しい世界を、冥界に創り出したあなたには、もう――」

「あ……」

　彩葉が声を震わせた。

今の彩葉は、幼いころの記憶を失っている。だが、もしも彼女が本当に生贄の生まれ変わりだとしたら、この冥界は彼女の願いそのものだ。

すでに冥界を創り出した彩葉には、世界龍に捧げる新たな願いがない。その現実を突きつけられた彩葉は、泣き出す直前の子どものような表情を浮かべた。

ヤヒロはそんな彩葉を強引に引き寄せた。

「いいんだ、彩葉。余計なことは考えなくていい」

震える彩葉の頭を抱いて、ヤヒロは彼女に笑いかける。

そして自分自身に言い聞かせるように、昏く獰猛な笑みを浮かべて独りごちた。

「珠依を殺すのは、俺の仕事だ」

8

「どちらにしても、珠依ちゃんたちに追いつかないことには始まらないね。彼女の行き先に、心当たりはある？」

ジュリがいつもと変わらない明るい口調で、迦楼羅に訊く。

迦楼羅は微苦笑を浮かべて首を振った。

「ここに来ていないということは、彼女たちには妙翅院領の冥界門を使う気がないのでしょ

う。もともと鳴沢珠依(ナルサワスイ)の神蝕能(レガリア)があれば、どこからでも世界の境界に穴を穿(うが)って、幽世(かくりよ)に続く新たな通路を開くことができますからね」

「つまり珠依(スイ)ちゃんたちが使った門を探して、そこから追いかければいいってことかな？」

「そうなりますね。湊久樹(ミナトヒサキ)を世界龍(ウロボロス)に変えるには、それなりの時間がかかるはずですが、果たしてその前に追いつけるかどうか……」

「それよりも、生きてここを出られるかどうかが問題かもしれない。外は相当ひどいことになってるみたいだ」

周囲を警戒している魏(ウェイ)が、しびれを切らしたような口調で言った。

統合体(ガンツアイト)と魍獣(もうじゅう)たちの戦闘は、数分前と比べても明らかに激しさを増している。追い詰められているのは、もちろん統合体(ガンツアイト)のほうだ。

魍獣化(もうじゅうか)する戦闘員(オペレーター)が現れるたびに統合体(ガンツアイト)の戦力は減少し、その恐怖が引き金となって新たな戦闘員(オペレーター)が魍獣化(もうじゅうか)する。統合体(ガンツアイト)の指揮官たちにとっては最悪の循環(サイクル)である。

「そうだね。彩葉(いろは)の血清がなかったら、あたしたちも危なかったかな」

ジュリがそう言って自分の左肩に手を当てた。

ギャルリー極東支部の戦闘員(オペレーター)たちは、彩葉(いろは)の血液から作られた抗魍獣化(こうもうじゅうか)血清を事前に接種している。魏(ウェイ)たちが魍獣化(もうじゅうか)の影響を受けていないのは、それが理由だ。

だが、血清自体は試作品であり、どこまで効果があるのかは未知数だ。決して楽観できる状

況ではない。

それでも今の時点では戦闘員の魍獣化よりも、魍獣そのものに襲われる危険のほうが勝っている。すでに目的の神器を手に入れた以上、妙翅院領に留まっている理由はなかった。

「そういうことだから、まずはここを脱出するよ。舞坂みやびと迦楼羅ちゃんは車に乗って。ヤヒロと彩葉には、悪いけど露払いを頼めるかな?」

ジュリが周囲を見回して次々に指示を出す。

ヤヒロと彩葉は顔を見合わせてうなずいた。

統合体の戦闘員との戦闘では役に立たないヤヒロたちだが、相手が魍獣なら話が変わってくる。特に魍獣を制御する彩葉の権能は、魍獣化した戦闘員たちに取り囲まれたこの状況を突破する切り札になるだろう。

だが、そのジュリの指示に異議を唱えたのは、迦楼羅だった。

「いえ、わたくしのことは構わずに先に行ってください」

「迦楼羅さん……!?」

彩葉が啞然としたように迦楼羅を見た。

そんな彩葉に向けて、迦楼羅が唐突に掌を向ける。

彼女の掌から放たれたのは、純白に輝く浄化の炎だった。

その炎の奔流は彩葉のすぐ横を通り過ぎて、彼女の背後に現れた猛獣たちを焼き尽くす。

「彼らは生贄の巫女が生み出した魍獣たちではありません。べつの理によって無理やり姿を変えられた存在です。あなたの声は届かないのですよ、彩葉」

「そん……な……」

炎の中で消えていく魍獣たちを眺めて、彩葉が唇を噛み締める。

彩葉が魍獣たちと心を通わせることが出来たのは、彼女が生贄の巫女――いわば魍獣たちを生み出した創世の女神だったからだ。

しかしここにいる猛獣たちの母親は、生贄の巫女ではない。彼らに彩葉の声は届かない。その指摘が事実だということに、ほかならぬ彩葉自身が気づいている。

龍の巫女を攻撃しないはずの猛獣たちが、彩葉を襲おうとしたこと――そして彩葉が魍獣に襲われるまで、それに気づかなかったことがなによりの証拠だ。

「ここにいる魍獣たちは、わたくしが抑えます。あなた方は、その隙に統合体の包囲を突破してください」

「あんたはどうやって脱出するつもりなんだ……？」

「わたくしの役目は済みました。ここで妙翅院と運命を共にします」

焦るヤヒロを見返して、迦楼羅は美しく微笑んだ。

迦楼羅に最後まで付き従っていた十数人の従者たちも、穏やかな表情で彼女の言葉を受け入れている。彼らは最後まで迦楼羅に殉じるつもりなのだろう。

「駄目だ……あんたの役目が終わったというのなら、尚更、こんなところで命を捨てる理由がないだろ⁉　ようやく自由になれたんじゃないのかよ……⁉」

真剣な顔で詰め寄るヤヒロに、迦楼羅はそっと右腕の袖をめくってみせた。

ヤヒロは思わず息を吞む。

迦楼羅の細い腕が水晶のように透けて、周囲の炎を映し出していたからだ。

結晶化。遺存宝器の適応限界だ。

「人の身で、神蝕能を使いすぎました。あなた方より一足先に、この冥界から抜け出すことになりそうです」

「迦楼羅……さん……」

満足げに微笑む迦楼羅を見て、ヤヒロは彼女に告げるべき言葉を失った。

迦楼羅の命は長くは保たない。彼女は残された自分の命を、ヤヒロたちを逃がすために使うつもりなのだ。

しかし彼女の表情に悲愴感はなかった。

迦楼羅は、彼女に課せられた責任を果たした。

己の命と引き換えに、彼女は神器を彩葉に託したのだ。ヤヒロたちに出来るのは、迦楼羅の覚悟を無駄にしないよう、一刻も早くこの地を脱出することだけだ。

「行こう、彩葉」

迷いを振り切るような強い口調で、ヤヒロが言った。

彩葉が唇を噛んだままうなずき、それでいい、というふうに迦楼羅が目を細める。

「ごめん。少しだけ待っててくれるかな。こっちも片付けなきゃいけないことがあるみたいだ」

戦闘用の手甲を装着しながら、ジュリが気怠そうに息を吐いた。

鋭利に研ぎ澄まされたワイヤーが彼女の指先から吐き出され、ヤヒロたちの視界の隅にいた魍獣を襲った。

首を斬り落とされた魍獣が血飛沫を撒き散らしながら倒れ伏し、その魍獣の死体の下から、血塗れになった男が這い出してくる。

戦場には相応しくない高価そうなスーツを着た白人男性だ。

魍獣に襲われていたその男を、ジュリが助けたという形である。

しかし男を見るジュリの瞳は冷ややかで、彼の姿を蔑んでいるようにも見えた。

「ご無事でなによりです、父上。ずいぶん凛々しいお姿になりましたね」

「ロゼッタ……いや、ジュリエッタか……」

血塗れの白人男性――ユーセビアス・ベリトが、ジュリに気づいて苦々しげに唇を歪めた。

統合体の強硬派を率いて、妙翅院領に攻めこもうとしたユーセビアス。だが戦闘員たちの魍獣化によって、彼の部隊はすでに壊滅しようとしている。そして彼自身も、こうして窮地

に陥っていた。

　この状況では侯爵の肩書きも役には立たない。今のユーセビアスは、ただの無力な一般人だ。

「広範囲無差別の魍獣化（もうじゅうか）……これも貴様たちの策略か、ジュリエッタ？」

「まさか。統合体（ガンツアイト）の主流派──サーラス翁（おう）の企てだそうですよ。まんまと出し抜かれましたね、父上」

　ジュリが父親の問いかけに首を振る。ユーセビアスは、ギリギリと奥歯を鳴らした。

「この私を父と呼ぶな、人形が」

「残念……あたしの手で殺してやろうとずっと思ってたのに、今の惨（みじ）めなあなたを見てたら、そんな気もなくなっちゃったよ」

「黙れ！」

　髪を振り乱したユーセビアスが、荒々しく怒鳴りながら拳銃を構えた。

　しかしユーセビアスが引き金を引く前に、音もなく巻きついたワイヤーによって彼の手首は切断される。もちろんジュリの仕業（しわざ）である。

　魏（ウェイ）たち極東支部の戦闘員（オペレーター）は、ユーセビアスに銃口すら向けていない。彼らは、ユーセビアスごときがジュリを傷つけられるはずがないと最初から確信しているのだ。

「ぐおおおおおおおおっ」

　鮮血を噴き出す右手を押さえて、ユーセビアスが絶叫した。

泥まみれで地面に膝を突く父親を見下ろして、ジュリがうんざりと息を吐く。

「今のはろーちゃんの分の復讐ね。あたしの分は、もういいや……」

ジュリはそれきり興味を失ったように、ユーセビアスに背を向けた。そのままギャルリーの装甲車に乗りこもうとする彼女に、ユーセビアスが必死に呼びかける。

「ま、待て、ジュリエッタ……待ってくれ！」

「あなたには、魍獣の餌がお似合いだよ。大殺戮の片棒を担いで、多くの人間を魍獣に変えたあなたにはね」

涙ながらに懇願する父親を、ジュリは冷ややかに一瞥した。

ユーセビアスは絶望の表情を浮かべて、口汚くジュリを罵り始める。父親が娘に向けるものとは到底思えない、聞くに堪えない罵詈雑言だ。だが、その状態は長くは続かなかった。

喚き散らすユーセビアスを目障りに思ったのか、炎の中から現れた魍獣の一体が、背後から彼に襲いかかったのだ。

ユーセビアスは悲鳴を上げることもできないまま、魍獣に引きずられて炎の中へと消えていく。そんな彼を、ジュリはもう振り返ろうとはしなかった。

「よかったの、ジュリ？」

「うん。ちょっとすっきりしたかな」

物言いたげな彩葉を見返して、ジュリは晴れやかな表情で笑った。

彩葉の性格からして、ジュリがユーセビアスを見捨てたことには葛藤を感じているのだろう。しかしユーセビアスはジュリに銃を向け、返り討ちに遭ったのだ。彼を救う理由はなかったし、救うことを考える余裕もなかった。復讐を果たしたジュリが、父親への恨みを吹っ切って、前向きに生き延びることだけを考えているのがせめてもの救いだ。

「さあ、行こうか。あの男がここまで逃げてきたってことは、統合体はもう壊滅状態だろうからね。すぐにほかの魍獣が押し寄せてくるよ」

ジュリに急き立てられるようにして、ヤヒロたちは装甲車に乗りこんだ。

彼女の言葉どおり無数の魍獣が、妙翅院の敷地内へと雪崩れこんでくる。

彩葉や迦楼羅の能力でも制御できない、新しい世代の魍獣たちだ。装甲車に搭載された機銃が轟然と火を噴いて魍獣たちを牽制するが、効果はほとんど気休めのようなものだった。

ヤヒロは装甲車のハッチから上体を出した。津波のように押し寄せてくる魍獣たちを睨んで、刀を構える。

いかに大出力の装甲車とはいえ、あれだけの数の魍獣たちと正面から激突すればただでは済まない。魍獣の包囲を破るためには、ヤヒロの神蝕能で突破口を開くしかない。

だが、倒しきれるか――と重圧に押し潰されそうになったヤヒロの視界に、和服姿の美しい女性の姿が映った。迦楼羅だ。

「迦楼羅さん……！」

装甲車の前に出た迦楼羅が、魍獣たちの群れに向かって両手を広げた。
彼女の胸元で揺れる宝玉が、眩い深紅の輝きを放つ。
その輝きはやがて、轟然と吹き荒れる炎の奔流へと変わった。
炎は不死鳥の翼のように広がって、なにもかもを呑みこんでいく。
魍獣たちも、妙翅院領の街も、そして迦楼羅自身の姿でさえも——
「行きなさい、鳴沢八尋。あなた方の行く末に、幸いを——」
悪戯っぽく響く迦楼羅の声が、耳元ではっきりと聞こえた気がした。
迦楼羅が生み出した炎が、ヤヒロたちの前に道を作る。
装甲車のエンジンが唸りを上げて、逃げ惑う魍獣たちの群れへと突っこんでいく。
振り返ったヤヒロが目にしたのは、炎の中で微笑む美しい女だ。
妙翅院迦楼羅の最期の姿だった。

第四幕　ザ・ホロウ・デザイア

THE HOLLOW REGALIA

CHAPTER.4

1

あなたは特別よ、と彼女は言った。

だから、その言葉を素直に受け容れた。自分は特別な龍の巫女なのだと。

雷龍の巫女――鹿島華那芽は、事実として特別な存在ではあったのだろう。いまだに姿を現さない天の龍の巫女を除けば、華那芽は、統合体と縁を持たない唯一の龍の巫女だったからだ。

そして華那芽が龍の加護を与えた少年は、最強の不死者と呼ばれるに足る凄まじい戦闘能力を持っていた。華那芽に期待された役割は、その不死者の軛となって彼を制御し、彼を天帝家の監視下に置くことだ。

その役割を、華那芽は忠実に果たした。

不死者――投刀塚透が暴走することは決して少なくなかったが、彼が理不尽な理由で人を殺すことは激減したし、天帝家が与えた任務にも彼は概ね協力的だった。

天帝家が統合体に対して中立的な立場を取ることが出来たのも、投刀塚を手懐けているという理由が大きい。彼がその気になれば、たった一人でも、統合体の出資者たちが持つ戦力に致命的なダメージを与えることができる。統合体は、そんな投刀塚の戦闘能力を恐れたのだ。

そして天帝家もまた、投刀塚を恐れた。

妙翅院と同じ天帝の一族の出身でありながら、投刀塚の気性はあまりにも異様だったからだ。

彼は気まぐれで、享楽的で、命の価値を知らない子どものように残酷だった。同時に彼は、抜け目なく狡猾でもあった。

たとえ日本が滅びることがなく、投刀塚が不死者の力を得ることがなかったとしても、彼は間違いなく英雄か、あるいは希代の殺人鬼として歴史に名を残していただろう。

そんな投刀塚を恐れなかったのは、唯一、妙翅院迦楼羅だけだった。

天帝家に伝わるすべての遺存宝器を使いこなすという卓越した能力に加え、次期天帝と噂される威厳を持ち合わせた彼女は、投刀塚と相対しても怯えることも遜ることもなかった。投刀塚も、なぜか迦楼羅のことは気に入っていたらしい。

怪物めいた不死者の青年と対等に話す迦楼羅に、華那芽は心からの敬意と憧れを抱いた。

その迦楼羅が、華那芽を特別だと言ったのだ。

彼女の期待の応えることこそが、華那芽の誇りであり存在意義だった。

それなのに。

だが、それなのに――

迦楼羅が選んだのは華那芽ではなく、火の龍の巫女、侭奈彩葉だった。

侭奈彩葉と彼女の不死者は、華那芽の代わりに妙翅院領に招かれ、迦楼羅から直々に神器を譲り渡されたのだ。


「透、怪我の具合はいかがです？」

レトルトの軍用レーションを温めただけの料理を、華那芽は投刀塚の前に運んでくる。

華那芽たちが隠れ家として使っている、京都市内の古い民家だった。

布団の上に足を投げ出して座っている投刀塚は、そんな華那芽を鬱陶しげに見上げた。

彼が握っているのは、恐ろしく長い一振りの鉄刀。反りのほとんどない古い時代の刀である。

刀の銘は、別訃霊――

別訃霊は、それ自体が一種の遺存宝器であり、雷龍の加護を一時的に封じる性質を持っていた。それを結界の中に組みこむことで、天帝家は投刀塚を囚えていたのだ。

だが、投刀塚本人が別訃霊を握れば、刀に封じられた力と合わせて、逆に雷龍の加護

を増幅することができる。いわば投刀塚にとっての切り札でもあるのだ。

もっとも、投刀塚が別師霊を持ち出すことは滅多になかった。

刃渡り二メートルを超える別師霊が、持ち運ぶにはあまりにも邪魔だというのが理由の一つ。

そしてもう一つの理由は、投刀塚がその必要性を感じていないということだった。遺存宝器になど頼らずとも、彼の力は充分に強大だったからだ。

しかし今はその投刀塚は、別師霊をお守りのように胸に抱いて、暗い瞳で虚空を睨んでいる。

「怠いよ、華那芽。なにもかもが怠いんだよ」

華那芽が運んできた食事を、投刀塚は手づかみで乱暴に口に運んだ。そして汚れた手を、血塗れの包帯で拭う。

不死身であるはずの彼の肉体は傷ついて、今も血を流し続けていた。

鳴沢珠依によって、ごっそりと肉を抉られた脇腹の傷。

その傷が治らないのではない。不死者の肉体の治癒力が、傷口の広がる速さに追いついていないのだ。決して癒えることのない深い傷口。それはあたかもタチの悪い呪いのようだった。

「傷が！　傷が疼くんだよ！　ふざけるなよ、鳴沢珠依！　この僕に、こんな真似を！」

投刀塚が、癇癪を起こした子どものように暴れて、食べかけの食器を蹴散らした。

華那芽はそんな投刀塚の姿を見つめて、無言で唇を噛んでいる。

龍因子の欠乏。それが投刀塚を蝕んでいる症状の原因だった。

鳴沢珠依が長い死の眠りに陥っていたのは、彼女が地の龍の龍因子を大量に失っていたからである。彼女が鳴沢八尋に流しこんだ膨大な量の龍因子は、侭奈彩葉の浄化の炎で焼き尽くされた。その影響が、龍の巫女である珠依に逆流したのだ。

その欠乏を補完するために、鳴沢珠依は投刀塚の龍因子を奪った。

彼女が投刀塚に刻みつけた傷跡は、今も呪いのように投刀塚から龍気を奪い続けている。それが投刀塚の苦痛と消耗の原因だ。彼がその苦痛から逃れるには、呪いの元凶である鳴沢珠依を殺すしかない。

肉体の苦痛から逃れるために——あるいは敗北の屈辱を晴らすために、再戦を挑む。

それ自体は、当然の発想なのだろう。

だが、その事実が華那芽を困惑させていた。

なぜなら、それは最強の不死者の振る舞いではないからだ。

感情の赴くままに、気まぐれに、まるで災害のように、ただ目についた者を襲うのではなく、自分の利益のために誰かを殺そうとするのなら——それはもはや怪物ではない。

それは、ただの人間の振る舞いだ。

「行くよ、華那芽。こんなところにいても意味はないからさ」

鮮血の滴る脇腹を押さえて、投刀塚は直刀を杖代わりに立ち上がる。

「はい……」

彼の背中に付き従いながら、華那芽は、これまでに味わったことのない感情に戸惑っていた。

特別な存在。雷龍の巫女。

自分が特別な存在だと思っていられたのは、迦楼羅がそう認めてくれたからだ。

そして自分の不死者である投刀塚が最強だったからだ。

だが、と華那芽は自問する。

その最強が揺らいでしまったら——自分はいったいなにを信じればいいのだろう？

2

駐屯地に帰還したヤヒロたちに気づいて、真っ先に飛び出してきたのは、彩葉の家族の子どもたちだった。

「あ、ヤヒロが帰ってきた！」

「ママ姉ちゃんだ！」

「彩葉ちゃん！　お帰り！」

「京太！　希理！　ほのか！　みんな無事だった？」

声を上げながら駆け寄ってくる年少組の弟妹たちを、彩葉がまとめて抱き止める。

ギャルリー極東支部に制圧された京都駅前は、表向き落ち着きを保っていた。珠依たちが引き起こした魍獣化の影響は、今のところこの駐屯地には及んでないようだ。

「大丈夫だよ。ゼンさんたちが守ってくれたから」

子どもたちの中では年長組の蓮が、はにかむような口調で彩葉に答えた。

「……ゼン？　相楽善のことを言ってるのか？」

「そうだよ。ほら」

驚くヤヒロに、凛花が駅の方角を指さした。

ギャルリーの戦闘員たちにまじって食事をしていたのは、高校の制服を着た日本人の少年と少女だった。相楽善と清滝澄華だ。

ヤヒロたちの姿に気づいた澄華が、バーベキューの串を持ったまま大袈裟に手を振ってくる。

「お帰り、ヤヒロ！　彩葉っち！」

短いスカートの裾を翻しながら駆け寄ってきて、澄華が満面の笑みを浮かべた。

「ねえねえ、天帝家のお姫様に会いに行ったんだって？　会えたの？　どんな人だった？」

「会えたよ。綺麗な人だった。すごく……」

彩葉が寂しそうに微笑んでうなずいた。

たったそれだけの反応で、澄華は彩葉が落ちこんでいることに気づいたらしい。彼女は無言

で彩葉を抱きしめ、幼い子どもを慰めるように優しく背中をさする。

「相楽。どうしておまえらがここにいるんだ？」

ヤヒロが、遅れて近づいてきたゼンに訊いた。

疑うような口調になってしまったのは、ある意味、不可抗力といえるだろう。ゼンたちが今さら敵に回るとは思っていないが、食事を共にするほどギャルリーの戦闘員たちと打ち解けていたことには、さすがに違和感を覚えずにいられない。

「ロゼッタ・ベリトに雇われて、鳴沢珠依の奪還に協力していた。レリクト適合者との戦闘になる可能性があるということで、パオラ・レゼンテの護衛としてな」

自分が場違いという自覚はあったのか、ゼンは特に気分を害した様子もなく言った。

その答えにヤヒロの表情が険しくなる。

「投刀塚と会ったのか？」

「ああ。噂どおりの危険人物だったな」

ゼンは忌々しげに嘆息した。そして彼は深刻な表情で声を低くする。

「だが、その投刀塚を鳴沢珠依は一蹴したぞ。怪物めいた力でな」

「怪物……？」

「ああ。正直に言おう、鳴沢八尋。俺は鳴沢珠依が恐ろしい。兄であるおまえには悪いが、あの女を、殺せるときに殺しておかなかったことを今は後悔している」

「……そうだな」

ヤヒロは、ゼンの意見に素直に同意した。

珠依が昏睡状態に陥っている間であれば、彼女を殺すのは簡単だった。ヤヒロたちには、彼女を殺すチャンスが充分に与えられていたのだ。

「もっとも、本気で殺そうとしたところで、実際に殺せたかどうかは怪しいものだがな」

ゼンが自嘲するように呟いて息を吐く。

ヤヒロは彼の言葉に動揺した。投刀塚を撃退したとは聞いていたが、ゼンにここまで言わせるほどに珠依の力は危険な代物だったらしい。

「珠依の行き先はわかるのか？」

ヤヒロが恐怖を振り払うように訊き返す。

その質問に答えたのは、澄華だった。

「ロゼっちたちが捜してるみたいだけどね。見た感じ、苦労してそうだよ。なにしろ、ほら、日本中あっちこっちで魍獣騒ぎが起きててそれどころじゃないからね」

「日本中……？　魍獣化が起きているのは、京都の周辺だけじゃないのか？」

ヤヒロが眉を吊り上げて、澄華に詰め寄った。

ぐいぐいと距離を詰めてくるヤヒロに、澄華は若干引き気味の表情を浮かべてうなずき、

「え、うん。あたしも直接確認したわけじゃないけど、ロゼっちたちがそう言ってたよ。神戸

や横須賀あたりの軍の基地でも、結構な騒ぎが起きてるって」

「日本中……あちこち、ね……それだけで済めばいいけれど……」

装甲車の陰に立っていたみやびが、ヤヒロたちの会話を聞いて小さく失笑した。

みやびの存在に気づいたゼンが、敵意に満ちた眼差しで彼女を睨みつける。

「どういう意味だ、舞坂みやび。今さらここになにをしに来た？」

「ちょ……待って、相楽くん。みやびさんは敵じゃないから。澄華も相楽くんを止めて」

背中の剣に手を伸ばすゼンを見て、彩葉は慌ててみやびを庇った。

「止めろって言われても、あたしら、もともとこの人を追いかけてたんだけど……」

澄華が不満そうに唇を尖らせる。

みやびはゼンと澄華にとって、自分たちをいいように利用した明白な敵だった。今になって敵ではないといわれても、そう簡単に割り切れるものではないだろう。

しかしみやびは、余裕の表情を浮かべて、ゼンたちの殺気をどこ吹く風と受け流す。

「警戒しなくても、私が龍や宝器に手を出すことはもうないわ。そんなことをしなくても、私の願いはもう叶ってしまったから」

「願いが叶った？」

ゼンが、意表を衝かれたように動きを止めた。

みやびは静かにうなずいて、自嘲するように肩をすくめてみせる。

「私は世界に真実を伝えたかった。でも、この作り物の冥界(セカイ)に真実なんて存在しない。それもまた一つの真実よ」

「この世界が作り物だと？　それはいったいどういう意味だ？」

ゼンが困惑の表情でみやびを睨(にら)む。みやびはどこか楽しげに彼を見返した。

「この世界は、死者たちが囚(とら)われた黄泉(よみ)の国。龍骸(コープス)というシステムが見せているただの幻よ」

「俺たちは、幻の中で暮らしているというのか？　馬鹿な……！」

「清滝澄華(きよたきすみか)、龍の巫女(みこ)であるあなたには、思い当たる記憶があるのではなくて？　私たちはもうとっくに死んでいるのだと」

「違う……嘘(うそ)……あれは……ただの夢で……」

「澄華(すみか)……？」

みやびに見つめられた澄華(すみか)が声を震わせながら首を振り、それを見たゼンが困惑する。

「鳴沢八尋(ナルサワヤヒロ)！　侭奈彩葉(ままないろは)もそれでいいのか？　おまえたちまで、こんな荒唐無稽な話を認めるのか？　この世界にいる人間が、死人だなどと——」

「逆だよ、相楽(サガラ)。俺たちが認めないわけにはいかないんだろ。何度も死ぬような目に遭って、そのたびに生き返った俺たち不死者(ラザルス)が」

「それは……ッ！」

ヤヒロに淡々と指摘されたゼンが、反論しようとして声を詰まらせる。

幾度となく死を経験しているからこそ、ヤヒロは自分が死人だという事実を受け入れた。受け入れないわけにはいかなかった。それはゼンも同じはずだ。

この冥界にいる人間は、全員がすでに死んでいる。誰もがそれを忘れて生者として振る舞い、まるで現実世界のように歴史を積み重ねてきた幻想の箱庭だ。

だからこそ、不死者は何度死んでも甦る。

ヤヒロたちが特別だからではない。ただ単に、そういう役割を与えられた人形だったからだ。

「だったら、俺たちが今までやってきたことはなんだったんだ……俺たちは、死人同士で殺し合いをしてたのか……!?」

ゼンが呆然と問いかける。もちろん、その問いに答える者はいない。最初からわかりきった、そしてあまりにも残酷な事実だからだ。

ただ、みやびだけが、そんなゼンに優しく告げる。

「この世界が嘘でまみれていたとしても、ここで生きている人々の記憶や想いは真実よ。だから私は、ここからは自分の仕事をするわ」

「あなたの……仕事？」

「真実を世界に伝えること。龍の巫女なんかじゃなくて、人間、舞坂みやびとしての仕事よ」

みやびはそう言って、自分のスマホを取りだした。

日本国内の通信インフラが壊滅した今でも、低軌道衛星を使ったネット回線は生きている。

大がかりな放送設備がなくても、スマホ一台で全世界に映像を届けることができるのだ。

「まさか今の話を、世界中に広めるつもりか？　パニックになるぞ⁉」

「その前に、信じる人がいないっしょ……」

ゼンがみやびを咎めるように声を荒らげ、澄華が冷静に突っこみをいれる。

そんな二人の言葉を否定したのは、思いがけない人物だった。

「いえ。その情報の拡散は、案外、重要な意味を持つかもしれませんね。今のこの状況では」

ヤヒロたちを出迎えるために近づいて来たロゼが、意味深な態度で会話に割りこんでくる。

「それはどういう意味だ、ロゼ？」

「見ますか？　今のマンハッタンの様子だそうですよ」

不吉な予感に顔をしかめるヤヒロの前に、ロゼがタブレット型の携帯端末を差し出した。

映っていたのは、衛星放送のニュースチャンネルだ。ニューヨーク市街からの中継映像が、生放送で流れている。

だが、そこに映っていた光景は、ヤヒロが想像していたものとはまったく違っていた。

悲鳴と銃声。黒煙を噴き上げて燃える建物。破壊された乗用車。そして逃げ惑う人々の群れ。

彼らを襲っているのは、自然界にはあり得ない異形の怪物たちの群れだった。

魍獣だ。

「なんだ、これは……これがニューヨークの映像だと⁉」

ヤヒロは信じられない気分で首を振った。

魍獣が日本国外に出現していた。これがフェイク映像でなければ、今まさにニューヨークの市民が魍獣に襲われているのだ。まるで四年前の日本のように。

「どうしてアメリカに冥界門が出現しているんだ……」

ゼンが呆然と自問する。

ニュースチャンネルの映像には、有名なニューヨーク五番街の路上に出現した漆黒の縦孔が映し出されていた。

不気味な瘴気を撒き散らし、魍獣たちが這い出してくるその縦孔は、間違いなくヤヒロたちが知る冥界門と同じものである。

「アメリカだけではありません。中南米やカナダはもちろん、アジア、オセアニア、中近東、アフリカ、ヨーロッパ……そのほか世界中のあらゆる主要な都市で、同じような騒ぎが起きています。出現した冥界門はまだ小規模ですが、これから規模や数は増していくでしょうね」

「世界規模の殺戮……いえ、ここまで来るともはや大絶滅ね」

ロゼの説明を聞き終えて、みやびがぽつりと呟いた。

四年前の大殺戮で死に絶えたのは日本人だけだった。それだけでも世界経済を深刻なダメージを受け、復興には何年もかかったはずだ。もし同じだけの破壊が世界規模で起きたとしたら、人類の存続すら危うくなるだろう。

「これも、珠依の仕業か……」

「彼女が本当に幽世にアクセスしたのだとしたら、世界規模の異変が引き起こされたとしても不思議はないわね。いえ、おそらくこの災害ですら、ただの始まりに過ぎないのでしょう」

苛立ちを滲ませて呻くヤヒロに、みやびが最悪の可能性を突きつける。

あらためてはっきりと言葉にされると、そこには絶望しかなかった。

「珠依はどこにいるんだ、ロゼ……⁉」

「鳴沢珠依の居場所は、まだつかめていません。統合体の穏健派を通じて日本駐留中の各国の軍にも情報提供を求めていますが、今のところ手がかりはなにも――」

ロゼが静かに首を振る。

ヤヒロは無言で奥歯を噛み締めた。

珠依の居場所がわからなければ、幽世に続く冥界門に辿り着くこともできない。それは迦楼羅が命懸けで彩葉に託した神器が無駄になるということだ。

だが、ギャルリーや統合体の力を借りても手がかりが見つからないとすると、珠依に追いつくのは絶望的だ。

今の日本に、彼ら以上の情報網を持つものなど存在しないはずなのだから――

「ふぉっふぉっ、ずいぶん困っておるようだの、ヤヒロよ」

無力感に打ちひしがれていたヤヒロが、反射的に身構えたのは、懐(なつ)かしい声が聞こえてきたせいだった。

ギャルリーの戦闘員(オペレーター)たちが警備する駐屯地(キャンプ)に、場違いな雰囲気の男が紛れこんでいる。ジュリに案内されて現れたのは、派手な柄のシャツを着た白髪(はくはつ)の老人だ。

「な……」

ヤヒロが喉を引き攣(ひ)(つ)らせた。ロゼですら驚いたように軽く目を見張っている。

しかし老人の表情に敵意はない。彼は飄々(ひょうひょう)と笑っているだけだ。

「情報が欲しければ、売ってやらんこともないぞ。ただし、少々高くつくがの」

老人が、白い歯を剝(む)いてニヤリと笑う。

「なんで、あんたがここにいるんだ……!?　エド!」

ヤヒロはようやく驚きから立ち直り、取り繕うことも忘れて大声を上げたのだった。

3

「エド……だと?　おまえはこの老人を知ってるのか、鳴沢(ナルサワ)?」

動揺するヤヒロを横目で見ながら、ゼンが訝(いぶか)るように目を眇(すが)めた。

「ああ、この爺さんは情報屋だ。エドゥアルド・ヴァレンズエラって、守銭奴だよ」

ヤヒロは深々と溜息をつく。

エドは、旧・松戸市のはずれで小さな雑貨屋を営む怪しい老人だ。

日本に駐留している多国籍軍や民間軍事会社の内情に詳しく、その情報をあちこちに流して小金を稼いでいる。ギャルリー・ベリトも、彼の数ある取引先の一つだ。

ヤヒロは、行方不明だった珠依を探すためにエドに接触し、その対価としてエドから様々な仕事を押しつけられた。危険地帯である二十三区への道案内や、廃墟に取り残された美術品の回収など、碌でもない仕事ばかりである。

それが無駄だったわけではない。彩葉やギャルリー・ベリトとの出会いも、彼から引き受けた仕事がもたらしたものだからだ。その意味では、エドはヤヒロの恩人ともいえる。

しかし素直に感謝する気にはなれなかった。詐欺まがいの依頼を回されたり、報酬をピンハネされたり――とにかく、エドという男には、いい印象がないからだ。

だが、そんなヤヒロの説明を聞いて、ゼンは重々しく否定した。

「違う」

「は？」

「違うぞ、鳴沢。この老人の名前は、エドゥアルド・ヴァレンズエラなどではない」

ゼンが硬い声で言う。

緊張感を漂わせた彼の態度に、ヤヒロは強い戸惑いを覚えた。

「なにを言ってるんだ、相楽。こいつがエドじゃなかったら、いったい誰なんだよ？」

「アルフレッド・サーラス——」

ヤヒロの質問に答えたのは、ゼンではなく、みやびだった。

彼女の声音にもエドへの畏怖と、敵意にも似た警戒感が滲んでいる。

「過去の戦争で爆弾を売りさばき、巨万の富を築いた死の商人。サーラス財団の総帥にして、欧州重力子研究機構CERGの理事会議長。姫川丹奈の雇い主。そして統合体最大派閥である、中立派の指導者よ」

「エドが……統合体の指導者、だと……」

ヤヒロは呆然とみやびを見つめ、それからエドへと目を向けた。

老人は反論することなく、悪戯が成功した悪ガキのような目でヤヒロを見返してくる。

「ロゼたちも知ってたのか、このジジイの正体を……!?」

「……いえ。実に不愉快ですが、初耳です。彼の情報収集能力からして、強力な組織が背後にいるのは予想していましたが——」

ロゼが平坦な口調で言った。感情表現の乏しい彼女にしてはめずらしく、はっきりと苛立ったような声だった。ジュリも黙って肩をすくめている。彼女たち双子が、ここまで完全に出し抜かれるのを見たのは、ヤヒロにとっても初めてのことだ。

「べつに腹を立てるようなことでもあるまい。おまえさんのことは、これまでもずいぶん助けてやったであろう？」

　エドが恩着せがましく言い放つ。ヤヒロは苦々しげに頬を歪めて、

「俺を助けた？　利用していただけだろうが……！」

「まあ、そうとも言うな。それで、どうする？　情報を買うのか、買わんのか？」

「あんたは、本当に珠依の居場所を知ってるのか？」

「もちろんだとも。なにしろ、あの娘に草薙剣をくれたやったのは儂だからの」

　エドは悪びれもせずに堂々と告白した。

「てめえはなにをしてくれてんだ……!?」

「待て、鳴沢！　落ち着け！」

　思わずエドにつかみかかろうとしたヤヒロを、ゼンが慌てて羽交い締めにする。

「もちろん理由があってのことでしょうね、サーラス翁」

　冷え冷えとした口調で、ロゼが老人を睨みつけた。

　ふむ、とエドはあごひげを撫でる。

「理由というならいろいろあるが、龍の巫女の願いだったから、というだけでは不満かね？」

「龍の巫女……鳴沢珠依ではありませんね。姫川丹奈ですか」

「丹奈さんの願い？　あの人はなにをするつもりなの？」

ゼンと揉み合うヤヒロを澄華と一緒に宥めながら、彩葉がエドに向かって訊く。

エドは、ひどく愉快そうに彩葉を見返して、

「それを聞いて、どうするね？　夢に向かって頑張るあの娘を応援するかね？」

「ふざけんなっ……！」

沈黙する彩葉に代わって、エドを怒鳴りつけたのはヤヒロだった。

「ふぉっふぉっ、大真面目な話だよ。新たな幽世に続く門はすでに開かれた。世界龍の円環が回り始めるのは、もはや誰にも止められん。あとは誰が新しい世界の夢を見るか、それだけよ。龍の巫女であるおまえさんたちにも、まだその権利は残されておるぞ？」

エドが試すような眼差しで彩葉を見る。そして彼はその視線を澄華に向けて、

「水の龍の巫女よ。たとえばおまえさんが望むなら、時間を戻して大殺戮が起きてからの四年間をなかったことにもできるだろう。友人や家族も生き返り、忌まわしい記憶を消し去ることもできる。どうかの？」

「ははっ、いいね、それ」

悪魔の誘惑にも似たエドの言葉に、澄華はカラカラと声を上げて笑った。

普段は陽気に振る舞っている澄華だが、大殺戮後の彼女の生活が、平穏だったはずもない。簡単に言葉にできないような過酷な体験も多かったはずだ。

その過去をやり直せるというエドの誘いを、澄華は軽く笑い飛ばす。

「昔のあたしだったら、ちょっと心が動いてたかもね。でも、もういいよ。あのときこうしてたら、とかさ、いつまでも引きずってるのはダサいでしょ。あたしは過去じゃなくて今を生きるって決めたの。ゼンが今のあたしのことを綺麗だって――好きだって言ってくれたからね」

「ほっ……」

エドが驚いたように声を洩らす。澄華の答えは、どうやら彼を満足させるものだったらしい。

感心したようにうなずきながら、エドはみやびに視線を移す。しかし老人が同じ質問を繰り返す前に、みやびはうんざりと首を振った。

「そうね。私も、世界の創造になんて興味ないわ。自分に都合の都合のいいようにねじ曲げられた現実は、もう真実とは呼べないもの。そんなもので誰かの心を動かしたいなんて思わない。それなら、世界の滅びを黙って眺めていたほうがまだマシね」

「なるほどの。では、おまえさんはどうかの、火の龍の巫女よ？」

エドが意地悪く笑って彩葉を見た。

彩葉は一瞬、怯えたように息を詰まらせる。

「世界を創り変えられるとしたら、お主はなにを望む？　お主の子どもたちが、大殺戮をまぬがれて、本当の親兄弟と幸せに暮らせる世界かの。それとも彼らが新たな世界の支配者として、王侯貴族のような暮らしを送る世界かの。もっともその世界にお主の居場所はないがな」

「わたし……わたし、は……」

彩葉が目を伏せて、弱々しく呟いた。

龍の巫女である彩葉が願うなら、どんな世界でも生み出せる。

しかしその世界に彼女自身の居場所はない。生贄の巫女は幽世に囚われて、その願いを世界龍に捧げ続けなければならないからだ。

「わたしには、そんなのわからない……わたしは珠依さんや丹奈さんとは違うもの。みんなが幸せになる方法なんてわからない。どんな世界がいちばん幸せかなんて決められないよ！」

「そうか。ならば、おまえさんたちには丹奈たちの邪魔をする資格はない。願いの内容はどうあれ、あの娘は自らの意思で選択したんだからの」

エドが失望したように息を吐きだした。

澄華もみやびも、そして彩葉も新たな世界を生み出すことを拒んだ。その時点で彼女たちは、幽世に辿り着く資格を失ったのだ。

エドが珠依たちのいる場所を口にすることはもうないだろう。

ユーセビアスたち強硬派とは目的が違っても、統合体の一員であるエドは、新たな世界の創造を望んでいる。その望みを叶えようとしているのは、今や姫川丹奈だけだからだ。だが――

「いや。あんたは間違ってるぜ、エド」

彩葉の肩を抱き支えながら、ヤヒロが獰猛に微笑んで言った。

「こいつの願いは、俺が叶える。だから珠依の居場所を教えろ」

「ヤヒロ……？」

彩葉(いろは)が驚いたように目を丸くした。ほう、とエドが愉快そうに眉を上げる。

「ジュリ、ロゼ。ギャルリーと俺の契約内容は、すべての龍を殺せ、だったな」

ヤヒロが双子の姉妹に訊(き)いた。二人は同時に首肯する。

「そうです。そのために私たちは、あなたと彩葉(いろは)に必要な各種のサポートを提供します」

「その契約は、まだ有効か？」

「もちろんだよ」

「なら、決まりだ。俺を世界龍(ウロボロス)のところまで連れて行ってくれ」

「彩葉(いろは)を生贄(いけにえ)にして、新たな世界を創るつもりですか？」

ロゼが意外そうに眉を寄せ、ヤヒロは笑って首を振った。

「いや、違う。新しい龍の巫女(みこ)はもう要らない。世界龍(ウロボロス)を……いや、幽世(かくりよ)というシステムそのものを、俺が殺す」

「世界龍の骸(ウロボロス・コープス)を破壊する……か。それがどういう結果をもたらすか、わかって言っておるのかの？」

エドが笑みを消してヤヒロを睨(にら)みつけた。

ヤヒロは挑発的な瞳で、老人を睨(ね)め返(かえ)す。

「ああ。この世界が、世界龍(ウロボロス)の生み出した幻なら、すべて消えてなくなるかもしれないな」

「次の世代の龍の巫女がいなければ、消えた世界が再構築されることもないのだぞ」

「そうだな。誰かを生贄にして生み出された世界はな」

明らかに困惑しているエドを見て、ヤヒロは胸がすくような気分を味わっていた。この老人と知り合って以来、初めての体験である。

「世界龍ってのは、自分の尾を喰らう龍なんだろ。古い世界を壊して、新しい世界を生み出す。それを永遠に繰り返す——その円環を破壊する」

「世界を、円環から解き放とうというのか？　そんなことが出来るとでも？」

「俺一人じゃ無理だろうな。だけど、彩葉がそれを願うなら可能性はあるんじゃないか？」

ヤヒロが力強く笑って言い切った。

大きく見開かれたままの彩葉の瞳に、理解の色が広がっていく。

珠依たちが幽世に辿り着いただけで、どうして世界の崩壊が始まったのか——それは、世界龍が今の世界を——自分自身を喰い尽くそうとしているからだ。

ヤヒロが殺すべきは、その世界龍による自食作用の連鎖だ。

世界龍を殺し、龍の死骸だけを残すことができれば、世界の崩壊は止まるのではないか。ヤヒロはシンプルにそう考えた。

世界を覆い尽くすほどの龍を殺すことなど、普通に考えればできることではない。

だが、彩葉がそれを願うのなら、可能性はゼロではない。

なぜなら、その世界龍を生み出したのは生贄の巫女――過去の彩葉自身だからだ。

「ふぉっ……面白い。まさか、小賢しかった彼奴の息子がこれほどまでの阿呆に育つとはな。それでこそ龍殺しの英雄となるに相応しいのかもしれんの」

ヤヒロを黙って睨みつけていたエドが、ニヤリと唇の端を吊り上げた。

「彼奴？　そうか、あんたは親父を知ってたのか」

「残念ながら、彼奴が鳴沢珠依を利用しようとするのを、止めることは出来んかったがな」

後悔しているとも受け取れるような口調でつぶやき、老人は静かに息を吐く。

「鳴沢珠依が向かったのは、この国で最初の――そして最大の冥界門の中よ。姫川丹奈たちも一緒にいるはずだ」

「……この国で最初の冥界門!?　二十三区か！」

ヤヒロと彩葉の瞳に、驚きの色が広がった。

かつての東京駅を中心としたエリアに広がる、日本最大の冥界門――それはヤヒロたちにとっても馴染み深い場所だ。珠依は、彼女が最初に生み出した冥界門を、幽世への通路に選んだのだ。

「なぜ、それを教えてくれるのかな。情報の対価はなに？」

ジュリが疑いの眼差しでエドを見た。

エドはくっくっと喉を鳴らして笑い、シャツの背中をめくり上げてみせる。

老人の背中に刻まれていたのは、刺青（いれずみ）に似た翡翠色（ひすいいろ）の模様だ。

「儂（わし）は少々長く生きすぎた。この世界に倦（う）んだのだよ。人間の願いなど、何百年経（た）ってもそうそう変わるものではないからの」

「遺存宝器（レリクト・レガリア）……か……」

ヤヒロは呆然（ぼうぜん）と息を吐く。

エドの背中に刻まれた紋様は、龍因子の結晶。ネイサンや絢穂（あやほ）のものと同じ、レリクト適合者（デイザーバー）の証（あかし）だった。

不死者（ラザルス）は不死だが、不老ではないと聞いている。それは適合者（デイザーバー）も同じだろう。だからといって彼らの寿命が、普通の人間と同じだとは限らない。少なくともエドの口振りでは、彼はすでに何百年も生き続けていると思える。エドが世界の消滅を望んでいたのは、それが理由なのかもしれない。

「だが、お主らが世界の繰り返しを破壊してくれるというのなら、その退屈な日々も悪くなかったと思える。ヤヒロよ、儂（わし）はおまえさんたちの手で変わった世界が見たいのだ」

「最後の最期（さいご）まで、身勝手で迷惑なジジイだな、あんたは」

ヤヒロが辟易（へきえき）したような表情でエドを睨（にら）んだ。

エドはそんなヤヒロを楽しげに見返し、目尻にしわを刻んで言った。

「ひとつ忠告してやろう。おまえさんたちが世界龍（ウロボロス）を破壊しようとするなら、最後には必ず丹（に）

奈と殺し合うことになる。彼奴の望みは世界龍を手に入れなければ、決して叶うことはないのだからの——」

4

言いたいことだけを一方的に言い終えたエド——アルフレッド・サーラスは、用は済んだとばかりに、そのままふらふらと夜の廃墟へと消えていく。

今さら引き留める気にもなれずに、ヤヒロは立ち去る彼の背中を複雑な思いで見送った。

「——鳴沢珠依の居場所は、やはり二十三区か」

立ち尽くすヤヒロに、スーツ姿の黒人男性が声をかけてくる。

相変わらず神出鬼没な彼の手には、見慣れない型の通信端末が握られていた。端末の背面に描かれているロゴタイプは、エドが営む怪しい雑貨屋の店名だ。

「ネイサン……あんたがエドをここに呼んだのか？」

「それほど意外なことでもあるまい。私はもともと統合体の情報員だからな」

非難がましいヤヒロの視線を受け止めて、ネイサンが笑った。

統合体から派遣された鳴沢珠依の管理者。それが本来のネイサンの立ち位置だ。

珠依をギャルリー・ベリトに引き渡したことや迦楼羅と内通していたことで、統合体を裏切

ったように見えていたが、ネイサン本人が裏切ったと明言したわけではない。

ネイサンが敵対していたのは、あくまでもユーセビアスたち統合体(ガンツァイト)の強硬派だけであり、サーラスたち主流派を敵に回したわけでないということなのだろう。

「あんたは迦楼羅(かるら)さんの仲間だと思ってたよ」

「彼女のことは尊敬していた。残念だ」

ネイサンが迦楼羅(かるら)の死を悼(いた)むように目を閉じた。その声に嘘(うそ)の響きはなかった。しかし彼は、すぐに顔を上げ、超然としたいつもの口調で続ける。

「それで、どうする？　鳴沢珠依(ナルサワスイ)を追うのか？」

「当然だ」

ヤヒロは即座にうなずくが、その声にはわずかに迷いがあった。

京都(きょうと)から二十三区までの距離は、直線距離で約三百七十キロ。陸路でいけば四百五十キロを超える。交通インフラが破壊された今の日本では、絶望的な距離である。

「揺光星(ヤオクアンシン)をノンストップで飛ばして、約六時間ってところだね。魍獣(もうじゅう)の処理や途中のポイント切り替えで停車することを考えたら、何日かかるかな」

ヤヒロの葛藤を見透かしたように、ジュリが予想を口にする。

装甲列車としては破格の巡航性能を誇る揺光星(ヤオクアンシン)だが、線路がまともな状況でなければ、その性能を満足に発揮することは出来ない。事実、横浜から京都(きょうと)まで来るのに、ヤヒロたちは

七日もかかっている。中華連邦とのいざこざがなかったとしても、三日以上かかった計算だ。

「ギャルリーの輸送ヘリは使えないのか？」

「厳しいね。日本全土で魍獣たちの動きが活性化してるからね」

ヤヒロの質問に、ジュリが答えた。

飛行可能な魍獣に襲われる危険があるために、日本国内では航空機がほぼ使えない。

ギャルリー極東支部が保有する二機のティルトローター機も、魍獣出現率の低い海上輸送に使用されているだけである。

ただし龍の巫女が乗っているときは例外だ。魍獣たちは龍の巫女を襲わないからだ。珠依や丹奈が、これほど早く二十三区まで移動できたのも、彼女たちが空路を利用したからだろう。

だが——

「今は状況が変わりました。魍獣が出ないはずの海上でも、すでにかなりの数の軍用航空機が落とされているそうです。たとえ彩葉の力があっても、魍獣に襲われないとは言い切れません。最悪の場合、パイロットが魍獣化を発症する可能性もありますしね」

ロゼに理路整然と説き伏せられて、ヤヒロは引き下がるしかなかった。

ギャルリー極東支部の人間は、彩葉の血から生成した血清を打っている。それでなくても、魍獣の正体を知ってる彼らは、龍や魍獣に対する恐怖心が薄い。

それでも幽世の影響力が強くなれば、絶対に魍獣化が起こらないとは言い切れない。ヘリ

が使えないというロゼたちの意見はもっともだ。

「揺光星の補給は終わっています。すぐに出発しましょう」

ロゼが溜息まじりに言った。

たとえどれだけ時間がかかっても、二十三区まで辿り着く手段はほかにない以上、ヤヒロたちは装甲列車を使うしかない。

問題は、それでは丹奈たちの世界改変に間に合う可能性が、限りなく低いということだ。

「――ちょっと待って。二十三区までの行き方について、うちらの雇い主が話したいことがあるんだって」

絶望感を漂わせながら、装甲列車への移動を始めたヤヒロたちを、澄華が慌てて呼び止める。

「あなた方の雇い主……ノア・トランステックのことですか、清滝澄華？」

ロゼが意外そうな表情で澄華を振り返る。

そうそう、とうなずきながら、澄華が自分のスマホをヤヒロたちに向けてきた。画面に映っていたのは、海賊を思わせる厳つい風貌の、よく日焼けした中年男性だ。

『よう。久しぶりだな、ベリト姉妹。相変わらず別嬪だな。ちっとは胸は育ったか？』

スマホ本体が震えるほどの大声で、男がロゼたちに呼びかける。

「なんの用ですか、ノエ・アントニオス・ギオニス。あなたの下品な冗談に付き合っている暇はないのですが」

ロゼが不機嫌そうな視線を男に向けた。同じ統合体（ガンツアイト）の構成員の一族ということもあってか、ロゼたちは彼と面識があるらしい。

『おっと、そんな恐（こわ）い顔をするなよ、ロゼッタ。いい話を持ってきてやったんだからよ。おまえらのとこのパオラちゃんの連絡先と引き換えに聞かせてやるぜ？』

「……社長、悪ふざけをしてる場合ではないと思うが？」

不真面目なノエの態度を見かねたように、ゼンが彼をたしなめた。

ノエは、かーっ、と呆（あき）れたように声を上げ、

『相変わらずお堅ぃな、ゼン。俺様のアソコ並にカチカチじゃねーか。あと、俺様のことは社長じゃなくて船長（キャプテン）と呼べといつも言ってるだろ』

「わかった、船長（キャプテン）。だからさっさと本題に入ってくれ」

ゼンがげんなりとしたように嘆息して、ノエに続きを促した。

ノエは芝居がかった仕草で、やれやれと首を振り、

『まあいいさ。細かい事情はよくわからんが、おまえら、そこの装甲列車を二十三区まで急いで運びたいんだろ？　それなら俺たちが手を貸すぜ。ギャルリーはお得意様だしな』

「手を貸すというのは、どういうことですか？」

ロゼがかすかに眉を寄せた。ノエがフッと口角を吊（つ）り上（あ）げる。

『列車の運行支援と、障害物や魍獣（もうじゅう）どもの排除。あとは各国の軍部に要請して、おまえらの移

動をアシストさせるってのはどうだ？　上手くすれば劇的に移動時間を短縮できるぜ？　それでこの世界規模の馬鹿騒ぎが収まるなら、安いもんだ』

「へえ。悪くないね。お願いするよ。パオラの連絡先は教えてあげられないけど、パーティで一曲踊るくらいは頼んであげる」

『ははっ、そいつはいいな。気が利くじゃねーか、ジュリ』

ジュリが即決でノエの提案を受け入れ、それを聞いたノエが破顔する。

ゼンたちの後ろ楯になっている企業——ノア・トランステックの名前はヤヒロも知っている。世界有数の海運会社として、日本国内に駐留している各国の軍隊や、民間軍事会社の補給を一手に請け負っているのが彼らである。

そんなノア・トランステックにしてみれば、この世界が崩壊してもなんの利益にもならない。ヤヒロたちを手助けして丹奈たちの行動を阻止したほうがマシだと考えるのは当然だ。

『交渉成立だ。三十分だけ待ってろ。うちの手下どもに準備させるからよ』

豪快に笑いながらそう告げて、ノエは一方的に通話を切断した。

彼の勢いに圧倒されて、ヤヒロたちはしばらく無言で立ち尽くす。

「すごい人だったたね、澄華ちゃんのとこの船長さん」

彩葉が引き攣った笑顔で言った。澄華は笑いながらうなずいて、

「まあね。でも、ああ見えていい人なんだよ。ゼンはいつもからかわれてるけどね」

「俺のことはいい。それよりも急いで出発の準備をしろ。ノア社の協力があったとしても、時間がないことには変わりないからな――」

決まり悪げな口調でそう言って京都駅のホームに向かおうとしたゼンが、ふとなにかに気づいたように足を止めた。

ほとんど同時にヤヒロも気づいた。肌がチリチリと帯電したような痛みを訴えてくる。

突き刺さるような強烈な殺気。龍気を纏った剝き出しの悪意が、闇の中から吹きつけてくる。

「よかった。ようやく追いついたよ」

撒き散らされる威圧感とは裏腹に、覇気のない気怠げな声がした。

現れたのは、小柄で細身の青年だ。

無頓着に伸ばした灰色の前髪が、雨に濡れて頰に張りついている。

青年が肩に担いでいたのは、抜き身の刀。刃渡り二メートルを超える化け物めいた直刀だ。

「少し冷たいんじゃないか？　僕たちを置いていこうなんてさ」

「投刀塚透……！」

ヤヒロとゼンが、咄嗟にそれぞれの武器を構えた。

ジュリとロゼ――そしてギャルリー・ベリトの戦闘員たちが、素早く散開して距離を取る。

戦闘員たちのほとんどは、投刀塚の顔を知らないはずだ。しかし彼らは理解していた。この小柄な青年が、いかなる魍獣よりも危険な存在なのだと。

「鳴沢珠依(ナルサワスイ)を追いかけるのでしたら、私たちも仲間に入れてくださいな」

投刀塚(なたづか)に付き従っていた袴(はかま)姿の少女が、礼儀正しくお辞儀をして告げる。

そして彼女――鹿島華那芽(かしまかなめ)は、抱いていた薙刀(なぎなた)を翻(ひるがえ)し、酷薄な表情で微笑(ほほえ)んだのだった。

「断るならそれでも構いませんが、そのときは――ここであなた方を殺しますね」

5

「投刀塚(なたづか)……おまえが今さら珠依(スイ)になんの用だ？」

ヤヒロが刀を構えながら、投刀塚(なたづか)との距離を詰めていく。

最強の不死者(ラザルス)。投刀塚透(なたづかとおる)。

彼の神蝕能(レガリア)の恐ろしさを、ヤヒロは実際に体感している。広範囲に降り注ぐ雷撃の破壊力に目を奪われがちだが、投刀塚(なたづか)の権能で本当に恐ろしいのはスピードだ。

文字どおり雷の速度で移動する投刀塚(なたづか)の攻撃は、まともなやり方では防げない。だからといって逃げることもできない。

不死者(ラザルス)以外の人間が彼に攻撃されれば、一瞬で終わる。だからヤヒロは、前に出るしかなかった。自分以外の仲間を投刀塚(なたづか)の攻撃対象から外すためだ。

そんなヤヒロの覚悟を知ってか知らずか、投刀塚(なたづか)はのんびりとした口調で話しかけてくる。

「きみたちさ、鳴沢珠依の敵なんだろ。だったらさ、なにも心配しなくていいよ。僕はあいつをぶっ殺すだけだからさ」

「珠依を……殺す？」

「そうだよ。あいつさ、僕を攻撃したんだよ。せっかく助けてやろうとしたのにさ。最悪だよ。そんなのぶっ殺すしかないだろ？」

「先にパオラさんたちを襲ってきたのは、おまえだろうが……！」

身勝手な理屈を並べ立てる投刀塚を、ヤヒロは絶望的な気分で睨みつけた。

薄々わかっていたことだが、投刀塚には話がまともに通じない。たとえ彼が珠依を敵視していたとしても、協力するのは不可能だ。

「ああ、そうだ。この中に、迦楼羅からレリクトを預かったやついる？」

反論するヤヒロを平然と無視して、投刀塚は周囲を見回した。

彩葉がビクッと肩を震わせ、投刀塚はニヤリと笑って彼女に目を向ける。

「悪いけど、返してもらっていいかな？　華那芽がそれを欲しがってるからさ」

投刀塚が彩葉に向かって手を伸ばし、彩葉は怯えたようにジリジリと後ずさる。

そんな彩葉を庇うように前に出たのは、ネイサンだった。

眉を顰める投刀塚には構わず、ネイサンは華那芽に冷たく訊く。

「鹿島華那芽。なぜ、投刀塚を禁域から解き放った？」

「先に私を見捨てたのは——裏切ったのは、迦楼羅様です！　あまつさえ、どこの馬の骨とも知れない小娘に、天帝家の神器を下げ渡すなど、許されることではありません！」

華那芽が、声を震わせながら叫んだ。瞳に憎悪を滾らせ、彼女は彩葉を睨みつける。

「迦楼羅嬢は、鳴沢八尋を新たな龍殺しの英雄として認めた。彼女が侭奈彩葉に神器を渡したのであれば、それが天帝家の総意ということだ」

「私は、そのようなことは認めません……！」

華那芽が構える薙刀に、青白い稲妻が纏わりついた。無自覚に神蝕能を発動してしまうほどに、冷静さを失っているということだ。

「だってさ、ネイサン。もういいよ、おまえ、邪魔」

投刀塚が無造作に直刀を振った。

長大な刀身から放たれた雷撃を、ネイサンが不可視の障壁で受け止める。

その瞬間、ガラスが砕け散るような甲高い音とともに、ネイサンの障壁が砕け散った。爆発的な衝撃が廃墟のビル群を震わせ、彼の長身が背後へと吹き飛ぶ。

ヤヒロは驚愕の表情でそれを見た。

これまで鉄壁の防御を誇ったネイサンの斥力障壁を、投刀塚は刀の一振りで蹴散らしたのだ。信じられない破壊力の神蝕能だった。

「鳴沢、おまえは侭奈彩葉と子どもたちを守っていろ！　投刀塚透は俺が倒す！」

投刀塚がネイサンを攻撃した直後、ゼンも即座に神蝕能を発動していた。

液化した純白の大気の奔流が、投刀塚に向かって槍のように放たれる。

「僕を、倒す？　ねえ、ふざけてんの？　おまえなんか、僕の相手じゃないんだよ！」

投刀塚は、正面からゼンの攻撃を受け止めた。高電圧が生み出す衝撃波が極低温の水流を弾き飛ばし、濡れた地面を伝ってゼンを襲う。

「なに⁉」

投刀塚の反撃を防ぐためにゼンが展開した氷壁が、蒸気を噴き上げながら斬り裂かれた。

眩い閃光が夜空を白く染めた。投刀塚が構えているのは、全長十数メートルにも達する光の刃だ。稲妻そのものが巨大な刃の形を取って、投刀塚の右手に握られているのだ。

「ゼン⁉」

全身から白煙を噴き上げて膝を突くゼンに、澄華が危険も顧みず駆け寄った。

投刀塚の攻撃の余波だけで、ゼンの全身は焼け爛れている。不死者でなければ、即死は免れなかっただろう。血の鎧の防御すら容易く貫通する、とてつもない攻撃力だった。

「なんなんだ、あいつの神蝕能は……⁉」

ヤヒロが戦慄を覚えて呻く。

神蝕能とは、そもそも非常識な力だ。しかし同じ不死者だからこそ、ヤヒロには投刀塚の権能の異常さがよくわかった。

投刀塚の攻撃にこめられた龍気は、その一撃一撃が、龍人化したかつてのヤヒロや山瀬道慈の力に匹敵している。

いくら投刀塚が強力な不死者だとしても、これほどの神蝕能を、代償もなく使い続けていられるはずがないのだ。

「別師霊か……」

瓦礫の中から立ち上がったネイサンが、頬を濡らす鮮血を乱暴に拭いながら呟いた。

ヤヒロは振り返ってネイサンを見る。

「別師霊？　それがあの刀の銘なのか？」

「鹿島家に伝わる遺存宝器だ。雷龍の加護を最大限に引き出す触媒だよ。四年前の大殺戮直後、天帝家を制圧しようとした統合体の独立混成旅団を、投刀塚透はあの剣を使って殲滅した。わずか二時間で」

統合体が天帝家に手出しできなかったのは、それが理由だ――とネイサンは言った。

投刀塚が、雷光の刃を再び振るった。

駐屯地に停まっていたギャルリー・ベリトの装甲車が、バターのように溶断されて次々に爆発する。逃げ遅れた戦闘員たちが、悲鳴を上げることもできずに焼かれていく。もはや戦闘とすら呼べない一方的な蹂躙だ。

もちろんギャルリーの戦闘員たちも、無抵抗にやられていたわけではない。遠隔操作の無人

銃座が、投刀塚に機銃弾を浴びせかける。

だが、その弾丸は投刀塚に触れる前に軌道をねじ曲げられて逸れていった。

投刀塚がまとう強大な電磁場が、弾道に干渉しているのだ。

「化け物め……！」

ゼンが再び液化した大気を、鋭い槍のように撃ち放つ。

降り続く雨で濡れた市街地は、水分子を操るゼンにとっては圧倒的に有利な戦場だ。しかし投刀塚は、ゼンの攻撃を意に介さない。投刀塚の全身を覆った氷は、蒸気となってあっさりと消滅する。

「電磁波で水分子を沸騰させたのか……！」

ゼンが制御しようとした水分子を、投刀塚が強大な電磁波による干渉で妨害する。

別韴霊を握る投刀塚の龍気は圧倒的で、彼が無造作に刀を振るだけで、ゼンの身体は傷ついていく。

「合わせろ、相楽ッ！」

「鳴沢八尋⁉」

投刀塚が刀を振り下ろした直後の隙を衝いて、ヤヒロが相手の懐へと飛びこんだ。爆炎により自らを加速した捨て身の奇襲だ。

ヤヒロの纏う浄化の炎が、投刀塚の雷撃を強引に斬り裂いていく。

ゼンはその好機を見逃すことなく、自らも投刀塚へと斬りこんだ。

「――【焔】！」

「【蒸気雲】！」

ヤヒロとゼンの咄嗟の連携。それぞれが互いを巻きこむ相討ち覚悟の自爆攻撃だ。

広範囲に広がる浄化の炎と、摂氏数百度にも達する水蒸気が投刀塚の逃げ場を完全に奪う。

しかし投刀塚は、そんなヤヒロたちの攻撃すら回避した。雷をまとった高速移動。リニアモーターと同じ原理の超加速が、彼の肉体を瞬時に安全圏へと運ぶ。

「馬鹿な……！　今のを避けたのか⁉」

自分たちの攻撃が不発に終わったことを理解して、ゼンの顔に絶望が広がった。

衝撃を受けていたのは、ヤヒロも同じだ。二人がかりの捨て身の攻撃も通用しないのでは、もうどうやって倒せばいいのかわからない。

「これで終わり？　じゃあ、もういいかな。そろそろ飽きてきたからさ」

投刀塚が刀を高々と振り上げた。

これまで以上に凄まじい雷光が、天に向かって伸びていく。ギャルリーの駐屯地全域に、雷撃の雨を降らせるつもりなのだ。

それを防ぐためにヤヒロとゼンが放った攻撃は、投刀塚の雷撃にあっさりとかき消された。

上空を覆い尽くす雷雲が大気を震わせ、帯電した空気がビリビリと震える。

だから、その場にいた誰もが気づかなかった。

その音があまりにも頼りなく、取るに足らないもののように感じられたから――

「え？」

その呟きを洩らしたのは、華那芽だった。

彼女の胸元に、ぽっかりと穴が空いていた。染みのような小さな穴である。

その穴から噴き出した鮮血が、彼女の胸元をたちまち真っ赤に染めていく。

投刀塚の神蝕能に比べれば圧倒的に無力な、わずか数グラムの拳銃弾が、華那芽の心臓を穿ったのだ。

「華那芽……？」

異変に気づいた投刀塚が呟く。

だが、その前に再び銃声が響き、二発目の弾丸が華那芽の顔面を抉っていた。

その弾丸を放ったのは、ロゼだ。彼女の構えた拳銃から、うっすらと硝煙が立ち上っている。

「嘘……だろ……なんだよ、それ。なんで、おまえら……華那芽を撃って……」

投刀塚が、驚愕の表情でロゼを見た。

龍の巫女である華那芽が、こんなにあっさり撃たれることなど、本来ならばあり得ない。

最強の不死者である投刀塚が、彼女のことを守っていたからだ。

だが、ヤヒロとゼンの捨て身の攻撃から逃れるために、投刀塚は雷光の速さで移動した。

その一瞬、華那芽は完全に無防備になった。ヤヒロたちの攻撃は投刀塚を傷つけることはできなかったが、それは無駄ではなかったのだ。

「なんでって、面白いことを言うね、不死者」

ジュリの呆れたような声がした。

動揺して動きを止めた投刀塚の全身に、鋭く研ぎ澄まされたワイヤーが絡みつく。

不死者ほどの再生能力はなくても、龍の巫女は簡単には死なない。彼女たちの体内にある龍因子が、宿主の肉体を無理やり生かすのだ。

しかし華那芽が傷ついたことで、投刀塚の意識には空白が生じた。

最強の不死者が見せた一瞬の隙――ジュリはそれを見逃さない。

「殺すなんて言葉を口にした時点で、自分が殺されても文句は言えないんだよ。ね、絢穂」

「は、はい！」

ジュリが背後にいた佐生絢穂に合図を出し、絢穂は胸元の懐剣を握りしめる。

本能的に危険を覚えた投刀塚が、咄嗟にその場から離れようとする。

しかし投刀塚は雷速での移動を発動できない。全身に絡みついたジュリのワイヤーが、彼の動きを封じているからだ。そして――

「【剣山刀樹】！」

絢穂が懐剣を地面へと突き立てる。その瞬間、投刀塚の足元から突き出した金属結晶の刃が、

無数の針となって彼の全身を貫いたのだった。

6

地面にへたりこむ絢穂の元に、彩葉が慌てて駆け寄っていく。

絢穂は肩で大きく息をしながら、青ざめた顔で震えていた。

奇襲とはいえ、戦闘とはまったく無縁だった少女が、最強と呼ばれる不死者に攻撃を仕掛けたのだ。冷静でいられるはずもない。

しかしヤヒロたちが手も足も出せずにいた投刀塚に、決定的な一撃を叩きこんだのは、彼女だった。全身を無数の刃で串刺しにされて、投刀塚は身動きできずにいる。

投刀塚がまとう雷撃は、金属結晶の刃を通じて、すべて地面へと流れていく。刃に貫かれた肉体を無理やり引き裂いて【剣山刀樹】の攻撃範囲から逃れようとしても、絢穂の攻撃は終わらない。新たに地面から生み出された刃が、投刀塚を再びその場に縫い止める。

「ぐあああああああああっ……！」

投刀塚が怒りの絶叫を上げた。

「絢穂……！」

恐怖に肩を震わせる絢穂を、彩葉や彼女の弟妹たちが必死に抱き支える。

った。

絢穂と適合した遺存宝器は、山の龍の加護を受けた不死者――神喜多天羽が遺したものだった。

天羽の命を奪ったのは、他ならぬ投刀塚と華那芽である。

だがその投刀塚を追い詰めているのは、天羽の神蝕能――【剣山刀樹】だ。

投刀塚と華那芽は、絢穂がレリクトの適合者になったことを知らなかった。

ジュリとロゼは、そこに勝機を見出したのだろう。投刀塚に再び襲撃されたときに備えて、絢穂にあらかじめ作戦を言い聞かせておいたのだ。

「ふざけるな！　僕が、なんで、おまえらなんかに……！　くそがああああっ！」

投刀塚が、血反吐を撒き散らしながら咆吼した。

雷の権能を封じられた投刀塚は、苦痛に悶える以外になにもできない。ただ憤怒と憎悪の入り混じった形相で、周囲を睥睨するだけである。

だが、それでも投刀塚は死なない。

不死者の再生能力が、彼に死ぬことを許さない。

痛覚が麻痺することもなく、意識を失うこともできない。絢穂の神蝕能が続く限り、彼は苦痛を味わい続けるのだ。

「ヤヒロ……」

「ああ、わかってる」

目を潤ませた彩葉に見つめられて、ヤヒロは重々しくうなずいた。

不死者である投刀塚に死という救いを与えられるとしたら、火の龍の神蝕能——浄化の炎だけだ。投刀塚の体内の龍因子をひと欠片も残さずに焼き尽くす。それ以外に彼を苦しみから解き放つ方法はない。

だがそれは一歩間違えば、剣山刀樹による拘束から投刀塚を解き放つことにもなりかねない。もしも彼を攻撃するなら、圧倒的な大火力をもって徹底的に焼き尽くす覚悟がいる。

「構わないな、ジュリ。ロゼ」

「そうだね。いつまでもこのままってわけにもいかないだろうしね」

「任せます。ただし情けはかけないように——」

ジュリとロゼが、それぞれの言い方でヤヒロに許可を出す。

「やめ……やめろ……！　た、助けろ、華那芽！　華那芽！　うわあああああああっ！」

九曜真鋼を構えたヤヒロに気づいて、投刀塚が恐怖に顔を歪めた。

これまで圧倒的な力で他者を蹂躙してきた彼が——最強と呼ばれた不死者が、迫り来る自らの死に怯えている。

頭を撃ち抜かれて倒れていた華那芽が、かすかに身じろぎしたのは、その直後のことだった。

「あ……」

仰向けに倒れていた血塗れの少女が、鮮血をこぼしながらゆらりと立ち上がる。

異変に気づいたロゼが、拳銃を速射した。

五発以上の弾丸が、ほぼ一瞬で華那芽の胴体へと正確に撃ちこまれる。

華那芽はそれを避けようとはしなかった。

弾丸が確実に彼女の肉体を貫き、心臓を抉る。しかし彼女は悲鳴を上げない。

舞い散る鮮血が光を放ち、青白い稲妻へと変わった。

引き裂かれた彼女の着物の下からのぞくのは、半透明の鱗に覆われた肌だ。

「あ……ああっ……あああああああああああああっ！」

華那芽の口から洩れ出したのは、人ならざる怪物の声だった。

龍の咆吼。撒き散らされた膨大な龍気が、絢穂の神蝕能によって生み出された金属結晶の刃を粉砕する。

「龍人化だと……!?」

ゼンが驚愕に顔を歪めて剣を構えた。液化した極低温の大気の槍を、彼は華那芽に向かって反射的に撃ち放つ。

龍人化した華那芽の全身が白く凍りつき、薙刀を握る彼女の左腕が砕けた。

それでも華那芽は平然と歩き続けている。彼女が向かった先にいるのは投刀塚だ。

「くそ……こんなときに……！」

爆煙とともに加速したヤヒロが、炎の刃を投刀塚に叩きつける。

九曜真鋼の刀身はあっさりと投刀塚の心臓を貫き、彼の全身を猛火で包んだ。

傷ついた投刀塚の肉体が凄まじい勢いで炭化し、崩壊していく。

このまま押し切れるか、とヤヒロは祈るような気持ちで自問した。だが——

「空が……！」

怯えたような彩葉の呟きが、ヤヒロの耳に聞こえてくる。

夜空を覆い尽くしていた雨雲が、巨大な竜巻のように渦を巻き、光を放った。

そして地上を襲ってきたのは、世界を焼き尽くすかのような凄まじい落雷だった。

「が……はっ……！」

雷光が視界を白く染め、零距離からの衝撃に打ちのめされて、ヤヒロは木の葉のように吹き飛んだ。

網膜を焼く閃光と、鼓膜を破るほどの轟音。なにが起きたのか、すぐには理解できなかった。

全身の血液が沸騰し、血管という血管が破裂している。不死者の再生能力をもってしても、すぐには立ち上がれないほどの重傷だ。

ダメージを受けていたのはゼンも同じだ。ヤヒロたち二人が立っていた場所——半径十メートルほどの地面が抉れ、高温と高圧で砂がガラス化している。神蝕能としても破格の、とてつもない熱量である。

ギャルリーの装甲車が次々に誘爆し、駅周辺の建物が燃え上がる。

巨大な蛇に似た稲妻が地上を這いずり、触れるものすべてを破壊していく。

ネイサンと絢穂がレリクトの権能で防御していなければ、ギャルリーの駐屯地は今の一撃で壊滅していただろう。

その凄まじい破壊をもたらしたのは龍だった。

稲妻をまとった金色の龍が、ヤヒロたちの頭上を旋回する。

龍の源になったのは華那芽の肉体――瀕死の華那芽が、自分自身を贄にして雷龍〝トリステイティア〟を顕現させたのだ。

「投刀塚を……喰ったのか……」

市街地の上空を覆い尽くす龍の巨体を見上げて、ヤヒロは呻いた。

雷龍の全長はおそらく四、五十メートルほど。かつての山の龍に比べれば、ずいぶん小さく感じられる。だが、無差別に稲妻を撒き散らす黄金の龍の攻撃範囲と凶悪さは、確実に山の龍と同等かそれ以上だ。

そして黄金の龍の顎に咥えこまれているのは、ヤヒロの炎に焼かれた、瀕死の投刀塚だった。

絶え間なく轟く雷鳴に混じって、投刀塚の絶叫が響き渡る。

己の加護を受けながら敗北した不死者を許せない――と言わんばかりに、雷龍の牙が、投刀塚の身体を容赦なく引き裂き、嚙み砕いていく。

不死者を殺すのは〝誓い〟――英雄の〝誓い〟は、それが破られたときに〝呪い〟に変わる。

最強であるという絶対の信頼を失ったとき、雷龍（トリスティティア）の加護は失われ、投刀塚（なたづか）は不死者（ラザルス）の力を奪われたのだ。

「鹿島華那芽（かしまかなめ）……四象（ししょう）に至ったか……だが、この状態では……」

上空でうねる黄金の龍を見上げながら、ネイサンが冷静に呟（つぶや）いた。

投刀塚（なたづか）の咀嚼（そしゃく）を終えた雷龍（トリスティティア）の巨体は、今もなお暴力的なまでの龍気をまとって空中に顕現している。

だが、その黄金の肉体からは、なにかがボロボロと剥落を続けていた。

鱗（うろこ）、だ。

よく見れば、雷龍（トリスティティア）の左前脚はすでになく、右目も潰れている。さらに全身の至るところからは、稲妻をまとった鮮血が洩（も）れ続（つづ）けていた。

おそらく今の雷龍（トリスティティア）に自我はない。

瀕死（ひんし）の状態だった華那芽（かなめ）が無理やり龍と化したことで、巨大な力だけが顕現したのだ。

そしてその龍の肉体も、存在の基盤を失って崩壊しつつある。成すべき使命も、生きる目的もない、無意味に出現しただけの力の塊――それが今の雷龍（トリスティティア）の姿だ。

このまま龍の形が失われてしまえば、雷龍（トリスティティア）が内包する膨大なエネルギーは無差別に解き放たれることになるだろう。

そうなればおそらく、この付近一帯はただでは済まない。少なくとも京都（きょうと）市内全域――あ

るいは最悪、半径数十キロにあるすべてのものが焼き尽くされることになる。

「彩葉(いろは)、力を貸してくれ」

「うん。わたしたちで止めるよ」

ヤヒロの呼びかけに、彩葉(いろは)は小さくうなずいた。余計な言葉は必要なかった。

互いのやるべきことはわかっている。ここで雷龍(トリスティティア)を消し去らなければ、珠依(スイ)を追いかけて世界の崩壊を止めることもできないのだ。

彩葉(いろは)が祈りを捧(ささ)げるような姿で、ヤヒロの左腕に手を重ねた。

彼女から流れこむ龍気を感じながら、ヤヒロも祈るような姿で刀を構える。

ヤヒロたちの全身から巻き起こった炎が、頭上を舞う雷龍(トリスティティア)に向かって放たれた。

その炎から逃れようとするように、黄金の龍が巨体をよじる。

撒(ま)き散らされた稲妻がヤヒロたちを襲い、渦巻く炎がそれを呑(の)みこんだ。

火の龍(アワリティア)の権能である浄化の炎は、ほかの龍の神蝕能(レガリア)を相殺(そうさい)することができる。雷龍(トリスティティア)の崩壊から地上を救うには、もはやその力に賭けるしかなかった。黄金の龍が内包する莫大(ばくだい)な龍気を焼き尽くし、それが地上に降り注ぐ前に消滅させるのだ。

問題は、龍化した華那芽(かなめ)の膨大な龍気を、ヤヒロたちが焼き尽くせるか、ということだ。

「これは、まずいな」

ネイサンが、めずらしく焦(あせ)りに頬を歪(ゆが)めて呟(つぶや)いた。

　浄化の炎に焼かれた雷龍(トリステイティア)が、苦悶(くもん)の咆吼(ほうこう)とともに稲妻を撒(ま)き散(ち)らす。

　落雷の衝撃をネイサンの斥力(せきりょく)障壁が受け止め、絢穂(あやほ)が生み出した金属の塔が避雷針(ひらいしん)の要領で電流を地面に逃がしている。だがその均衡は、おそらく長くは続かない。ネイサンたちは迫り来る確実な破綻を、ギリギリまで引き延ばしているだけだ。

「急げ、鳴沢(ナルサワ)八尋(ヤヒロ)！　これ以上は、保たない！」

「お願い、ヤヒロ！　彩葉(いろは)っち……！」

　巨大な氷壁を生み出して、駅と鉄道施設を守っているのはゼンと澄華(すみか)だ。

　しかし彼らも限界が近い。そしてそれ以上に限界が近づいているのは、華那芽(かなめ)――雷龍(トリステイティア)のほうだった。黄金の龍の全身に亀裂が走り、飛び散った鮮血が稲妻と化して地上に降り注ぐ。

ヤヒロたちの放つ浄化の炎では、そのすべてを相殺(そうさい)しきれない。

「ぐ……お……」

　雷龍(トリステイティア)の攻撃の圧力に耐えかねて、ヤヒロがついに膝を屈する。

「駄目……なの……？」

　彩葉(いろは)の口から絶望の言葉が洩(も)れた。

　黄金の龍の輪郭が崩壊し、真昼の太陽のような輝きが夜空を染めた。

　雷龍(トリステイティア)が爆発する――

　そう思われた瞬間、膝を突いたヤヒロと彩葉(いろは)の頬を、誰かがふわりと抱きしめた。

「瑠奈⁉　なんで……⁉」

そこにいたのは、白い魍獣を連れた幼い少女だった。

彩葉の弟妹たちの中でも最年少の瑠奈が、驚く彩葉に優しく呼びかける。

「ママお姉ちゃん」

瑠奈の全身を淡い輝きが包んだ。

穏やかな春の陽射しに似た、優しい輝き。純白の龍気。

力尽きようとしていた彩葉を見つめる瑠奈の瞳は優しかった。まるで娘の成長を喜ぶ母親のような眼差しだ。

「返す……ね」

「瑠奈⁉」

幼い少女を包みこんでいた白い光が、彩葉の中へと流れこむ。

その瞬間、ヤヒロの全身を力が満たした。

これまでに感じていたものとは比較にならない、凄まじく濃密な龍気だった。

ヤヒロが握りしめた打刀の刀身が、純白の炎に包まれる。

投刀塚が使っていた別韴霊に似た姿だ。しかし刀身の輝きと、そこに籠められた龍気の密度は、九曜真鋼のほうが遥かに勝っている。

それは龍の巫女から流れこんでくる力の差だ。そしてヤヒロはその力に触れた瞬間、理解し

ていた。これが彩葉の――火の龍の本当の力なのだと。

「――焼き尽くせ、火の龍！」

ヤヒロが振り下ろした光の刃が、上空を舞う雷龍の巨体を一閃した。

ロウソクが燃え尽きる直前のような仄かな輝きが、一瞬だけ黄金の龍の全身を包んだ。

それで終わりだった。

派手な爆発も衝撃もなかった。火の龍の権能である浄化の炎が、夜空を覆い尽くすほどの雷龍の龍気を跡形もなく瞬時に焼き尽くしたのだ。

あまりにも呆気ない幕切れに、彩葉の弟妹たちやゼンと澄華、そしてギャルリーの戦闘員たちが呆然と立ち尽くす。

それからしばらくして小さなざわめきが起こり、それはやがて爆発的な歓声へと変わった。

自分たちが生き残ったことを実感した彼らは、誰彼ともなく互いに抱き合い、涙を流して喜んでいる。あの仏頂面のゼンですら、澄華に抱きつかれて困惑したように頬を染めていた。

そんな中、ヤヒロと彩葉だけが、いまだに動揺から立ち直れずにいた。

「瑠奈……あなたは何者なの……？」

目の前の幼い妹に向かって、彩葉が訊く。

瑠奈は純白の魍獣を抱いたまま、ただ静かに彩葉を見つめていた。

第五幕　ジ・エンド・アンド・ザ・ビギニング

THE HOLLOW REGALIA

CHAPTER.5

1

　廃墟(はいきょ)の中に残された線路を、ギャルリー・ベリトの装甲列車が爆走していた。

　居住区画や貨物コンテナなどの余分な車両を切り離した結果、今の揺光星(ヤオクアンシン)は、六両のみのコンパクトな編成になっている。

　軽量になったぶん向上した加速性能をフルに発揮して、揺光星(ヤオクアンシン)はおよそあり得ないほどのスピードで、一路、東京(とうきょう)へと向かっていた。

「はっはっは！　すげえな！　これが揺光星(ヤオクアンシン)の本当の実力だぜ！」

　車両の運転席に座っているのは、ジョッシュである。普段、運転を担当している戦闘員(オペレーター)から半ば無理やり役目を奪って、ノンストップの高速走行を満喫しているのだ。

　その様子を青ざめた顔で見ているのは、列車長(オールディス)のマイロ・オールディスである。

「おい、わかっているのか、ジョッシュ⁉　速度制限だけは守れよ！　脱線したら元も子もないんだぞ！」

「わかってるって。マイロのおっさんは心配性だな！　おまえらもしっかりつかまってろよ！」

運転席の周りにいる子どもたちに声をかけながら、ジョッシュは主幹制御器を握る手に力をこめた。

彩葉の弟妹たちは運転席の窓に張りついて、「うおおお」「すげえ」「速ェ……」と無邪気にはしゃいでいる。その楽しげな姿を見て、鉄道オタクのジョッシュも満足げだ。

とはいえ、脱線手前の無謀な速度で走り続けていることもあって、列車の乗り心地自体は、最悪だった。不死者であるヤヒロですら、気を抜くと酔ってしまいそうになる。

「いやー……来たときよりも圧倒的に速いね。船長さんたちが協力してくれるだけで、こんなに違うんだ……」

伝声管から聞こえてくる弟妹たちの声を聞きながら、彩葉がのんびりと呟いた。

ノア・トランステックのノエ・アントギウス・ギオニスは、ギャルリー・ベリトとの約束を果たした。自社が抱えている戦闘員と社員、そして取引先である日本駐留中の多国籍軍を総動員して、線路上に出現する魍獣たちの排除や、線路のポイント切り替えを担当してくれたのだ。

その結果、揺光星は、かつての寝台特急を上回る高速巡航が可能になっていた。旧・東京

駅までの推定所要時間は約五時間。夜明け前には、目的地である二十三区の巨大冥界門に辿り着く計算である。

「それで……なにがどうなってるのか説明してもらえるんだろうな？」

ヤヒロが真面目な表情で彩葉を見た。

指揮車両内の狭い作戦室には、主立った龍の巫女の関係者がすし詰め状態で集まっている。ヤヒロと彩葉。ジュリとロゼ。ゼンと澄華と舞坂みやび。さらには絢穂と、オーギュスト・ネイサン。そしてヌエマルを抱いた瑠奈である。

「うん。大丈夫。思い出したよ、全部。わたしのことも、瑠奈のことも」

彩葉はそう言って力強くうなずいた。

純白の炎で雷龍を倒したあと、彩葉は瑠奈にしがみついて号泣した。そして泣きつかれてしばらく眠っていたのだ。

しかし今の彩葉は、憑き物が落ちたようなすっきりとした表情をしている。むしろ浮かれてすらいるようにも見える。要はいつもの彩葉に戻ったということだ。

「瑠奈も、龍の巫女だったのか？」

並んで座っている少女と幼女を見比べながら、ヤヒロが訊いた。

その質問に対する彩葉の答えは、少々意外なものだった。

「あのね、瑠奈はわたしのお母さんだったんだよ」

どやぁ、と鼻息も荒く言い放ち、彩葉は得意げに目を輝かせた。

作戦室の中に静寂が満ちる。

「は？」

「え？　それだけ？」

十秒ほどの沈黙を挟んで、ヤヒロと絢穂が同時に言った。

彩葉は、ヤヒロたちの冷ややかな反応に、少し不満げな表情を浮かべて、

「そうだよ。わたしは瑠奈から生まれたの。生まれたっていっても本当に生まれたわけじゃなくて、これから生まれるはずだったんだけどね。で、龍の巫女として命を与えられたときに手違いがあって、わたしのほうがお姉ちゃんになったのです」

少し早口でまくしたて、彩葉は再びドヤ顔で胸を張る。

「ごめん、彩葉ちゃん。なに言ってるのかさっぱりわからない」

「おまえ、説明が下手すぎるだろ」

絢穂が困ったような表情で訴え、ヤヒロはやれやれと溜息をついた。

「仕方ないでしょ！　だって本当のことなんだから……！」

説明がさっぱり伝わらないことに業を煮やして、むう、と彩葉が頬を膨らます。

と、そのとき、壁際に立っていたネイサンが、なぜか納得したように、ふむ、とうなずいた。

「なるほど。そういうことか。つまり生贄の巫女は二人いたんだな」

「え？　ネイサンさん、彩葉ちゃんの言ってることが理解できたんですか？」

「なんで今のでわかるんだ……!?」

絢穂とヤヒロが呆気にとられたような表情を浮かべ、彩葉は勝ち誇ったように拳を握る。

困惑しているのは、ゼンや澄華も同じだ。その一方で、ネイサンの言葉を聞いたジュリやロゼの瞳には、なぜか納得の色が広がっている。

「この世界は、世界龍の神蝕能によって生み出された、ある種の仮想現実のようなものだ。そして、その仮想世界の住人は、現世で命を落とした死者の魂――というのが、天帝家に伝わる伝承だな？」

理解の追いつかないヤヒロたちを見かねたように、ネイサンが彩葉に代わって話し出す。

「ええ。少なくとも妙翅院迦楼羅はそう言っていたわ」

ネイサンの質問に、みやびが答えた。ヤヒロやジュリも彼女の言葉に首肯する。

この世界の住人は、全員がすでに死を経験している。ここが冥界と呼ばれる所以である。

「神蝕能が人の願いによって生み出される力である以上、世界龍の力は有限だ。ゆえに老いた世界龍が力尽きる前に、自らを内側から喰い尽くす新たな世界龍を生み出そうとする。それがこの世界のシステム――という理解で合っているかな、瀬能瑠奈？」

ネイサンが静かな口調で瑠奈に確認した。

大人相手に話しかけるような、丁寧で難解な言葉選びである。

瑠奈はそんなネイサンの態度に戸惑うこともなく、淡々と答えた。

「そう。私も、そうやって今の世界を生み出した」

「瑠奈……!?」

絢穂が唖然とした表情で瑠奈を見た。ヤヒロも驚きに目を見張る。

この世界を生み出したのがもし本当に瑠奈だとすると、彩葉ではなく、瑠奈がこそが生贄の巫女だったということになる。

「幽世に閉じこめられていたのは、彩葉じゃなくて瑠奈だったのか？」

世界樹の琥珀の中にいた少女は、彩葉と同じ顔をしていた。だからヤヒロたちは、生贄の巫女の正体が彩葉だと信じて疑わなかった。

だが、よく見れば瑠奈の幼い顔立ちにも、わずかに琥珀の中にいた少女の面影がある。姉妹だからという理由で気にしたことはなかったが、彩葉と瑠奈は似ているのだ。

「待ってくれ。じゃあ、彩葉はなんなんだ？」

ヤヒロが疑いの眼差しを彩葉に向けた。

生贄の巫女の正体が瑠奈だとしても、彩葉が彼女たちと似ていることには変わりない。それに彩葉が生贄の巫女の特徴である、魍獣と心を通わせる能力を持っているのも事実だ。

「え、だからわたしは瑠奈の娘だってば」

さっきからそう言ってるのに、と彩葉が唇を尖らせる。

「娘？」

「そうだよ。瑠奈がわたしのお母さん。わたしは幽世で、ずっと瑠奈と一緒にいたの」

「もしかして……あの犬のことを言ってるのか……？」

生贄の巫女と一緒に琥珀の中に閉じこめられていた白い獣の姿を思い出して、ヤヒロは、あ
あ、と膝を打った。

「そうそう……って、違うよ⁉　なんでよ⁉　あの子はどう見てもヌエマルでしょうが⁉」

彩葉がものすごい勢いでノリツッコミをかましてくる。

しかし、そう言われてもヤヒロにはほかに心当たりがない。

「そうじゃなくて、もう一つ可能性があるでしょ」

「可能性？」

「──生贄の巫女は、懐妊していたのですね」

このままでは話が進まないと考えたのか、ロゼが仕方ないというふうに口を開いた。

「あ……」

絢穂が両手で口元を覆った。みやびも声にこそ出さないが、驚いているのは間違いない。

「瑠奈が、妊娠してたっていうのか……⁉」

ヤヒロは頭を殴られたような衝撃を受ける。

犯罪じゃん、と呟いたのは澄華だろうか。

　しかし彼女は知らないのだ。琥珀の中に閉じこめられていた生贄の巫女は、今の彩葉たちと同じくらいの年齢で、出産するのが不自然というほどではない。彼女が昔の人間だとすれば尚更だろう。

　だとしても、今の幼い瑠奈を知っているヤヒロたちとしては、どうしても複雑な感情を抱かざるを得ないのだが──。

「相手は……そうか、世界龍になった不死者か……！」

「ふっふっふ。つまりわたしは、創世の女神と世界龍の娘というわけですよ」

　彩葉が鼻高々という態度でヤヒロに自慢してくる。

　彼女がさっきから浮かれていたのは、どうやらそれが理由らしい。

　ずっと家族がいないことを気にしていた彩葉にしてみれば、相手が誰であれ、自分の両親の存在がわかっただけでも顔がにやけるほど嬉しいことだったのだろう。

「なにそれ、すごくない⁉　彩葉もほとんど女神ってことじゃん！」

　彩葉の言葉を真に受けた澄華が、素直に感心して褒めちぎる。

「だよねだよね。一緒に写真撮っていいよ！」

　女神のポーズ、などと言いながら澄華と写真を撮り始めた彩葉を、ヤヒロは呆れた表情で眺めた。世界が滅ぶかどうかの瀬戸際とは、とても思えない緊張感の乏しさである。

「この際、彩葉のことはどうでもいいよ。それよりも問題は瑠奈のほうだろ」

「どうでもいい⁉　わたし、女神なのにどうでもいいって言われた⁉」

「どうして赤ん坊のはずの彩葉（いろは）がこんな状態で、生贄（クシナダ）の巫女が子どもになってるんだ？」

ヤヒロは、彩葉（いろは）の抗議を無視して瑠奈（るな）を見た。

瑠奈（るな）は小さくうなずいて、舌足らずな口調で説明を始める。

「次の世代の世界龍（ウロボロス）を生み出すために、召喚される龍の巫女（みこ）は七人――彼女たちの魂はそれぞれ冥界（セカイ）の外から招かれて、龍因子が与えられる」

「……冥界（セカイ）の外？　いわゆる現世（うつしよ）ということ？」

みやびが瑠奈（るな）の言葉を遮って訊（き）いた。

瑠奈（るな）は静かに首を振る。

「それはわからない。あなたたち全員が、同じ世界の出身者という保証もない。もしかしたら、宇宙全体には無数の世界龍（ウロボロス）がいて、それぞれが世界を持っているのかも」

「どちらにしても、新たな世界龍（ウロボロス）を生み出せるのは、この冥界（セカイ）の外から来た人間だけということか。龍の巫女（みこ）が前世の記憶を持っているのも、それが理由だな？」

ゼンが生真面目（きまじめ）な口調で確かめる。瑠奈（るな）はうなずき、

「そう。ただし例外がある」

「例外？」

「先代の龍の巫女（みこ）の生き残り」

「生贄の巫女、か」

ネイサンがぼそりと呟きを洩らす。先代の龍の巫女の生き残りということは、すなわち生贄の巫女――瑠奈自身のことである。

「そう。世界が終わる直前に、生贄の巫女は、龍の巫女の一人として、新しい肉体を与えられて生まれ変わる。それが天の龍の巫女」

口調にはたどたどしさがあるものの、瑠奈の説明はわかりやすかった。少なくともさっぱり要領を得ない彩葉よりは、はるかにマシだ。そのことだけでも、瑠奈が、前世の記憶を持つ生贄の巫女の生まれ変わりという話に信憑性が増してくる。

「天の龍の巫女は保険。次世代の龍の巫女が誰も世界龍を生み出せなかったときに、古い世界を延命させるのが役目。だから天の龍の巫女には、不死者がいない。その代わりに特別な力が与えられる」

「特別な力？」

「魍獣を操る力」

「あ……」

その場にいた全員の視線が、瑠奈の膝の上のヌエマルに向けられた。

魍獣と会話が出来るのは、彩葉だけではない。瑠奈にも同じ力がある。むしろその力は本来、天の龍の巫女である瑠奈にこそ与えられるべきものだったのだろう。

「ママお姉ちゃん──侭奈彩葉の肉体は、もともと天の龍の巫女のものになるはずだった。だけど転生する際に、手違いが起きた」

「本来の生贄の巫女ではなく、胎児のほうの魂が入ってしまったのですね」

彩葉と瑠奈を見比べながら、ロゼが言った。

「え……と……ごめんなさい……」

全員の視線が集まるのを感じて、彩葉がしゅんと項垂れる。

手違いが起きたのは彩葉の責任というわけではないが、彼女の存在が多くの人間を惑わせたのも事実だった。

「その赤ん坊の魂は幽世から──すなわち、冥界の外から来た。だから、ママお姉ちゃんは正統な龍の巫女として、火の龍の力が与えられた。ママお姉ちゃんに転生前の記憶がないのはそのせい。もともと生まれてすらいなかったから」

瑠奈の言葉に、全員が納得した。

彩葉が唯一持っていた前世の記憶は、幽世についての断片的な記憶だけである。

生まれる前の胎児といえども、さすがに世界龍の存在くらいは認識できたらしい。というよりも、それくらいしか認識できなかったのだろう。

「それよりも問題だったのは、天の龍が不在になってしまうこと。世界龍が用意した龍の巫女の肉体は七つしかなかったから。普通の人間の肉体なら、いくらでも用意できるけれど、

世界龍(ウロボロス)の権能をもってしても、龍因子の余剰を生み出すのは簡単ではない」

瑠奈(るな)はそこまで言って、不意にヤヒロと目を合わせた。

「——ただ、その問題は意外な形で解決することになった」

「鳴沢珠依(ナルサワスイ)、か」

ネイサンの呟(つぶや)きに、そう、と瑠奈(るな)はうなずいた。

「世界龍(ウロボロス)が招き入れた魂の一つは、人間が用意した器に入った。だから私は、余った龍因子でこの身体(からだ)を作った。急拵(きゅうごしら)えなので、こんな姿になってしまったけれど」

瑠奈(るな)は、自嘲するような表情で自分の身体(からだ)を見下ろした。

そんな瑠奈(るな)をぎゅっと抱きしめて、彩葉(いろは)が力強く言い放つ。

「そう。つまりそういうことなのです」

「どうしておまえがそんな偉そうなんだよ」

ヤヒロは再び呆(あき)れ顔(がお)で彩葉(いろは)を見た。少なくとも今の瑠奈(るな)の説明を聞く限り、彩葉(いろは)に自慢できる要素はなかったと思える。

しかし彩葉(いろは)は瑠奈(るな)を抱いたまま、どこか誇らしげに微笑(ほほえ)んだ。

「瑠奈(るな)はね、今までずっとわたしのことを守ってくれてたんだよ。火の龍(アワリティア)の権能を封印して、わたしがただの美少女人気配信者(ストリーマー)として暮らせるようにって」

「美少女とか人気とかはともかく、おまえの権能がしょぼかった理由はわかった」

ヤヒロが素っ気なく感想を述べる。

単純な威力はともかくとして、彩葉の火の龍の権能は、とにかく使い勝手が悪かった。ほかの龍の巫女や不死者の攻撃から身を守る以外には、ほとんど使い途がない。多彩な応用が可能な、ほかの龍の権能とは大違いだ。

だが、おかげで彩葉は自分が龍の巫女だと自覚することなく暮らしていられた。その意味で、彼女はたしかに瑠奈にずっと守られていたのだ。

「うー……なんでよ。そりゃ、みやびさんやジュリたちと比べたらアレだけど、わたしだってまあまあ美少女でしょうが……！」

「こだわるのはそっちかよ」

彩葉のぼやきにヤヒロは呆れた。

「いえ。ジュリが美しいのは当然ですが、あなたも捨てたものではありませんよ」

双子の姉を褒められたロゼが、お愛想のように適当に彩葉を慰める。

「そうだな。澄華と並んでも見劣りしない程度ではあると思うぞ」

「どさくさに紛れて、なに言ってるのよ、もう……」

一方でゼンと澄華は、彩葉のことなどそっちのけで公然といちゃつき始めた。ひとまず深刻な話が終わったということで、集中力が途切れたのだろう。

「この力で、丹奈さんたちを止められるならいいんだがな……」

ヤヒロは自分の掌を見つめて言った。

瑠奈が施していた封印が解かれたことで、彩葉の権能はこれまでとは比較にならないくらい力を増している。気を抜くと、その圧倒的な力に振り回されそうになるほどだ。

もしこの力が、珠依に対する憎悪だけで生きていたころのヤヒロに与えられていたとしたら、間違いなく投刀塚のように力に溺れて暴走していただろう。瑠奈は決して意味もなく彩葉の力を封印していたのではないのだとよくわかる。

「そうだね。できれば話し合いで解決したいけど、それが駄目でも絶対に止めるよ。瑠奈も頑張ってくれてるしね」

彩葉も真面目な表情でうなずいた。ヤヒロは怪訝顔で幼女の姿の龍の巫女を見て、

「瑠奈が？」

「天の龍の権能は戦いの役には立たない。ただ、冥界門による世界の侵蝕を抑えることはできる。この世界の延命が私の役目だから」

「世界が崩壊するまでの時間を、少しは稼げるってことかな」

へえ、とジュリが驚いたように片眉を上げた。

「そうか。少しは希望が見えてきたな」

ヤヒロは微笑んで瑠奈の頭を撫でた。彼女の中身が実は年上だとわかっていても、これまでの癖で、つい子ども扱いをしてしまう。

瑠奈も抵抗せずにそれを受け入れ、もっと撫でろとばかりにヤヒロにちょっと身を寄せる。

そんな妹の姿を見て、いいな、と指をくわえる絢穂と彩葉。

和やかな雰囲気の姉妹の姿を眺めて、みやびは眩しそうに目を細めた。

そして彼女は、少し真剣な表情になって彩葉に向き直る。

「じゃあ、私たちも出来ることをしましょうか。まずは彩葉ちゃんは服を脱いでくれる？」

「へ⁉　なんでですか、いきなり⁉」

彩葉が自分の胸を隠すように手を組んで後ずさった。しかしみやびは表情を変えずに言う。

「配信するなら、衣装とメイクが必要でしょう？」

「え？　配信って、わたしがですか？」

彩葉がきょとんと目を瞬いた。

揺光星が二十三区に到着するまでは、まだあと二時間以上はかかる。その間、彩葉たちは暇といえば暇である。

とはいえ、いくら配信中毒の彩葉でも、さすがにこの状況で生配信を行うつもりはなかったらしい。

「人間の魍獣化を誘発するのは、恐怖心よ。世界各地で起きてるパニックを鎮めるために、あなたたちがやろうとしていることを拡散するの。世界で一番有名な龍の巫女であるあなたの言葉なら、必ず効果があるはずよ」

「それは、そうかもしれないけど……」

　みやびの丁寧な説明を聞いて納得しつつも、彩葉は困ったように目を伏せた。

「でも、駄目なの、みやびさん。わたしのチャンネルは統合体に凍結されてて配信できないの。今から新しいチャンネルを作っても、きっと偽者だと思われちゃう」

「大丈夫。配信用のアカウントなら用意できるわよ。登録者千五百万人オーバーの、有名なニュース配信チャンネルが残ってるの」

　ふふっ、と悪戯っぽく笑って、みやびが彩葉にウィンクする。

「それって……もしかして……！」

「ヤマドーチャンネルか！　山瀬道慈の……！」

　彩葉とヤヒロが、互いに顔を見合わせて叫んだ。

　みやびと山瀬道慈が運営していた〝ヤマドーチャンネル〟は、有名な暴露系ニュースアカウントである。大手メディアにもたびたび取り上げられるなど世界的な知名度を誇っており、過去にも彩葉が龍の巫女であることを暴露して、ヤヒロたちに散々な迷惑をかけた。

　たしかに山瀬のアカウントが使えるなら、全世界に彩葉の声を伝えることが可能だ。

　そしてなによりも重要なのは、因縁のある彼の配信チャンネルに登場することで、彩葉が本物だと証明できることである。

「アルフレッド・サーラスが味方をしてくれている今のあなたなら、チャンネルが凍結される

 こともないはずよ。どうするの、伊呂波わおんちゃん?」

みやびが挑発的な表情で彩葉を見る。

彩葉の返事は、聞くまでもなく決まっていた。

2

『――わおーん! こんにちは、伊呂波わおんです』

なんの予告もなく始まったその配信に最初に気づいたのは、ごく一部の熱心な視聴者たちだった。

たまたまアプリを開いたときにおすすめとして表示されたサムネイルに、見覚えのある少女が映っている。獣の耳をつけた東洋人の少女だ。

『お久しぶりです! 本日は、「魍獣なんか恐くない! 絶叫! 龍の巫女と行く冥界門ツアー特番」ということで、こちらのヤマドーチャンネルをお借りして、装甲列車〝揺光星〟から生配信をやってみたいと思います!』

そのチャンネルを登録していた人々のほとんどが、彼女の名前を知っていた。
そして彼女が、世界中で発生している魍獣騒ぎと無関係ではないということも――
彼女が配信を始めたという噂は、SNSを通じて速やかに拡散され、チャンネルの同時接続数が瞬く間に増えていく。

『そして本日は、スペシャルゲストということで、こちらのチャンネルではおなじみ、ジャーナリストの舞坂みやびさんと、お友達の清滝澄華ちゃんが来てくれてます！』
『えええええ⁉ 待って待って、うちも出演るの⁉ そんなの聞いてないんだけど、無理無理！』

そう。その日、配信者〝伊呂波わおん〟は、世界中の人々が見守る中で、ネットへの帰還を果たしたのだった。

†

世界各地で出現した魍獣による騒動を受けて、横浜にある連合会本部は、急増する問い合わせへの対処に追われていた。

日本各地に駐留している多国籍軍を除けば、魍獣との実戦経験を持っているのは、連合会傘下の民間軍事会社だけである。出現した魍獣の対処法や、魍獣化の対策、戦力派遣の要請など、問い合わせの内容も多岐にわたる面倒なものばかりだ。

なにかとしがらみの多い民間軍事会社を取りまとめる役目の連合会としては、大口の出資者や政府機関からの依頼を無碍には出来ない。結果として生じた膨大な作業をさばくため、連合会は会頭であるエヴグラーフ・レスキン自ら陣頭に立って、事務員たちを指揮していた。

そんなレスキンの元に慌ただしく駆けこんできたのは、連合会執行部のアクリーナ・ジャロヴァである。

「失礼します、会頭！　侭奈彩葉が……火の龍の巫女が緊急の動画配信を行っています！　風の龍と水の龍の巫女も一緒に……！」

乱れた呼吸を整える暇もなく、アクリーナは興奮した様子で私物のスマホを差し出した。

「落ち着きたまえ、アクリーナ・ジャロヴァ。きみの言う配信というのは、これのことかね」

レスキンは彼女を見返して、動じることなく厳かに訊き返す。

彼が指さした会頭室のモニターには、獣耳のウィッグをつけた少女が、アップで映し出されていた。アクリーナたちもよく知っている日本人の少女である。

「そうです。世界規模の魍獣化を阻止するために、彼女たちは二十三区の冥界門に向かっているそうです。現在は名古屋付近を通過中だそうですが」

「ノア・トランステック――ギオニスＣＥＯからも要請を受けている。ギャルリーの装甲列車の通過に、最大限の便宜を図ってやってくれとな。非公式だが、アルフレッド・サーラスも動いているようだ」

「サーラス？　統合体がギャルリーに協力しているのですか……？」

思いがけない情報に、アクリーナは驚きを隠さない。

統合体には複数の派閥があるが、世界規模の大殺戮を望んでいるという点では、彼らの思惑は一致している。サーラスが率いる主流派は、その傾向が特に強いと聞いていた。破壊を止めようとしている侭奈彩葉とは、真っ向から対立しているはずだ。

「どういう心境の変化があったのかは知らんが、我々にとっては悪い変化ではあるまい。ギャルリーの内部でも一悶着あったようだしな」

レスキンが小さく鼻を鳴らす。ギャルリー極東支部が本部に反旗を翻し、ユーセビアス・ベリトを追い落としたという情報は、すでに連合会にも届いている。

今回の揺光星の二十三区行きも、そのことと無関係ではないだろう。

「連合会は、協力するのですか？」

「我々は傭兵だからな。依頼があれば、協力しないわけにもいくまい」

面倒なことだ、と呟いて、レスキンは握っていた書類の束を机に置いた。

「魍獣化発症のトリガーになるのは、人間の恐怖心だ。連合会傘下企業の傭兵たちには、そ

の情報がすでに広まっている。先日の騒ぎも無駄ではなかったということだな」

「我々に魍獣化の影響が及んでいないのは、そのおかげですか」

「二十三区に近づけば、冥界門の影響力はさらに増すだろう。軍の兵士たちでは耐えられまい。つまりギャルリー・ベリトの冥界門突入を援護できるのは、現状、我々だけということだな」

レスキンの言葉に、アクリーナがうなずく。

ギャルリー・ベリトの最終的な目的地は、旧・東京駅の傍にある最大規模の冥界門だ。彼らの装甲列車がそこに辿り着くためには、多摩川に架かる六郷川橋梁と、その先の線路の安全確保が絶対条件である。

すなわち、誰かが隔離地帯である二十三区に入って、線路周辺の魍獣たちを排除しなければならないということだ。

「連合会所属の全企業に通達を出せ。これより連合会は、ギャルリー支援のために二十三区への突入を開始する。第一目標は鉄道と周辺施設の安全確保。第二目標は冥界門周辺の魍獣の排除だ」

「よろしいのですか？　この規模の作戦になると、連合会の強制依頼というわけには……」

アクリーナが怖ず怖ずと、レスキンの指示に異議を挟む。

しかし連合会の会頭は、分厚い唇を歪めてニヤリと笑った。

「報酬については心配は要らんよ。なにせ統合体が依頼主だ。それに世界が終わってしまうかどうかの瀬戸際に、金を出し惜しむ必要もあるまい」

そしてレスキンは、横浜駅の上に造られた連合会本部の窓から夜明け前の暗い空を眺めて、どこか楽しげに独りごちる。

「すべての龍を殺す、か……まさかあの小娘たちの言葉が真実になるとはな」

3

「彩葉ちゃん、すごい……同時接続数が四千万を超えてる。ミラー配信のサイトも合わせたら、全世界で一億人くらいが見てるかも……」

動画配信用PCの画面を見つめて、絢穂が指先が震わせた。

自分たちが配信している動画が、全世界四千万人以上の人々に見られている——それを実感して恐ろしくなったのだろう。

「うん、すごいね。ついこないだまで、再生回数一桁や二桁のときもあったのに」

「投げ銭の金額もすごいことになってる！　こんな数字、見たことないよ……！」

蓮と凜花の表情も、心なしかわずかに引き攣っていた。

動揺する彼らの気持ちがヤヒロにはよくわかる。というよりも、これだけの数の人間に注目

されていて、プレッシャーを感じない彩葉が異常なのだ。

まったく再生数が伸びない動画を毎日投稿し続けた不屈のメンタルといい、彼女はつくづく配信者に向いている。その意味で彼女には、確かに才能があったのだ。伊呂波わおんの最古参のファンとして、ヤヒロは誇らしげな気分でそんなことを考える。

「まあ、これは彩葉ちゃんのチャンネルじゃないんだけどね」

一方、冷静に事実を指摘したのは、現実主義者である九歳児のほのかだった。

どれだけ彩葉の動画の再生数が増えても、山瀬道慈のチャンネルで配信されている以上、広告費などの収益は彩葉には一銭も入らない。それらはヤマドー・チャンネルの共同運営者であるみやびのものだ。

さすがにこの状況でそこまで計算していたとは思えないが、絶対にあり得ないとも言い切れないのが、みやびの恐ろしいところだった。

「ほのか、太陽の位置が変わってる。逆光になるから、ママ姉ちゃんたちに照明当ててあげて。京太は手持ちカメラのバッテリー交換をよろしく」

「任せて」

「バッテリーって、これでいいのか……？」

マイクに入らないように声を潜めながら、希理たちがテキパキと裏方の雑用をこなしている。

その様子を眺めて、ヤヒロは素直に感心した。なんの役にも立たないヤヒロとは大違いだ。

「たいしたもんだな、あいつら」

「みんな彩葉ちゃんのお手伝いは慣れてますから」

ヤヒロの賞賛を聞いた絢穂が、嬉しそうに口元を綻ばせた。

弟妹一丸となって彩葉の配信を支えている姿を見ると、血のつながりがないはずの彼らが本当の家族なのだと実感できる。

四年前——大殺戮の直前に出会ったときの彩葉は、どこか感情の希薄な、言葉遣いのたどたどしい少女だった。

しかし今ならわかる。当時の彼女は、精神的には、まだ幼い子どもだったのだ。

本来なら龍の巫女たちは、前世の記憶を持った状態で転生する。

しかし赤ん坊だった彩葉には前世の記憶がなかった。生活するための知識は、瑠奈のものになるはずだった彼女の肉体が覚えていても、感情面の発達がそれに見合っていなかった。当時の彩葉は、中身と外見の年齢にギャップがあったのだ。

なのに、それから四年が経って再会したとき、彩葉は今の感情豊かな少女になっていた。

それは間違いなく彩葉の弟妹たちの影響だ。彼らと一緒に暮らすことで、彩葉は成長した。幼い弟妹たちを育てているつもりで、彩葉は彼らに育てられていたのである。

そのことが、ヤヒロに苦い感情を抱かせる。

どこかで運命が変わっていたら、同じように前世の記憶を持たない龍の巫女——人工の龍の

巫女である珠依にも、もしかしたら今の彩葉と同じように、明るく笑えている未来があったのかもしれない、と。

「――ジュリ。ロゼ。第二小隊から通信です。二十三区内の偵察結果ですが」

タブレット型の通信端末を持った魏が、指揮車両に入ってくる。

横浜基地に残していたギャルリー極東支部の第二小隊は、ジュリたちの指示で二十三区内の強行偵察を行っていた。冥界門の現状を把握するためである。

「魍獣の活動は、やはり活発化しているようですね。地表で確認されている個体数の密度が、平常時の二倍を超えているそうです」

「魍獣の数が倍になったってこと？」

「ええ。冥界門から新たに出現した魍獣と、二十三区に元から棲息していた個体の間で争いが起きているのも確認された、と」

「ある程度は予想どおりだけど、当たって欲しくなかったね」

それは厄介だね、とジュリが嫌そうに舌を出す。

「線路や鉄橋は無事なのか？」

険しい表情でヤヒロが訊く。

いくら装甲列車といっても、線路がなければ走れない。二十三区と外を隔てる多摩川にかかる橋梁は、冥界門に到達するための最重要拠点である。

「私たちもそれを危惧していたのですが、レスキンが上手くやってくれたようですよ」

「レスキン？　連合会のおっさんが……？」

ロゼが口にした意外な名前に、ヤヒロは少し驚いた。

「連合会傘下企業の全戦力を動員して、逆に二十三区への侵攻を開始したそうです。横浜での騒動を経験している彼らは、気休め程度ですが、魍獣化への耐性がありますから」

「そうは言っても、鉄橋を確保するので手一杯みたいだね。魍獣たちも、二十三区外に溢れ出して来てるからさ」

ジュリがロゼの言葉を補足する。

揺光星はすでに横浜駅を通過し、間もなく川崎市内へと差しかかるところだ。多摩川に架かる鉄道橋までの所要時間は約五分。そこを通過してしまえば、その先は、ついに二十三区――魍獣たちの勢力圏〝隔離地帯〟である。

しかしここに来て、ジョッシュは揺光星の速度を落としていた。

出現率の低いはずのこのあたりまで、魍獣たちが押し寄せてきたからだ。

「来たか……！」

九曜真鋼を握って、ヤヒロが表情を引き締めた。

ノア・トランステックや多国籍軍の支援のおかげで、魍獣たちと接触することなくここまで来たが、ついに戦闘が避けられない状況になったのだ。

「はぐれ魍獣を相手してる余裕はありません。突っ切ります、列車長」

「承知しました、ロゼッタ様」

伝声管に向かってロゼが呼びかけ、列車長が覚悟の決まった声で答える。

大型の魍獣たちの中には、戦車砲の直撃にも耐えるものがいる。真正面から激突すれば、装甲列車といえども無傷では済まない。

そのリスクを計算した上で、ロゼは強行突破を命じた。世界が崩壊してしまえば、たとえ揺光星が無傷で残っても意味がないからだ。

「魏。動力車の護衛、任せるね」

パオラが愛用の軽機関銃を持って立ち上がる。対魍獣用のプロテクターを着込んで、肩には大振りの軍用ナイフ、腰には予備のマガジンと拳銃を吊ったフル装備だ。

「わかりました。遠隔操作砲塔のコントロールはこちらで受け持ちます」

「うん。うちの部隊は、揺光星に取りついた魍獣の相手をするよ」

それぞれの役割分担を決めて、パオラと魏は持ち場に向かった。

続けて立ち上がったのは、ゼンだった。

「行くぞ、鳴沢。俺たちは線路上の魍獣たちを排除する」

「待て、ゼン。線路上の魍獣を排除って……まさか、先頭車両の屋根によじ登る気か？」

「装甲板に手すりがついているだろう。恐いならべつに来なくてもいいぞ」

「べつに恐(こわ)いとは言ってないだろ!」

ヤヒロは苛々(いらいら)と歯嚙(はが)みしながらゼンに続いた。不死者(ラザルス)であるヤヒロたちは走行中の列車から投げ出されたところで死ぬことはないが、列車から落ちれば、そのぶん冥界門(プルトネイオン)への到着が遅れる。ヤヒロとしてはそれを恐れたのだ。

しかしヤヒロたちが指揮車両から出る前に、ギャルリー・ベリトの通信に割りこむ形で、ノイズ混じりの声が聞こえてくる。

『──こちらは連合会(ギルド)執行部だ。聞こえるか、ギャルリー・ベリト!』

「その声、アクリーナですか?」

ロゼが怪訝(けげん)な表情を浮かべて応答する。互いに無駄な会話はない。

揺光星(ヤオクアンシン)が二十三区に突入する直前のタイミングでの、二十三区侵攻中の連合会(ギルド)幹部からの通信だ。急ぎの用件だというのは容易に想像できる。

『ロゼッタ・ベリトか。時間がない。聞いてくれ。おまえたちの装甲列車の通過に合わせて、連合会(ギルド)の地上部隊が、多連装ロケット砲(MLRS)の一斉砲撃をかける。使用する砲弾は、非殺傷性の催涙ガス弾だ』

「なるほど。魍獣(もうじゅう)たちの行動力を奪って、その間に彼らの包囲を突破するのですね。あなたにしては良い作戦です。考えたのはレスキンですか?」

『う、うるさい! とにかく、この作戦が使えるのは一度きりだ。タイミングを逃すなよ』

「わかりました。合わせます」

　作戦決行時間の確認を終えて、ロゼはアクリーナとの通信を切る。

「全員、聞いてのとおりだよ。戦闘員(オペレーター)はガスマスクを装備。非戦闘員は指揮車両に移動して。揺光星(ヤオクアンシン)は気密仕様だけど、対魍獣(たいもうじゅう)用の強烈なヤツだし、いちおうね」

　ジュリが車内放送を使って、揺光星(ヤオクアンシン)の乗員たちに警告した。ヤヒロとゼンも、車両内に備えつけられていたガスマスクを取る。不死者(ラザルス)といえども、催涙ガスを浴びれば、一時的に戦闘力を喪失するのは避けられない。対魍獣(たいもうじゅう)用の催涙弾となれば、尚更(なおさら)だ。

「彩葉(いろは)！　おまえら、なにやってんだ！」

　人数分のガスマスクを抱えて、ヤヒロは、彩葉(いろは)たちが動画を配信している揺光星(ヤオクアンシン)のラウンジ車両に向かった。いつまで経(た)ってもガスマスクを取りに来ない彩葉(いろは)たちに業(ごう)を煮やしたのだ。

　しかしラウンジ車両に入ると同時に、ヤヒロは彼女たちが無反応だったわけを理解する。ラウンジ内には車内放送をかき消すほどの大音量で、騒々しいダンスミュージックが流れていたからだ。

「あれ、どうしたの？　今、歌枠の配信中なんだけど……ヤヒロも歌う？」

　唐突に乱入してきたヤヒロを見返して、カラオケ用のマイクを握りしめた彩葉(いろは)が訊(き)いてくる。

「この状況で、なんでカラオケやってんだよ、おまえら」

　どういう神経だ、とヤヒロは派手に顔をしかめた

「な、なんとなくノリで……?」

　両手にマラカスを持って踊っていた澄華が、恥ずかしそうに顔を赤らめた。

　そんな彼女の姿を目にしたゼンが、目元を覆って溜息をつく。配信に出演するのをあれだけ嫌がっていたくせに、この短時間で澄華もすっかり彩葉に毒されしまったらしい。

「びっくりしたよ。みやびさん、めちゃめちゃ歌が上手いの!」

　疲れた顔のヤヒロとゼンに気づかず、彩葉が興奮気味の口調で言う。

　ヤヒロはますますげんなりとした表情になって、

「みやびさんまで、なにをやってるんですか……」

「張り詰めてばかりでも、よくないと思ったのよ」

　悪びれない表情でそう言って、みやびが小さく肩をすくめる。

　ヤヒロは激しい頭痛を覚えたが、文句を言っている場合ではないと思い直す。こうしている間にも刻一刻と、連合会の攻撃開始時間が迫っているのだ。

「時間がない。全員これを着けてくれ」

「なにこれ? ガスマスク? さすがにこういうマニアックな衣装はちょっと……」

「配信用の衣装じゃねえよ!」

　的外れな不満を口にする彩葉の顔に、ヤヒロは無理やりガスマスクを押しつける。

　もごもごと叫びながら暴れる彩葉。どうやらメイクが落ちると文句を言っているらしい。

そんな中、装甲列車の車内に伝わってくる走行音が変化する。揺光星(ヤオクアンシン)が鉄道橋に差しかかったのだ。

「来るぞ！」

時計を確認したゼンが、鋭く叫ぶ。

多摩川(たまがわ)の河川敷(かせんじき)から飛び立った大量のロケット弾が、怪鳥の叫びにも似た轟音(ごうおん)で空を埋め尽くしたのは、その直後のことだった。

4

純白の霧が、廃墟(はいきょ)の街を覆い尽くす。

まるで雲の中にいるような幻想的な光景だ。その霧の正体が、強烈な刺激臭を含んだ催涙ガスでなければ、だが――

その凶悪な濃霧の中へと、灰色の装甲列車が突っこんでいく。

京都(きょうと)駅を出発してから約五時間。ついにヤヒロたちは二十三区へと辿(たど)り着(つ)いたのだ。

「二十三区、か……まさか、こんな形で帰ってくることになるとはな」

ガスマスクに覆われた視界越しに、ヤヒロは、かつて東京(とうきょう)と呼ばれていた街を見回した。

「そうだね。なんだろ、懐(なつ)かしいような、知らない場所みたいな、不思議な気分」

配信用のスマホを構えたまま、彩葉が複雑な思いを口にする。

思えば最後に二十三区を出たときも、ヤヒロたちはこの装甲列車に乗っていたのだ。

そして隣には、やはり彩葉がいた。あのころとはすっかり状況が変わってしまったが、変わっていないものもある。そのことが少し面白い。

「ガスが途切れるよ！　警戒して！」

制服の襟に仕込まれた通信機から、ジュリの声が流れ出す。

彼女の言うとおりだった。催涙ガスが立ちこめるエリアを出て、視界が急激に開けていく。

それは魍獣たちからも、揺光星の姿が見えるようになったということだ。

轟音を放ちながら走る装甲列車。自らの縄張りに侵入してきた巨大な異物に対して、魍獣たちが殺気立つ。しかもその数が凄まじい。二十三区に慣れたヤヒロでも、ここまでの数の魍獣を見たのは初めてだ。

「魍獣⁉　なんで、こんなたくさん⁉」

ガスマスクを脱ぎ捨てた彩葉の表情に、焦りが浮く。

さすがの彼女も、あまりにも多すぎる魍獣たちの姿に恐怖を覚えているらしい。なにしろ見渡す限りの路上や廃ビルの屋上を、魍獣たちが埋め尽くしているのだ。しかもその魍獣たちのほとんどは、彩葉の声が届かない新しい世代の魍獣なのである。

揺光星の機関砲が火を噴いた。

線路上の魍獣たちが怯んだところに、装甲列車が突っこんでいく。魍獣たちを次々に撥ね飛ばしながらも、揺光星は止まらない。ディーゼルエンジンの咆吼を轟かせながら、なおも走り続けている。

しかし装甲列車の速度は確実に落ちていた。時速にして、せいぜい四、五十キロといったところだ。魍獣たちの脚力をもってすれば、容易に追いつける速度である。

雷撃などの特殊能力を持つ魍獣たちが、次々に揺光星へと攻撃を浴びせた。分厚い装甲板に衝撃が伝わり、装甲列車の車体が激しく揺れる。

連合会の援護はすでにない。

ギャルリーの戦闘員たちも反撃しているが、敵の数が多すぎる。

「ちっ……」

揺光星の動力車が狙われていることに気づいて、ネイサンが不可視の障壁を張った。

その龍気に反応したのか、魍獣たちの攻撃が激しさを増し、ネイサンの頬が苦悶に歪む。

「ネイサンさん……!?」

膝を突いたネイサンに気づいて、彩葉が悲鳴を上げた。ネイサンのスーツの袖口から、結晶化した肉体の一部が、サラサラと砂のようにこぼれ落ちている。

「適合限界……か」

ヤヒロが、表情を消してネイサンに問いかけた。

龍因子を持つレリクト適合者とはいえ、彼らの能力は無尽蔵ではない。

不死者ならざる彼らの肉体には、神蝕能の負荷に耐えられなくなる適合限界が存在するのだ。

ネイサンはすでに投刀塚との戦いで、限界を超えて神蝕能を行使している。このまま魍獣たち相手に障壁を張り続ければ、遠からず彼の肉体は崩壊することになるだろう。

「気にするな。いずれこうなるのはわかっていたことだ」

ネイサンは、ヤヒロたちを見上げて平然と言った。

一方、彼の張った障壁の効果で、装甲列車は再び加速を始めていた。魍獣たちの猛攻は今も続いているが、少なくとも揺光星の動力車には、その攻撃が届いていない。

「きみたちを迦楼羅嬢に引き合わせた時点で、俺の役目は終わっている。この世界の行く末を見届けられないのは少し残念だが」

ふっ、と自嘲するように微笑んで、ネイサンは立ち上がる。

「ネイサン……！」

「鳴沢珠依を、止められなかったこと……済まなかった……」

背中を向けたままのネイサンの呟きに、ヤヒロは小さく息を呑む。

ヤヒロが二十三区で暮らしていた四年の間、珠依の近くにいたのはネイサンだ。

統合体のエージェントとして、義務的に珠依の面倒を見ていたネイサンも、彼女に対してなんの感情も抱いていなかったわけではなかったらしい。

「配信を続けて、彩葉ちゃん」

「みやびさん……？」

動揺する彩葉に、みやびが優しく声をかける。

彼女はラウンジ車両のハッチを開けると、列車の外へと身を乗り出した。車体の手すりにつかまって、そのまま揺光星の進行方向へと目を向ける。

次の瞬間、追いすがる猛獣たちを突き放して、装甲列車が一気に加速した。

揺光星の進路を塞いでいた魍獣たちが、見えない津波に押し流されるように吹き飛んでいく。みやびが風の龍の権能で、列車の空気抵抗を減らすと同時に、邪魔な魍獣たちを蹴散らしているのだ。

「よせ、みやびさん！　そんな勢いで神蝕能を使い続けたら、あんたの身体だって保たないだろ!?」

ヤヒロが、列車に外に立つみやびに向かって叫んだ。

龍の巫女の肉体は、普通の人間と変わらない。本来の彼女たちは、不死者に加護を与えるだけの存在だからだ。

自ら神蝕能を使い続ければ、彼女たちは人の姿を失って龍になる。だがそれは、決して世界龍に至ることのない不完全な龍だ。そしてレリクト適合者と同じように、いずれ適合限界を迎えて死に至る。三崎知流花や鹿島華那芽と同じように。それを知らないみやびではないは

ずだ。

「皆さん、見てくれてますか――」

彩葉が撮影中のスマホに向かって呼びかけた。

風を浴びたみやびの前髪は乱れ、龍人化した右目が露わになっている。しかしみやびは、それを隠そうとしてはいなかった。その姿を配信しろと、彩葉に命じたのはみやび自身だからだ。

「この光景が、今の日本です。そしてこれが、わたしたち龍の巫女と龍殺しの英雄の力です」

彩葉が、丁寧に言葉を選びながら、画面の向こうにいる人々に訴える。

魍獣たちの攻撃を防ぐ、ネイサンの障壁。

そして魍獣たちを蹴散らすみやびの権能。

それでも魍獣たちは休むことなく、装甲列車を襲ってくる。

その凄まじい光景は彩葉のスマホを通じて、全世界に余すことなく伝えられている。

「龍も、龍の巫女も、人類の敵じゃありません。わたしたちは、壊れかけているこの世界を、救うために二十三区に戻ってきました」

彩葉も装甲列車のハッチを全開にして、外に身体を乗り出した。

視界に映るのは、廃墟の景色と、そこにひしめく魍獣の群れ。人々を絶望に陥れるような、恐ろしい光景だ。

しかしそんな廃墟の街を、装甲列車が疾走していく。

龍の巫女(みこ)と不死者(ラザルス)を乗せた巨大な機械。その姿が人々の希望になると信じて、みやびは配信を続けろと言ったのだ。

「わたしたちだけでは、ここまで辿(たど)り着(つ)くことはできませんでした。迦楼羅(かるら)さん、船長(キャプテン)さんたち、連合会(ギルド)の人たち、ギャルリーのみんな、それにこの配信を見てくれている皆さんがいてくれたから、まだこの世界は終わってないんです。だから——」

彩葉(いろは)の言葉が、不意に途切れた。ネイサンの障壁をすり抜けた魍獣(もうじゅう)たちが、列車の外に身をさらしている彩葉(いろは)に襲いかかってきたのだ。

しかし彼らは、彩葉(いろは)のもとに辿(たど)り着(つ)く前に、全身を凍りつかせて砕け散る。

彩葉(いろは)を守ったのは、澄華(すみか)とゼンだ。

『見えた。冥界門(プルトネイオン)だ！』

運転室にいるジョッシュの声が、車内放送から流れ出す。

一瞬、喜びに沸きかけた車内だが、続くオールディスの言葉に全員の顔が凍りついた。

『だが、線路が……もう……』

「全員、衝撃に備えて！」

悲鳴にも似たジュリの叫びが車内に響き渡った。これほどまでに切羽詰まった彼女の声を耳にしたのは、ヤヒロにとっても初めてのことだ。

東京駅まで、あとわずか。冥界門(プルトネイオン)によってぽっかりと切り取られたビル群の中の空白もす

でに見えている。だが、そこに辿り着くための線路が途切れていた。

魍獣たちの攻撃が原因なのか、単なる経年劣化かはわからないが、線路を支える高架橋そのものが崩落しているのだ。

『駄目だ……止まりきれねえ……！』

ジョッシュの絶望の声が聞こえてくる。

耳をつんざくようなブレーキの音が響き渡るが、疾走する装甲列車の巨体を止めるにはそれでも力不足だ。

障壁を展開しようとしたネイサンが、今度こそ完全に力尽きたように倒れこむ。

ヤヒロやゼンの神蝕能に、列車を止めるような力はない。己の無力さにヤヒロは歯噛みし、彩葉ですらなにも喋れずに固まっている。

「──大丈夫。配信を、続けて」

そんな中、悠然と語りかけてきたのはみやびだった。

みやびの全身を覆う龍気が勢いを増し、彼女の周囲で大気が渦を巻く。

「みやびさん⁉」

「待て、あんたの身体は、もう──」

彩葉が配信中だということを忘れて叫び、ヤヒロは最後の最後で言いかけた言葉を呑みこんだ。今この状況で揺光星を救えるのは、彼女だけだと気づいたからだ。

「まだ出会ったばかりのころの道慈が言ってたわ。真実は目には見えなくて、いつだって過ぎ去ったあとに気づくものだって。風のようにね」

放出する龍気の勢いが増すにつれ、みやびの姿が龍へと近づいていく。全身を半透明の鱗に覆われ、骨格が変化する。服を突き破って、長大な尻尾が伸びる。

龍人化。それでも彼女の姿はやはり美しかった。

「あなたたちは、自分たちの意思で決断して風を起こそうとしている。その行き先が、幸せな結末に続いていることを祈ってるわ」

頑張って、と告げる彼女の声は、もう人間の言葉には聞こえない。

「みやびさん……！」

彩葉は流れる涙を拭おうともせずに、変化するみやびの姿をカメラに収め続けていた。

やがて透明な龍へと姿を変えたみやびが空中へと舞い上がる。

同時に凄まじい暴風が装甲列車を包んだ。

崩落した高架橋の切れ間に差しかかった揺光星が、風に乗ってふわりと舞い上がる。

そして装甲列車の巨体はそのまま線路を外れて、並走している道路上へと着地した。落下の衝撃を風が受け止めようとして、その瞬間、宙を舞う龍の全身が力尽きたように砕け散った。

みやびの肉体は、もうとっくに限界だったのだ。

スピードを殺しきれないまま地上に落下した揺光星が、火花を撒き散らしながら道路の上

を滑っていく。このまま建物に激突すれば、中の人間はただでは住まない。たとえネイサンの障壁をもってしても、衝撃までは防げないのだ。

だが、列車が道路を逸れることはなかった。

道路の両脇の地面が盛り上がり、横転しそうになる装甲列車を、まるで滑り台の手すりのように受け止める。地形そのものを操作する強力な神蝕能だ。

「山の龍の権能！　絢穂か……！」

ヤヒロは、ラウンジの椅子にしがみついて投げ出されるのを防ぎながら、必死で祈るように目を閉じている絢穂を見る。

控えめで引っ込み思案な絢穂の性格は、三崎知流花と少し似ている。絢穂が山の龍の権能を短期間でここまで使いこなせるようになったのは、そのことと関係あるのかもしれない。他人を傷つけることよりも大勢を守ることに適した山の龍の権能は、彼女たちの性格に合っていたのだ。

道路上を百メートル以上も滑走しながら、それでも周囲の建物にぶつかることなく、揺光星は停止した。

「絢穂……！」

極度の緊張の解放されてその場に倒れこみそうになる絢穂に、ヤヒロは慌てて駆け寄ろうとした。だが、その前に絢穂に飛びついて支える人々がいた。彼女の弟妹たちである。

「やったあああ！」

「絢穂ちゃん！」

「絢姉ちゃん、すげえ！」

弟妹たちにもみくちゃにされて、絢穂は困ったような笑みを浮かべている。

そして、そんな絢穂に、派手な服を着た獣耳の少女が泣きじゃくりながらしがみつく。

「絢穂、ありがとう……！　みやびさんの犠牲……無駄になんなくて……絢穂ぉ！」

「い、彩葉ちゃん……ちょっ……苦しい……カメラ、映ってるから……！」

配信中の彩葉に抱きつかれた絢穂が慌てるが、彩葉は絢穂から離れない。みやびの消滅と、揺光星が無事だったこと——その狭間で感情が揺れ動き、彩葉は顔をぐちゃぐちゃにしながら泣き続けている。

「ここまで来て……まだ増えるのか……」

道路上に打ち上げられた装甲列車から飛び降りて、ヤヒロは乱暴に舌打ちした。

ヤヒロたちの前方に見えるのは、かつて東京駅と呼ばれていた建物。目的地である冥界門は、もう目と鼻の先だった。

だがその冥界門の周囲に集まっていたのは、数百体を超える魍獣たちの群れである。ヤヒロたちの接近を阻む、最後の障害ということらしい。

しかし彼らの姿を見ても、ヤヒロが絶望を感じることはなかった。

　ここまで辿(たど)り着(つ)いてしまえば、もはや魍獣(もうじゅう)たちは脅威ではない。なぜならこの場にいる龍の巫女(みこ)と不死者(ラザルス)は、ヤヒロたちだけではないからだ。

「下がっていろ、鳴沢八尋(ナルサワヤヒロ)。こいつらの排除は、俺たちがやる」

　生真面目(きまじめ)そうな顔立ちの少年が、いつもの無愛想な声でヤヒロに言う。彼の右手に握られているのは、無骨な西洋剣である。

　そして彼の左手は、派手な制服姿の少女の手を握っていた。いわゆる恋人繋(つな)ぎというやつだ。

「澄華(すみか)、頼む」

「うん。行くよ、ゼン」

　澄華(すみか)の指先から膨大な量の龍気がゼンに流れこみ、その龍気は無数の氷の結晶となって、二人の周囲を静かに舞った。朝焼けの光の中を舞う氷の結晶は、やがて巨大な龍の幻影を空に描き出す。美しく透き通った水色の龍だ。

「氷界に閉ざせ、水の龍(アシーデイア)！」

　ゼンが剣を薙(な)ぐように振った。

　水の龍(アシーデイア)が咆吼(ほうこう)し、純白の凍気の奔流を放つ。

　膨大な量の液化した大気が文字どおりの津波となって、装甲列車を取り囲む魍獣(もうじゅう)たちの群れへと押し寄せ、彼らを呑(の)みこむ。

　いかに強靱(きょうじん)な生命力を誇る魍獣(もうじゅう)たちといえども、細胞の一片まで残さず凍って、無事でい

られるはずもなかった。ヤヒロたちの視界に映るすべてのものが、道路や建物も含めて、すべて分厚い氷の中に閉ざされ、粉々に砕け散っていく。

吹きつけてくる冷え切った風に震えつつ、やりすぎだろ、とヤヒロは呟いた。

もっともこれでしばらくの間は、魍獣たちも揺光星に近づけない。その意味では、ヤヒロはゼンたちに感謝するべきなのかもしれなかった。

「ヤヒロ、彩葉ちゃん。行ってくれ」

揺光星から降りてきた魏が、爽やかに笑いかけてくる。

「あとのことは心配するな。ガキどもは俺たちが守ってやる」

「……任せて」

ジョッシュがヤヒロの背中を乱暴に叩き、パオラがグッと親指を立てた。

ほかのギャルリーの戦闘員たちも、全員がヤヒロたちに向かって思い思いに声をかけてくる。

彼らの顔に浮かんでいるのは、やり遂げたという満足感だ。たとえ、今日これから、この世界が滅んだとしても、彼らは満足して死んでいくに違いない。

「ヤヒロさん……」

遠慮がちに近づいてきた絢穂が、意を決したようにヤヒロに声をかけてくる。

ヤヒロはふと、二十三区で初めて彼女と出会った日のことを思い出す。

「今度は、俺が助けられたな。ありがとう、絢穂」

「……はい！」

ヤヒロの言葉の意味を理解したのか、絢穂は嬉しそうにうなずいた。

強力な神蝕能を使ったことで心配したが、絢穂の様子を見る限り、今のところ彼女には適合限界の心配はなさそうだ。それにこれ以上、絢穂がレリクトを使う必要もない。

それがどのような形になるにせよ、ヤヒロと彩葉が冥界門の中に辿り着けば、龍の力を巡るこの馬鹿騒ぎは、すべて終わることになるのだから。

「ヌエマル、瑠奈……みんなのことをお願いね」

彩葉が白い魍獣と幼い末妹に声をかける。

瑠奈は、いつものように無表情なままうなずいた。ここまで来たら、天の龍の巫女である彼女に出来ることはなにもない。瑠奈はそれを理解しているのだ。

ここから先は彩葉たち、新しい世代の龍の巫女の戦いなのだと――

「ジュリ、ロゼ、今までありがとう。世話になった」

最後に見送りに来た双子の姉妹に、ヤヒロが真顔で礼を言う。

「我々は、契約を履行しただけです。あなたが恩義を感じる必要はありません」

ロゼは事務的な口調でそう言った。相変わらずの態度だった。

「そうだね。でも、せっかくだから最後に少しサービスしてあげるよ」

そう言ってジュリはひょいと背伸びし、ヤヒロの頬に啄むようなキスをする。

それを見て、ギョッとしたのは彩葉(いろは)だった。

「ジュ、ジュリ⁉」

「勝利のおまじないだよ。ほら、ろーちゃんも」

双子の姉に背中を押されて、ロゼがヤヒロの前に歩み出る。

しかし、ロゼの左右の手にいつの間にか握られていたのは拳銃だ。

「九ミリパラと、四〇口径、どちらがいいですか？」

ヤヒロの左右の頬に向けて、ロゼが拳銃を突きつける。ジュリがヤヒロの頬にキスをしたことが、姉を溺愛する双子の妹の逆鱗(げきりん)に触れたらしい。

「おい、待て！　それは洒落(しゃれ)にならない」

ヤヒロが本気で怯(おび)えながら叫ぶ。不死者(ラザルス)といえども顔面を銃で撃たれれば、回復にはそれなりの時間がかかるのだ。ここまで来て、こんなくだらない理由で貴重な時間をロスするのは笑えない。

しかしヤヒロを睨(にら)むロゼの目つきは真剣で、このままなにもせずに引き下がるという印象ではなかった。ヤヒロは恐怖のあまり思わず目を閉じて——

次の瞬間、ヤヒロの唇に柔らかなものが触れた。

「ロ、ロゼ……？」

「今のは高くつきますよ。だから、無事に帰ってきてください」

ロゼは頬を薔薇色に染めながら、つい、と目を逸らした。

そんなヤヒロたちをジュリはニヤニヤと眺め、ギャルリーの戦闘員たちがヒュウヒュウと大袈裟に囃し立てる。

そして彩葉は頬を思いきり膨らませ、なぜかヤヒロを恨みがましく睨んでいた。

5

間近で目にした東京の冥界門は、ヤヒロが過去に見たほかのどの冥界門よりも大きく、そして美しかった。

地面に穿たれた巨大な縦孔。その表面は、凪いだ水面のように艶やかに輝いていたからだ。

それはまるで磨き抜かれた黒曜石や、夜の闇を映した鏡のようだった。

もともと存在した冥界門が、そのように変化したわけではないだろう。

変化したのは、どちらかといえばヤヒロたちのほうだ。妙翅院迦楼羅が彩葉に託した天帝家の勾玉――あの神器が、冥界門を、別の姿へと変えたのだ。

漆黒の水面に飛びこむことを、ヤヒロたちは躊躇しなかった。冥界門がそのように変化することを、前もって瑠奈に教わっていたからだ。

ヤヒロは彩葉と手を繋いで、冥界門へと足を踏み入れる。

その瞬間、ヤヒロたちの視界はぐるりと反転した。

世界の裏と表が入れ替わったような感覚。冥界門という入り口を通じて、ヤヒロと彩葉は、文字どおり世界の裏側へと移動したのだ。

いまだ枯れる前の本物の幽世。次の世代の世界龍を生み出す子宮の中へと――

「むー……」

見渡す限りなにもない、夜空のような漆黒の地面を踏みしめて、ヤヒロたちは歩き出す。

その間ずっと彩葉は膨れっ面のままだった。

ヤヒロがロゼにキスされてから、彩葉はまともに口を利こうともしないのだ。

それでいてヤヒロの手を離そうとはしないのだから、彼女がなにを考えているのか、ヤヒロにはさっぱりわからない。

「おい、いい加減に機嫌直せよ。あいつらは面白がってるだけだろ」

「ロゼたちに怒ってるわけじゃありません。ヤヒロがデレデレしてるのがムカついただけです」

「なんだ、それは」

ほとんど言いがかりのような彩葉の反論に、ヤヒロはやれやれと嘆息した。

そのときふと気づいたのは、彩葉の空いた左手にスマホが握られたままだということだ。

「まだ、配信してるのか？」

「ううん。ここはさすがに圏外だから。あとで編集して動画として上げるんだ。ほら、あるでしょ。秘境の廃村とかに配信者(ストリーマー)が撮影にいくやつ。あんな感じにしようと思って」

「それ、配信者が呪いに襲われて死ぬやつだろ」

縁起悪いな、とヤヒロは唇を歪(ゆが)めて呟(つぶや)いた
それからヤヒロたちは再び無言で歩き続けた。

不思議と進む方角に迷いはなかった。この先に行くべき場所があることが、なぜかわかる。

珠依(スイ)や丹奈(にな)たちも、おそらくそこにいるはずだ。

「最初に会った日のことを思い出すな」

ヤヒロは特に意味もなくぽつりと呟(つぶや)いた。

「え？」

彩葉(いろは)が驚いたように訊(き)き返(かえ)してくる。ヤヒロはどこか懐(なつ)かしい気分で目を細め、

「あのときも二人きりだっただろ。ヌエマルもいなかったし」

「そっか。そうだね」

「まあ、今回は芋ジャージじゃないだけマシか」

わおんの衣装の上にギャルリーの制服を着た彩葉(いろは)を見て、ヤヒロは笑う。

彩葉(いろは)は少し怒ったように唇を尖(とが)らせた。

「仕方ないでしょ、あのときは着替える暇がなかったんだから」

「ヌエマルは置いてきてよかったのか？」

「うん。あの子は瑠奈(るな)のものだからね。というより、今までは瑠奈(るな)と一緒に私を守ってくれてたんだよ」

「そうだな。あいつ、ちょっと過保護な母親っぽいところがあったからな」

「うん。わたしや瑠奈(るな)より、よっぽどお母さんだったね」

そう言って彩葉(いろは)はクスクスと笑った。いつの間にか彼女の機嫌は直っていたらしい。

そしてヤヒロの手を握ったまま、彩葉(いろは)は不安そうに訊(き)いてくる。

「出来るのかな、わたしに。世界龍(ウロボロス)の円環(ループ)を解くなんて」

「さあな」

ヤヒロは無責任に肩をすくめた。彩葉(いろは)が横目で睨(にら)んでくる。

「なにそれ!?　そこは嘘(うそ)でも出来るって言うところでしょ」

「そう言われても、本当にわからないからな。でも、いいんじゃないか。たとえ無駄足になっても、おまえが一人で責任を負うようなことじゃない。それに――」

「……それに？」

「約束しただろ。俺は最後まで一緒にいるって」

「それって愛の告白かな？」

彩葉(いろは)が謎の自信に満ちた口調で訊(き)き返(かえ)す。無駄に自己肯定感の高い彼女のいつもの反応だ。

その問いかけにヤヒロはあっさりとうなずいて、

「まあな」

「え……ええっ⁉」

ヤヒロの想定外の返事に、なぜか彩葉が慌てふためいた。

「ちょ、ちょっと待って。もう一回！　今のカメラ回ってなかったから、やり直して！」

「なんでだよ。記録されてるとわかってて言うわけないだろ」

「えええっ……なんでよぉ……」

彩葉が子どものように駄々をこね始める。世界が滅びるかどうかの瀬戸際だというのに、相変わらずだ、とヤヒロは苦笑した。

そして——


「もう一度会えるとは思っていませんでしたー」

足を止めた八尋と彩葉の耳に、のんびりとした声が聞こえてくる。

凪いだ湖のような幽世の地面に、一本の木が生えていた。高さはせいぜい十メートルほど。それほど目立つ大木というわけではない。

しかし、それは間違いなく妙翅院領で見た世界樹と同じ種類のものだった。

その若い世界樹の根元に、人影があった。おっとりした雰囲気の若い女性だ。彼女の隣には、当然、大剣を背負った青年の姿がある。

「丹奈さん……」

「まさか本当に追いついてくるなんて意外でした。それは素直に賞賛しますよー。正直、歓迎はしてあげられませんけどー」

丹奈はヤヒロたちを見て苦笑する。

少し殺伐とした雰囲気は、いつも鷹揚な彼女らしくない。しかし、あとわずかで願いが叶うというときに邪魔が入ったのだ。その反応は無理もないと思える。

「珠依はどこだ？」

刺々しい丹奈の態度を無視して、ヤヒロが訊いた。

丹奈は黙って世界樹の根元を指さした。

そこには胎児のように身体を丸めて眠る珠依の姿があった。

飾りのついた豪奢なドレスと、痩せ細った身体は、ヤヒロの記憶にある珠依と同じだ。だが、そのシルエットは彼女本来のものではなかった。

鉤爪の生えた手と、細く長い首筋。龍人化が進行しているのだ。

「約束を覚えていますよね？」

ヤヒロの目を見て、丹奈が訊く。

「俺が珠依を殺す手伝いをする、か？」

「はい。その約束を果たします」

「その結果が、龍人化、か？」

「彼女には感謝してるんですよ。新たな幽世への通路を開くために、ずいぶん無理をしてもらいましたからね。神器である草薙剣の力を借りても、龍人化せずにいられないほどに――」

眠り続ける珠依を哀れむように見つめて、丹奈は冷たく微笑んだ。

「どうして……そんなことを……」

彩葉が震える声で呟いた。丹奈は驚いたように眼を瞬いて、

「あなたのせいじゃないですかー、彩葉ちゃん」

「え？」

「あなたが珠依ちゃんから、ヤヒロくんを奪ったんですよ。龍の器となる不死者を失った今の彼女が地の龍の力を使うには、自分自身を龍にするしかないじゃないですかー」

丹奈の指摘に、彩葉が絶句する。

ヤヒロは、そんな彩葉の手を強く握りしめる。

丹奈の言葉は、ある意味では正しい。だが、根本的なところで間違っている。

彩葉のせいで、ヤヒロが珠依の支配を逃れたのは事実だが、それは珠依が力を使った説明になっていないからだ。

「珠依を利用してあんたはなにをするつもりだ、丹奈さん？」

「その質問に答える前に、私からも一つ訊いていいですかー？」

丹奈がそう言って彩葉に目を向けた。

「侭奈彩葉。あなたはここに来てなにを願うつもりだったんですか？　空っぽの空虚な幼子に過ぎないあなたが、理想の世界を思い描いたとして、それをいつまで維持できますか？」

「黙れ……」

「待って、ヤヒロ！」

　怒りを露わにしたヤヒロを制止して、彩葉はキッと丹奈を睨み返した。

「いいの。丹奈さんの言うとおりだよ。わたしは前世の記憶がない空っぽの器だから、理想の世界なんてわからない。なにが正しくて、なにが間違ってるのかってこともね」

「だったらー、邪魔しないでもらえませんかー」

「ううん。それは出来ないよ。わたしに理想の世界を創ることは出来ない。ううん。きっと、誰にもそんなことは出来ないんだ。丹奈さん、たとえあなたにも」

「でも、誰かがやらなきゃいけないことですよ」

「ううん。誰か、じゃない。みんなでやるんだよ」

　彩葉が揺るぎのない口調で言い放つ。

「わたしの願いはたった一つ――世界龍へのアクセス権を、世界中のすべての人に解放するこ

とだよ。人類全員で少しずつ、世界龍に願いを叶えてもらうの。みんなが本当に望む世界を、自分たちの意思で創るんだよ」

「全人類の願いの平均値で世界を創るつもりですかー……そんなものが上手くいくとでも……？」

丹奈が呆気にとられたように訊き返す。彩葉は、笑って肩をすくめた。

世界龍のループを終わらせる——

そのために彩葉が出した結論が、世界龍の解放だった。たった一人の生贄の巫女ではなく、全人類が世界龍を使って願いを叶えるのだ。

「もしそれが上手くいかないのなら、それは人類がそこまでの存在だったたってことだよ。わたしたちの一人一人が、世界の在り方に責任を負ってるってことなんだから」

「だから理想の世界を生み出すために、世界中の人間が努力しなければならない……ですかー。それは私にはない発想ですね。たしかにそれなら生贄の巫女が、一人で魂を磨り減らす必要はないかもしれません。世界をリセットする必要もなくなるのかもしれませんね」

「丹奈さん！　だったら……！」

「ですけどー、それは私が望んだ世界の在り方ではないですねー。だって、それじゃあなにもわからないままじゃないですかー」

期待に満ちた彩葉の呼びかけを、丹奈はあっさりとぶった切る。

「わからない……？」

「そうです。この冥界の外側がどうなっているのか。世界龍なんてシステムを、いったい誰が作ったのか。そのシステムを破壊したら、いったいなにが起きるのか。わたしはそれが知りたいんですよー」

「それが……あんたの望みなのか、丹奈さん」

そんなものが、とヤヒロが非難の眼差しを丹奈に向ける。彼女はただ理解したいだけなのだ。知識欲。知りたいというだけの、純粋な欲望。丹奈はそのためだけに行動している。

それはかつて丹奈自身が語っていたことだった。彼女は誰よりも罪深い龍の巫女なのだと。知識への渇望には果てがなく、好奇心を満たすためなら人はどんな犠牲も払う、と。たとえその先に、必ず破滅が待っていると知っていても――

「はい。そのために、私は世界龍を手に入れて、冥界の外に出て行きます」

「冥界の外に……!?」

彩葉は唖然とした表情を浮かべた。丹奈は世界龍を移動手段として使うことで、存在するかどうかもわからない〝外側〟へと行こうとしているのだ。

「じゃあ、残された冥界はどうなるの？」

「寄って立つ大地を失った世界は、滅びるしかないでしょうね」

あっけらかんとした口調で丹奈は言った。そんなものに興味はない、というふうに。

「この世界を破壊する——その一点において、私と鳴沢珠依の利害は一致したんですよー」

6

丹奈の隣にいた湊久樹が、背中に背負っていた大剣を抜いた。

これ以上会話を続けても、意味がない、という意思表示だ。

「そうか。エドのやつが言ってたのは、このことか……」

ヤヒロは深々と息を吐き、彩葉を守れる位置に移動する。

丹奈の望みは、世界龍を手に入れなければ決して叶うことはない、とエドは言った。ヤヒロたちが世界龍を破壊しようとするなら、最後には必ず彼女と殺し合うことになる、と——

「湊。おまえは、それでいいのか？」

フードを目深に被ったままのヒサキに、ヤヒロが訊く。

今ある冥界と引き換えにして、〝外側〟に出て行く。知識欲に囚われた丹奈はともかく、そんなことでヒサキの望みが叶うとは思えない。

「俺には、帰らなければならない場所がある」

それまで沈黙を続けていたヒサキが、大剣を構えたまま口を開いた。

彼の短い答えを聞いて、彩葉がハッと目を見張る。

「ヒサキくん、まさか、あなたにも前世の記憶があるの？」

「……そうだ。この作り物の冥界(セカイ)を抜け出して、あの場所に戻れる可能性があるのなら、俺はそのためにどんな罪でも犯そう。おまえたちにも、邪魔はさせない」

ヒサキが突き放すような口調で言った。

ヤヒロは刀を握る手を震わせる。ヒサキが帰らなければならない、という場所は、彼の前世の記憶の中の世界。みやびが現世(うつしよ)と呼んでいた世界だろう。

世界龍(ウロボロス)は、〝外側〟の世界から、龍の巫女(みこ)の魂を召喚している。こちら側の冥界(セカイ)から、〝外側〟にアクセスする能力があるということだ。

だとすれば、世界龍(ウロボロス)そのものに、世界を渡る能力があってもおかしくはない。

自らが世界龍(ウロボロス)になることで、彼の前世の世界へと帰還する。ヒサキはその可能性に賭けようとしている。それがたとえ、どんなにわずかな可能性であったとしても、だ。

「私はヒサキくんを利用しているだけですけどー、それはお互い様なんですよ。ヒサキくんは納得した上で、私につき合ってくれてるんです」

丹奈(にな)の言葉が終わる前に、彼女の龍気がヒサキへと流れこむ。ヒサキの全身から噴き出した鮮血が、美しい薄紫の鎧(よろい)を形成した。

鮮血の鎧(よろい)。血纏(ゴア・クラッド)。

それを展開したヒサキのフードがめくれる。フードの下からのぞいたのは、龍の瞳(め)だ。

「ヤヒロ！　ヒサキくんが……！」

「ああ。悠長に説得してる時間はなさそうだな」

ヤヒロがギリッと奥歯を鳴らした。

ヒサキはすでに龍への変貌を始めている。彼はこのまま自分自身の肉体を、新たな世界龍へと変えるつもりなのだ。

「ヒサキくんの邪魔をして、自分が世界龍になる気ですかー？　ずいぶん身勝手な話ですね。珠依ちゃんのために龍になるのを拒んで、彼女を見捨てたくせにー」

自らも深紅の血纏を展開したヤヒロを、丹奈が拗ねたような口調で責める。

「身勝手か。あんたにそう言われるとは光栄だな！」

ヤヒロはそう言って刀を抜いた。

倒すべき相手は、ヒサキではなく丹奈だ。不死者同士の戦いに終わりはない。ヒサキの龍化を止めるには、龍の巫女である彼女を殺さなければならないのだ。

「俺たちの邪魔をするな、鳴沢！」

「退け、湊！」

爆炎を纏って加速するヤヒロを、ヒサキが正面から迎え撃つ。

わかっていたことだが、ヒサキは強い。彩葉の封印が解けたことで力を増したはずのヤヒロと互角。龍化が進行しているぶん、ヒサキのほうが優勢ですらある。

ヒサキの神蝕能（レガリア）――物質沼化の権能は、ヤヒロの浄化の炎で無効化できる。一方でヤヒロの炎も、ヒサキの〝沼〟の力――領域そのものを掌握する能力に阻（はば）まれて届かない。

あとに残ったのは単純な力と力のぶつかり合いだけだ。

「ヤヒロ……！」

彩葉（いろは）が悲鳴のような声を上げた。

膨大な量の神蝕能（レガリア）を放出し続けていることで、ヤヒロの肉体にも変化が起こり始めている。肉体が肥大化し、全身の鎧（よろい）が鱗（うろこ）へと変わる。龍化が進行しているのだ。

「出し惜しみはなしだ、彩葉（いろは）！」

「わかってる。信じてるからね！」

悲痛な表情を浮かべつつ、彩葉（いろは）は祈るように両手を握りしめた。

彼女から流れこむ龍気が力を増し、龍化の進むヒサキの剣をヤヒロが押し返す。

「世界を終わらせるかどうかなんて、あんたが一人で決めていいことじゃない！　冥界（セカイ）の外を知りたいと本気で願うのなら、あんたはその前に世界中の人たちを説得するべきだったんだ！」

ヒサキとの鍔（つば）迫（ぜ）り合（あ）いを続けつつ、ヤヒロが丹奈（にな）に向かって叫ぶ。

「そうやって世界を滅ぼすかどうかを、人類の総意で決めるんですかー？」

丹奈（にな）が呆（あき）れたように反論した。

「無駄ですよー。無責任な群衆による多数決よりも、有能な独裁者による決断のほうが優れた結果をもたらすことは、歴史が証明しています。あなたたちは結局、世界の重さを背負う覚悟から、ただ逃げているだけなんですよ」

「現実（セカイ）から目を逸（そ）らして逃げてるのは、あんたたちのほうだろうが！」

噴き上がる炎を刀身に纏（まと）わせて、ヤヒロがヒサキに叩（たた）きつけた。半透明の鱗（うろこ）が砕け散り、ヒサキが苦痛に表情を歪（ゆが）める。

「目を覚ませ、湊（ミナト）！　たとえ冥界（めいかい）を壊しても、おまえは前世には戻れない。ここがどんなに絶望的（クツみたい）な場所でも、俺たちにはこの現実（セカイ）で生きるしかないんだよ！」

ヒサキが、ヤヒロと重なり合った形で動きを止めた。

彼の剣はヤヒロの左肩を割り、ヤヒロの刀はヒサキの胸に深々と突き刺さっている。

「おまえに……なにがわかる⁉」

ごぼ、と喉から血塊を吐きながら、ヒサキが呻（うめ）いた。

「なに⁉」

「おまえがそんなふうに思えるのは、家族や愛する人間が、この冥界（セカイ）にいるからだ。その家族すら殺そうとしているおまえに、俺の願いなどわかるものか……！」

ヒサキの龍気が圧力を増し、彼の肉体が一気に膨れ上がる。

不意に刀から伝わる手応えが消え、ヤヒロは大きく姿勢を崩した。物質透過。沼の龍（ルクスリア）のもう

一つの権能だ。

「ヤヒロ！」

「しまっ……！」

ヤヒロの肉体をすり抜けて、ヒサキが背後へと回りこむ。

ヒサキが本当に狙っていたのは彩葉だ。攻撃を無効化された直後のヤヒロは、彼に追いつけない。そして無防備に立つ彩葉に、ヒサキの攻撃を防ぐすべはない。

「彩葉っ！」

半ば完全な龍人と化したヒサキが、掲げた大剣を彩葉へと振り下ろす——彩葉は目を逸らすことなく彼を睨みつけ、そんな彩葉の視界の中で、ヒサキが突然動きを止めた。

ヒサキの全身を覆っていた鱗が、脆いガラスのように砕け散る。

脱力した彼は、剣の重みに耐えきれなくなったようにその場に片膝をついた。

ヒサキの龍人化が解除され、彼の不死者としての能力が突然失われたのだ。

そんな彼の姿を、ヤヒロと彩葉は呆然と眺める。なにが起きたのかわからない。と——

ヤヒロたちの背後で、なにかが倒れるような音がした。

両膝を突いてその場に座りこんでいるのは、丹奈だった。

彼女の胸の中心から、一振りの刃が突き出している。

妖しく輝く銀色の直刀だ。

「あー……これは予想できませんでしたねー……ここで、そう来ますかー……」

丹奈がゆっくりと振り返った。

彼女を見下ろしていたのは、真っ白な髪を長く伸ばした、赤い瞳の少女。珠依だ。

眠っていたはずの珠依が目を覚まし、丹奈を背後から草薙剣で刺したのだ。

「丹奈あああああっ！」

傷ついた丹奈を見て、ヒサキが絶叫した。

「その人に、触れるな！」

落とした大剣を拾い上げたヒサキが、人間の姿のまま珠依に斬りかかる。

だが、その動きは絶望的に鈍かった。龍の巫女である丹奈が神器に貫かれたことで、ヒサキへの龍気の供給が止まっている。今のヒサキに不死者の力はない。

そして珠依は、襲ってきたヒサキを、龍化した右腕で無造作に振り払った。

巨大な鉤爪で深々と身体を裂かれて、ヒサキがぼろ切れのように吹き飛んでいく。

ヤヒロはそれを声もなく見つめた。

「来てくれたんですね、兄様」

鮮血に濡れた右手の爪を舐めながら、珠依がうっとりと微笑んだ。

「珠依……！」

紅を引いたように赤く染まった妹の唇を睨んで、ヤヒロは彼女の名前を呼ぶ。

珠依はそんなヤヒロを見返して、幸せそうに目を細めたのだった。

7

「滑稽だとは思いませんか、兄様」

たった一本の大木以外なにもない虚ろな大地を見回して、珠依は静かに話し出す。

「統合体によって造られた人工の龍の巫女と、生まれてくることすらなかった赤ん坊——世界の運命を最後に決めるのが、こんな空っぽの人形同士だなんて。紛い物の世界には、お似合いの結末なのかもしれませんが」

嘲るように笑う珠依の指先から、青白い稲妻が放たれた。

彩葉を目がけて伸びたその雷光を、ヤヒロが刀で撃ち落とす。

あら残念、と珠依はつまらなそうに呟いた。単に彩葉に嫌がらせがしたかっただけらしい。

「この権能……投刀塚から奪った龍因子の力か……」

ヤヒロが刀を構え直して、珠依に向ける。今の珠依に、龍の巫女としての力はほとんど残っていない。投刀塚の権能や神器である草薙剣の力を借りなければ戦えないのが、その証拠だ。

だが、珠依にとっては、そんなことは些末な問題なのだろう。

彼女はヤヒロと戦うためにここにいるのではない。彼女の願いは世界の破壊。自分を受け入

れなかった世界への復讐なのだから。

「最後の機会です、兄様。私と一つになりましょう。世界が壊れていく姿を、最後まで特等席で見せてあげますよ」

まだ人間の姿を留めたままの左手を、珠依はヤヒロに伸ばしてくる。珠依の力を受け入れて、彼女の願いを叶える世界龍になれ、と言っているのだ。

「やめろ、珠依」

ヤヒロは彼女の願いを拒絶する。珠依の誘いは受け入れられない。彼女を憎んでいるからではない。世界の破壊はヤヒロの願いではないからだ。

「統合体の強硬派は——おまえを利用しようとしていた奴らは、もういない。おまえが世界を壊す理由はないんだ」

「理由なら、ありますよ」

まだわからないんですか、と珠依が冷たく笑う。

「だって、楽しいじゃないですか」

「楽しい……だと？」

「ええ。人々が人生を費やして手に入れた幸せも、長い時間をかけて積み上げてきた歴史や文化も、なにもかも消えてなくなって誰の記憶にも残らない」

珠依が大きく口を開けて哄笑した。美しかった彼女の顔はすでに異形と化し、その顎の内側

には、鋭く尖った牙が並んでいる。

「私が、全部壊すんです。誰からも愛されなかった、なにも手に入れられなかった私が、この世界からすべてを奪う！　そんな楽しいことがありますか……!?　ざまぁ、って感じです！」

甲高い笑い声が、虚ろな世界に反響する。そんな彼女の足元で、凪いだ水面のような大地がひび割れた。黒曜石に似た破片を撒き散らし、その下から漆黒の鏡が現れる。

「わたしはこの世界が憎いから、壊すんです。兄様が、わたしのものにならない世界なんて、跡形もなく壊れてしまえばいい！」

「珠依……！」

凄まじい重圧を全身に感じて、ヤヒロはその場に崩れ落ちた。

目には見えない巨大な岩が、全身にのしかかっているような感覚だ。ネイサンの斥力障壁を上回る膨大な質量。重力攻撃。地の龍の本当の権能だ。

「その鏡、まさか……それも遺存宝器なのか？」

「ええ。これは四年前に統合体がこの地に持ちこんだ神器です。この鏡には力を奪われる前の、本当の私の神蝕能が刻みこまれている」

ようやく取り戻した本来の権能に、珠依は陶酔の表情を浮かべていた。

珠依の力が衰えていたのは、彩葉の炎に龍因子を焼かれたせいだけではない。

四年前に珠依が生み出したこの冥界門は、閉じることなく開き続けていた。それは神器で

ある漆黒の鏡が、彼女の龍気を吸い上げ続けていたせいだ。

その鏡を手に入れたことで、珠依は力を取り戻した。

今の珠依ならば、おそらく彼女一人でも、世界龍へと至ることが出来るだろう。彼女に不死者は必要ない。なぜなら珠依の願いは世界の破壊だけ。創り出した世界を維持する必要がないからだ。

「残念ですね、兄様。あのとき私の力を受け入れていれば、あなたもこの力を感じることができたのに……！」

珠依の放つ重力が威力を増し、ヤヒロの全身の骨格が軋む。

「ヤヒロ！」

彩葉が炎を放とうとした。浄化の炎で、珠依の権能を消し去ろうとしたのだ。

「侭奈彩葉！　空っぽの人形が、私の邪魔をするな！」

それに気づいた珠依が重力を操作し、大地の破片を弾丸のように撃ち出した。

黒曜石に似た鋭い破片が、彩葉を目がけて殺到する。

だが、それらが彩葉を貫く寸前、突き出された大剣が楯となって彼女を庇った。

「湊⁉」

地面に押しつけられたままの姿で、ヤヒロが呻く。

彩葉を庇ったのは、胴体に重傷を負ったままのヒサキだった。

「――闇靇……沼矛！」

　ヒサキが大剣を地面へと突き立てる。彼が支配する〝沼〟の領域が広がり、ヤヒロたちの足元を呑みこんだ。触媒となる漆黒の大地から切り離されたことで、珠依の権能が効果を失い、ヤヒロが重力攻撃から解放される。

「ヒサキくん!?　どうして……!?」

　なぜ助けてくれたのか、と彩葉が訊く。

　ヒサキはなにも答えずに、ただ座りこんだままの丹奈に目を向けた。彼女がそれを望んだからだ、と無言で訴えるような態度である。

「丹奈さん……その身体は……？」

　ヤヒロが驚きに表情を歪めた。

　草薙剣に貫かれた丹奈は血を流していない。代わりに彼女の身体からこぼれ落ちているのは、鱗に似た半透明の結晶だった。

　みやびの右目と同じ、回復不能の龍人化だ。重症度でいえば、みやびよりも上だろう。おそらく命すら危うくなるほどに――

「あー……バレちゃいましたね。これは実験の結果です。龍の巫女の権能を調べるために、いろいろ無茶をしましたからね」

　あははは、と丹奈が柔らかく笑った。ヤヒロは呆然と首を振る。

「湊、おまえが丹奈さんに協力していたのは……本当は、丹奈さんの命を救うために……？」

「……わかっていたんだ……死者である俺が、あの世界に戻ることはできないことくらいは」

ヒサキが叱られた子どものような口調で言い訳した。

ヤヒロは初めて、彼の素顔を見た気がした。

「だが、それでも、俺は丹奈の言葉を信じていたかった……」

ヒサキが荒い息を吐いて地面に膝を落とした。彼の不死者の力は完全には回復していない。龍の巫女である丹奈の命が尽きようとしているからだ。

「私たちの権能を預けますね……世界を意味もなく壊すだけなんてつまらないですし、それよりは彩葉ちゃんの創る世界のほうが楽しそうですから」

草薙剣の剣身に手を当てて、丹奈はそれを無理やり引き抜いた。そして彼女はその傷口に手を当てて、心臓のような小さな塊を抉り出す。宝石のような赤い結晶だ。

丹奈から受け取ったその塊を、ヒサキがヤヒロに手渡してくる。

「本当に冥界の外を見てみたかったんですけどね──……残念です」

無邪気な子どものようにそう言って、丹奈は静かに目を閉じた。

ヒサキの腕に抱かれた彼女の身体が、砂のようにサラサラと崩れ落ち、少し遅れてヒサキも同じ運命を辿る。あとに残されたのは、地面に突き立ったままのヒサキの大剣だけだった。

「──満足ですか、兄様」

珠依が冷淡な口調で言った。

彼女はなんの感情もたたえない瞳で、丹奈たちが残した透明な結晶を眺めている。

「沼の龍の遺存宝器……今さらそんなものを手に入れたところで、なにかが変わるとでも？」

「……変わるよ」

珠依の問いかけに答えたのは、彩葉だった。

炎に似た輝きを宿した瞳で、彼女は珠依を静かに睨みつける。

「気づいてないの、珠依ちゃん。この声が聞こえない？」

「……声？」

ぴくり、と珠依が不快げに眉を寄せた。彩葉の言葉を反射的に否定しようとして、何も言えずに沈黙する。彼女も、その声に気づいてしまったのだ。

「そう。世界中の……何億人もの人たちの祈りの声だよ。わたしの弟妹が流した動画を見ている人たちの声。それを瑠奈が——天の龍の巫女が届けてくれてるの」

彩葉の視線に敵意はない。彼女は無防備に立っているだけだ。

それなのに珠依は、彩葉を恐れるように無意識に一歩後退する。

「みんなが、わたしとヤヒロを応援してくれてる。世界を救って欲しいって願ってる。ねえ、今のあなたが使ってる、その龍の力は、いったいどこから来てると思う？」

「まさ……か……」

「人間と龍は共生関係にあるんだと思う。世界龍は人々の魂が暮らす冥界という箱庭を守り、人間の感情が世界龍に力を与える。あなたがいくつ神器を集めても、地の龍の力がどれだけ強力でも、独りぼっちのあなたは、わたしたちには勝てないよ」

「なんの根拠もないのに、すごい自身ね……馬鹿じゃないの⁉」

珠依が感情的になって言い返した。彩葉は微笑んで首を振る。

「根拠はあるよ。あなた自身が誰よりもそれを知ってるはず。気づいてるんでしょう、私たちに流れこんでくる龍の力がどんどん強くなってるってこと」

「もういい……黙りなさい……！」

珠依が再び大地の破片を撃ち出した。

だが、その攻撃は彩葉に届かない。まるで幻に変わってしまったかのように、彩葉を傷つけることなくすり抜けていく。

「沼の龍の権能……物質透過……！　なら、これなら……！」

珠依が投刀塚から奪った雷撃を放つ。だが、その雷撃は、地面から音もなく突き出した金属結晶の刃に阻まれた。

「山の龍の権能まで……なんで……⁉」

「言ったよ。みんなが、わたしたちを応援してくれてるって。たった一人の龍の巫女の願いが、世界を変えるんじゃない。世界が龍の巫女を選ぶんだよ」

「そんな……そんなこと……そんなことが認められるはずない……！」

珠依が荒々しく首を振る。

だが、今や彩葉を取り巻く龍気は、隠しようもなく巨大なものへと変わっていた。

水の龍。風の龍。そして雷龍や地の龍の力までもが、彩葉を守るように渦巻いている。

八体の龍の権能は、もともと太極より生じたもの。すべては同じ一つの力なのだ。

「ですが、侭奈彩葉！　あなたさえ、あなたさえいなくなってしまえば……！」

鋭利なナイフのような大地の破片を拾い上げ、珠依は疾走した。その尖った破片の切っ先で、彩葉を刺し貫こうとする。

そんな珠依の前に立ちはだかったのはヤヒロだった。

破片の切っ先に腹部に突き立てられながら、ヤヒロは彼女を抱き止める。

「兄様⁉」

珠依が驚愕に目を見張った。ヤヒロが優しい眼差しで、珠依を見下ろしていたからだ。

「もういい……もういいんだ。復讐の時間は、終わりだ……珠依」

傷口から流れ出す鮮血に構わず、ヤヒロは微笑んで珠依を抱きしめた。

ヤヒロと珠依は、仲のいい兄妹だった。だが、妹は生まれ落ちた瞬間から大人たちの思惑に振り回され、そして兄は彼女の苦悩に気づけなかった。

たとえ過去に戻れたとしても、運命はおそらく変えられない。

だが、その運命を終わらせることはできる。それはヤヒロにしか出来ないことだ。

「焼き尽くせ、火の龍(アワリティア)」

珠依(スイ)を抱きしめたまま、ヤヒロの姿が龍へと変わる。

すべてを焼き尽くす炎の龍へと。

その輝きは世界樹を燃やし、やがて広大な幽世(かくりよ)すべてを浄化の炎で包んだ。

そして世界は再び動き出す——

終幕　Epilogue

THE HOLLOW REGALIA

EPILOGUE

「バイバイ、絢穂。バイト頑張って」

「うん、ありがとう。また明日」


同じ高校の制服を着た友人たちに見送られて、佐生絢穂は電車を降りた。

山手線有楽町駅。奇しくもそこは、かつて冥界門があった土地のすぐ近くだった。

揺光星と呼ばれる装甲列車が、最後に辿り着いた場所である。


その冥界門が消滅して、もうすぐ三年が過ぎようとしていた。

魍獣たちの姿は消え、死に絶えたはずの日本人の何割かが、四年分の記憶を失った状態で復活した。だが、世界に起きた変化はそれだけだ。

壊れた建物や道路が直ることはなかったし、死んでしまった人間が生き返ることもなかった。

もちろん人間同士の争いが消えることもなかった。今日も世界のどこかでは痛ましい事件や

戦争が起き、多くの人々が命を落としている。この世界で暮らす人々が実はすでに死人である
——という噂が、嘘か真実かもわからぬままに。
だがそれでも、世界は今日も終わることなく続いている。
それだけは確かなことだった。

あの日、冥界門に入っていったヤヒロと彩葉が、この世界に戻ってくることはなかった。

それは最初からわかっていたことだった。

彼らが世界を救うということは、ヤヒロが新たな世界龍に変わるということだ。そして彩葉は生贄の巫女として、彼に寄り添い、祈りを捧げ続けるのだろう。

たとえ世界が滅びを免れても、二度とこの世界には戻れない。彼らはそれを理解した上で、冥界門に向かったのだ。

もしも彩葉たちの願いが叶っていれば、この世界に新たな龍の巫女は現れない。

ヤヒロは最後の世界龍として、決して終わることのない世界を生み出したことになる。

その計画が成功したかどうかわかるのは、何百年も先のことになるだろう。絢穂に、それを見届けることはできない。そのことが少しだけ残念だった。


「ただいま帰りました」

セキュリティを解除して、絢穂(あやほ)は裏口から店へと入る。

銀座の裏通りにある小さな画廊(ギャルリー)——それが絢穂(あやほ)のバイト先だった。

〝ギャルリー・ベリト〟というのが、店の名前だ。美術品や骨董品(こっとうひん)、刀剣類などを主に扱う、比較的まっとうな画廊である。

画廊にはカフェが併設されていて、どちらかといえばそちらの収益のほうが大きいらしい。絢穂(あやほ)の仕事(バイト)はそのカフェの店員だ。

店がオープンした当時からの最古参の店員ということもあって、最近では後輩に頼られることも増えてきた。もともと内気な絢穂(あやほ)としては、ややプレッシャーのかかる事実である。

絢穂(あやほ)はロッカールームに入って鍵をかけ、通っている高校の制服を脱いだ。

大殺戮(ジェイノサイド)のあとの四年間の混乱のせいで、絢穂(あやほ)は中学校にほとんど通っていない。日本人復活のどさくさに紛れて高校に入学するのは簡単だったが、最初のうちは勉強でずいぶん苦労した。それでもどうにか授業についていけるようになったのは、短い間とはいえ親身になって勉強を教えてくれた民間軍事会社の戦闘員(オペレーター)たちがいたからだ。

彼らに基礎を習っていたおかげで、なんとなく勉強のコツがつかめたし、おかげで成績もすぐに上昇した。今ではすっかり優等生の仲間入りである。

カフェ店員の制服は、画廊(ギャルリー)併設のカフェとしては少々派手なものである。

スカートの丈は短めで、フリルやリボンなどの装飾も多い。胸の大きさも、妙に強調されて

いるように感じる。店のオーナーである双子の趣味だろう。

彩葉ならきっとこの制服を気に入って、自分も着たいと言い出すのだろう。そんな彼女の様子が目に浮かんで、絢穂はふふっと口元を緩めた。

鏡の中には、十七歳になった絢穂が映っていた。

最後に別れたときの彩葉やヤヒロと同じ歳である。

彩葉の真似をして長く伸ばした髪も、今ではすっかり見慣れてしまった。

妹の凛花には、もう少し明るく染めようとうるさくせっつかれているけれど、校則で染髪が禁止されているということもあり、まだそこまでは踏ん切りがつかない。

それに絢穂は、彩葉そのものになりたいわけではないのだ。大切な姉との絆を感じていたいだけなのだから、これくらいの距離感がちょうどいい、と思っている。

窓を開けると、復興中の東京の景色が見えた。

日本人が復活したからといって、なにもかもが元通りになったわけではない。

生活基盤も経済もメチャメチャで、日本という国家はゼロからの再出発を余儀なくされたのだ。多国籍軍の多くは、今も日本の主要都市に駐留中で、彼らを退去させるための交渉は難航しているという。それでも少しずつ生活は良い方向に向かっている、と絢穂は感じている。

サーラス財団やノア・トランステック、それに民間軍事会社連合会など、日本を支援してく

れている企業も決して少なくない。

絢穂が通っている高校も、彼らの協力で運営されているのだという。

「遅くなりました。すぐにホールに入りますね」

着替えを終えた絢穂が、カフェの店内に出て行く。

「ありがとう、助かるよ」

厨房にいた中たち顔なじみのスタッフが、絢穂に笑顔で応えてくる。

さほど広い店内は、いつもの常連客で埋まっていた。窓際にいるかしましい女性客たちは、店員の魏目当ての有閑夫人たちだろう。画廊のほうにはパオラ目当ての男性客が訪れているし、口八丁で骨董品を売りつけているジョッシュの姿も見える。

冥界門の消滅後、統合体はなし崩し的に分裂し、消滅したらしい。強硬派を中心とした実働部隊のほとんどが壊滅していたし、用意していた龍の巫女も失ってしまったのだから、ある意味で当然の帰結だろう。

ジュリとロゼは欧州本部に戻って、ギャルリー・ベリトの経営を完全に掌握した。古参幹部の多くを粛正し、普通の兵器商に変えたのだ。

世の中に戦争の種は尽きないということで、統合体にかかわっていたころよりも遥かに収益

が上がっているらしい。

一方で、復讐(ふくしゅう)という役目を終えた極東支部は解散し、多くの戦闘員(オペレーター)たちはギャルリーを去った。彼らは殺伐とした業界から足を洗ったのだ。

銀座にあるこの小さな画廊(ギャルリー)は、そんな戦闘員(オペレーター)たちに対する再雇用の場なのだという。決して慈善事業でやっているわけではない、とロゼッタ・ベリトは言っていたが、それはどうかな、と絢穂(あやほ)は思う。彼女が本質的に優しい人間だということに、絢穂(あやほ)はとっくに気づいていたから、余計にそう思うのかもしれないが。

「絢穂(あやほ)の嬢ちゃん、ちょっと来てくれ」

店外のテラス席に座っていた小柄な常連客が、慣れた態度で絢穂(あやほ)を呼ぶ。

派手な柄のシャツを着た白髪(はくはつ)の老人。近所にある怪しい雑貨屋の店主である。

彼の隣には、十歳ほどの小柄な少女が座っており、その足元には真っ白な毛並みの犬らしき動物の姿があった。瑠奈(るな)とヌエマルだ。身寄りのない絢穂(あやほ)と、弟妹(きょうだい)たちの後見人になってくれたのが、この老人――エドゥアルド・ヴァレンズエラなのである。

「いらっしゃい、エドさん。今日はいつものやつじゃないんですか？」

身内に接する気安い態度で、絢穂(あやほ)が老人に声をかける。

「いや、いつものカフェ・デ・オジャで頼む。美味(おい)しくなーれ、っておまじないつきでの」

「うちの店、そういうサービスはやってないんですけど」

絢穂は苦笑しながら老人をあしらい、ふとテーブルの上に目を留めた。

そこにはエドのものらしい最新型のスマホが置かれている。この老人が電子機器を持ち歩いているところを見たのは初めてだ。

「絢穂の嬢ちゃんを呼んだのは、こいつを見てもらおうと思っての」

老人がスマホを操作して、動画配信サービスのアプリを開いた。

再生リストに表示されていたのは、見覚えのある配信者のサムネイル画像。獣の耳のウィッグを被って巫女風の派手な衣装を着た、綺麗な顔立ちの女性配信者だ。

「嘘……なんで……」

絢穂が驚いて口元を押さえた。小脇に抱えていたメニューを落としたことにも気づかず、ただ呆然と立ち尽くす。

伊呂波わおんの動画など今さらめずらしくもなかった。三年前のあの日以来、彼女の動画の切り抜きは山のように作られて出回っていたからだ。

だが、その動画だけは別だった。

なぜならその動画の中にいる彩葉は、絢穂の知らない衣装を着ていたからだ。

伊呂波わおんの衣装は最初期の試作品から最後の一着まで、すべて絢穂の手作りだ。絢穂の知らない衣装などあり得ない。もしそんなものを着ている動画があるとすれば、それは彩葉が

絢穂と別れたあとに撮影されたものということになる。

すなわち彼女が冥界門から帰還したあとの動画ということだ。

『わおーん！　こんにちは、伊呂波わおんです！　みんなお久しぶり！　わたしだよー！』

三年前となに一つ変わらないノリで、画面の中の彩葉が喋り出す。もしかしたら、少しだけ顔立ちが大人びているだろうか。それともまったく変わっていないのか、よくわからない。

『絢穂！　凜花！　蓮！　ほのか、京太、希理！　それに瑠奈とヌエマルも！　ギャルリーのみんなも見てるー？』

いきなり弟妹たちの本名を全世界に向かって叫び始めた彩葉を、カメラと照明を担当していた誰かが慌てたように制止する。そのとき聞こえた、馬鹿っ、という声の懐かしさに、絢穂は目を潤ませた。

『ちょっと帰ってくるのに時間がかかったけど、わたし、わたしたちは、ここにいるよ！』

ここってどこ、と心の中で突っこみながら、絢穂は涙を拭った。

ふと見れば絢穂の周りにはギャルリーのスタッフたちが集まって、互いに手を叩き合ったり、空に拳を突き上げたりしている。

幽世に囚われているはずの彩葉たちが、どうして帰還できたのかわからない。

けれどきっと彩葉と彼は、そう遠くない日に絢穂たちの元に必ず戻ってくるだろう。

たとえ、この世界がただの虚ろな幻だとしても。

ここには、彼女がなによりも大切にしている家族がいるのだから——

そう確信して、絢穂(あやほ)は空を見上げた。

もう龍のいない世界の青い空を。

あとがき

そんなわけで『虚ろなるレガリア』第五巻をお届けしております。

本編で怒濤の謎解きが続いているせいで、あとがきになにを書いてもネタバレになってしまいそうな気がしますが、なにはともあれ無事にお届けできてよかったです。本当に。

この世界に不死者や魍獣が存在する意味。珠依の秘密、彩葉に記憶がなかった理由などなど、これらを読者の皆様にお伝えせずには死ねない、と思ってこれまでずっと気を張っていたので、ちゃんと書き上げられてホッとしてます。大袈裟に聞こえるかもですが、世界規模のパンデミックが猛威を振るっていた時期の作品だったので余計にね。まあ、伏線を回収し終えたからといってべつに死にたいわけではないので引き続き健康管理も頑張ります。

この巻で個人的に印象に残ったのは絢穂の存在でしょうか。初期の段階では、彼女はストーリーの展開上、もしかしたら命を落とすことになるかも、と思っていたので、モノローグを担うほどのキャラに成長したのは個人的に嬉しい誤算でした。

あとはもちろんヒロインである彩葉。彼女はこれまで私が描いたことがないタイプのヒロインだったので毎回なにもかも新鮮で楽しいです。この巻の配信者チャレンジは、歌枠とオフコラボですかね。実際、彩葉のオフコラボはわちゃわちゃした感じで絶対楽しいと思う。

さて、色々あってどことなく最終巻みたいな雰囲気を醸し出している今回のあとがきですが、

大変ありがたいことに編集部からは「続きを書いていいよ」と言ってもらっているので、『虚ろなるレガリア』はもうちょっとだけ続きます。

また、うがつまつき先生による『虚ろなるレガリア』のコミカライズも『電撃マオウ』にて連載中です。コミックス第一巻も発売中ですので、なにとぞよろしくお願いいたします。

そしてこの巻と同じタイミングで、私の新作『ソード・オブ・スタリオン』が発売になっています。こちらは騎士や皇女や龍や巨大ロボットが出てくる異世界風ファンタジーです。個人的にはとても楽しんで書いている作品ですので、こちらもぜひお手にとってみてください。

最後になりましたが、イラストを担当してくださった深遊さま、いつも素晴らしい作品をありがとうございます。文章では表現しきれなかった世界観を華麗に再現していただき、毎回、本当に感動しています。

それから本書の制作、流通に関わってくださった皆様にも、心からお礼を申し上げます。

もちろん、この本を読んでくださった皆様にも精一杯の感謝を。

それではどうか、また次巻でお目にかかれますように。

三雲岳斗

俺たちの
知らない
不死者
だと？

九曜真鋼!?
どうしてあなたが
それを持っているの!?

冥界門!?
いったい誰が
開いたんだ??

わ、わおー……
やっぱり私には無理い……

彩葉ちゃん……
会いたいよ……

うちの従業員を
虐めて
ただですむと
思わないでよね

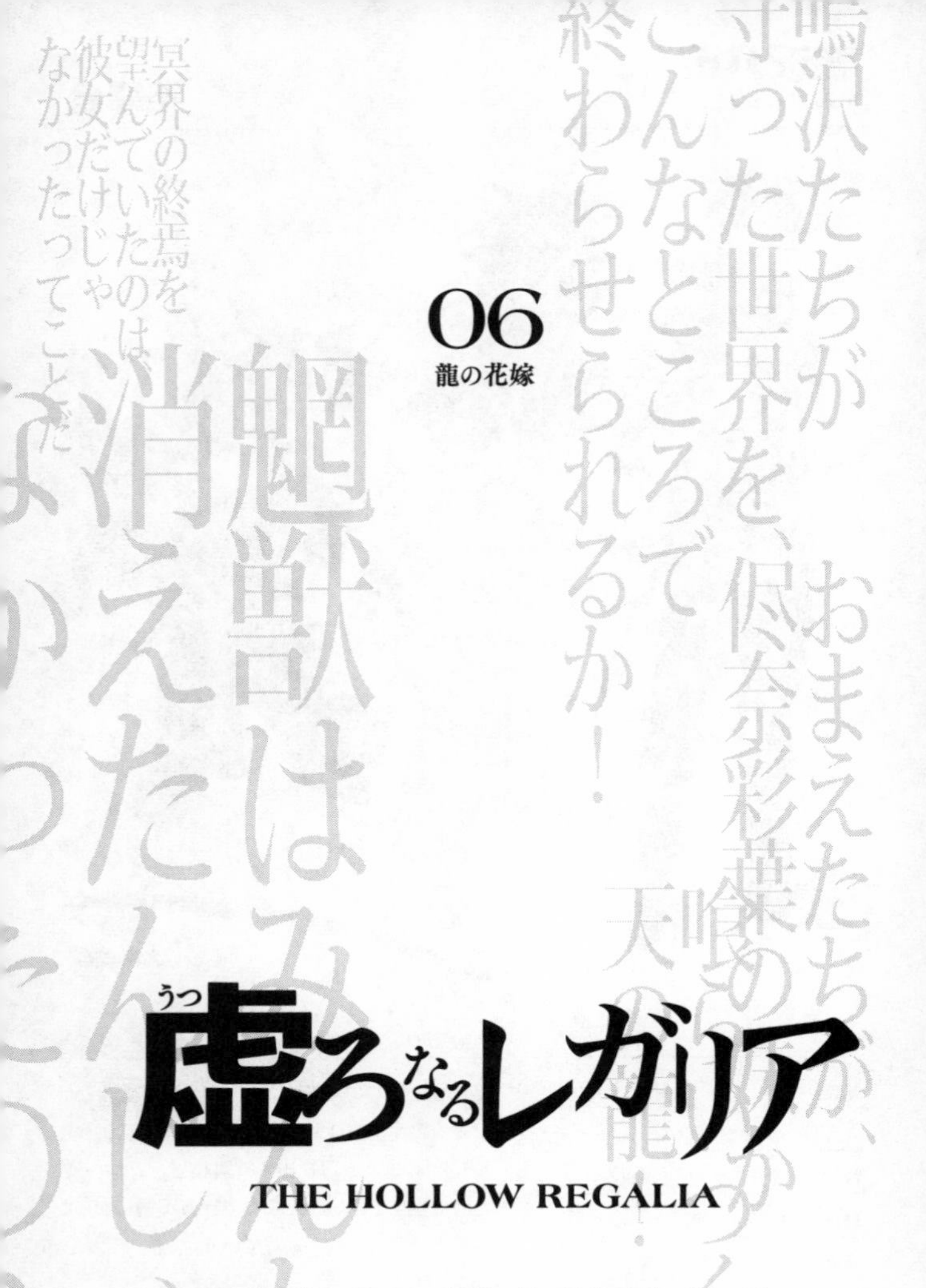
06
龍の花嫁
虚ろなるレガリア
THE HOLLOW REGALIA
2023 WINTER

鳴沢八尋

Narusawa Yahiro

不死者

DATA

年齢	17	誕生日	8/16
身長	176cm		
特徴	黒髪黒目・体重 61kg		
特技	剣道（一級）		
好き	焼き鳥・映画鑑賞		

SUMMARY

龍の血を浴びて不死者となった少年。数少ない日本人の生き残り。隔離地帯『二十三区』から骨董や美術品を運び出す『回収屋』として一人きりで生きてきた。大殺戮で行方不明になった妹、鳴沢珠依を捜し続けている。

CONFIDENTIAL

侭奈彩葉

Mamana Iroha

魍獣使いの少女

DATA

年齢	17	誕生日	7/21（暫定）
身長	161cm		
特徴	茶髪茶目・Fカップ以上		
特技	動画配信・コスプレ		
好き	どら焼き・家族		
苦手	コーヒー・数学		

SUMMARY

隔離地帯『二十三区』の中心部で生き延びていた日本人の少女。崩壊した東京ドームの跡地で、七人の弟妹たちと一緒に暮らしていた。感情豊かで涙もろい。魍獣を支配する特殊な能力を持ち、そのせいで民間軍事会社に狙われる。

伊呂波わおん

Iroha Waon

配信者

年齢	17000歳	誕生日	7/21	身長	りんご15個ぶん
特徴	銀髪・翠眼・ケモミミ・尻尾				

海外の動画配信サイトで日本語による生配信を行っているコスプレ配信者。声と見た目は可愛いが、動画自体はさほど面白いものではなく、再生回数は伸び悩んでいる。それでも彼女が動画配信を続けているのは、なんらかの理由があるらしいのだが……

ジュリエッタ・ベリト
Giulietta Berith

年齢	16	誕生日	6/13
身長	157cm		
特徴	オレンジメッシュの髪・Eカップ		
特技	格闘技全般		
好き	果物、美術鑑賞		
苦手	ブヨブヨしたもの・グロいもの		

武器商人ギャルリー・ベリトの執行役員。ロゼッタの双子の姉。中国系の東洋人だが、現在はベリト侯爵家の本拠地であるベルギーに国籍を置いている。人間離れした身体能力を持ち、格闘戦では不死者であるヤヒロを圧倒するほど。人懐こい性格で、部下たちから慕われている。

ロゼッタ・ベリト
Rosetta Berith

年齢	16	誕生日	6/13
身長	157cm		
特徴	青メッシュの髪・A カップ未満		
特技	狙撃		
好き	紅茶・読書		
苦手	お酒・ホラー映画		

武器商人ギャルリー・ベリトの執行役員。ジュリエッタの双子の妹。人間離れした身体能力を持ち、特に銃器の扱いに天賦の才を持つ。姉とは対照的に沈着冷静で、ほとんど感情を表に出さない。部隊の作戦指揮を執ることが多い。姉のジュリエッタを溺愛している。

CONFIDENTIAL

ユーセビアス・ベリト

Eusebius Berith

年齢	46	誕生日	2/26
身長	185cm		

ベリト侯爵家の現当主で、ギャルリー・ベリトの最高経営責任者。統合体内部での地位は決して高くなかったが、ギャルリー極東支部の働きによって次第に発言力を増し、強硬派と呼ばれる派閥を率いるまでになっていく。彼自身も遺伝子操作によって作られた調整体であり、常人よりも優れた知性や身体能力を持っている。

シリル・ギスラン

Cyrille Ghislain

年齢	52	誕生日	9/13
身長	176cm		

ベリト侯爵家に仕える家令。特殊部隊出身の元軍人で、ユーセビアスの護衛とギャルリー・ベリト民間軍事部門の総指揮を担当している。だまし討ちや駆け引きを得意としており、それを知るロゼたちから警戒されていた。

妙翅院迦楼羅

Myoujiin Karura

年齢	20	誕生日	7/5
身長	162cm		

天帝家の直系である妙翅院家の長女で、次期天帝候補と目されている中の一人。人当たりがよく常に朗らかだが、彼女の真意を見抜くのは難しい。天帝家に伝わる宝器である深紅の勾玉を所有している。

クロ

イヌ科の動物に似た小型の猛獣。妙翅院迦楼羅の擬似神蝕能によって制御されており、彼女と五感を共有している。影の中に潜んで身を隠す権能を持っており、その力を利用して迦楼羅のメッセンジャーとしての役割を担っていた。

CONFIDENTIAL

鹿島華那芽

Kashima Kaname

年齢	17	誕生日	1/17
身長	154cm		

雷龍トリスティティアの巫女。妙翅院家の分家である鹿島家の一員だが、契約者である投刀塚透とともに幽閉されていた。植物を愛する穏やかな性格だが、天帝家に反抗する者を許さない苛烈な一面も持つ。

投刀塚透

Natazuka Toru

年齢	19	誕生日	9/8
身長	169cm		

華那芽と契約した不死者。過去に不死者として暴虐の限りを尽くし、現在は華那芽とともに天帝家の離宮に幽閉されている。外出を嫌う怠惰な性格だが、不死者同士の殺し合いも厭わない危険人物でもある。

姫川丹奈
Himekawa Nina

年齢	22	誕生日	2/14
身長	149cm		

欧州重力子研究機構の研究員。飛び級で博士号を取得した天才。沼の龍ルクスリアの巫女であり、物理学的な観点から龍の権能について研究している。

湊久樹
Minato Hisaki

年齢	18	誕生日	4/11
身長	178cm		

丹奈と契約した不死者の青年。まるで忠犬のように丹奈に付き従っているが、彼本来の目的や動機は不明。無礼で他人とのコミュニケーションに難があるが実は律儀な性格。

CONFIDENTIAL

清滝澄華
Sumika Kiyotaki

年齢	18	誕生日	5/9
身長	158cm		

水の龍アシーディアの巫女。前向きで明るく、現実的な性格。龍の巫女の能力を自覚するのが遅く、大殺戮後二年間ほどは普通の人間として娼館に身を寄せていた。四年前に出現した地の龍の目撃者であり、鳴沢兄妹に対して激しい怒りを抱いている。

相楽善
Zen Sagara

年齢	17	誕生日	11/21
身長	180cm		

澄華と契約した不死者の青年。正義感が強く実直な性格だが、頭が固く融通が利かない一面も。大殺戮発生当時は海外の名門寄宿学校に通っており、日本に帰国する際に過酷な体験をしている。幼いころからフェンシングを学んでおり、将来の日本代表候補といわれていた。

祖国を救うたった一つの方法は、皇太子の婚約者を奪うこと!?

ソード・オブ・スタリオン

Swords of Stallion

The strongest knight, called a stallion,
is ordered to cuckold the princess of a neighboring country.

種馬と呼ばれた**最強騎士**、
隣国の**王女**を**寝取れ**と**命**じられる

【著】三雲岳斗

【イラスト】マニャ子

上位龍をも倒す実力を持ちながら、自堕落な生活を送り

極東の種馬と呼ばれている**煉騎士ラス**。

死んだはずのかつての恋人

フィアールカ皇女が彼に依頼した任務とは、

皇太子の婚約者である**隣国の王女を寝取ること**だった!

完全新作
『ストライク・ザ・ブラッド』
コンビが贈る、
新たなる異世界戦記
ファンタジー開演！

◉三雲岳斗著作リスト

「コールド・ゲヘナ①〜④」（電撃文庫）
「コールド・ゲヘナ　あんぷらぐど」（同）
「レベリオン1〜5」（同）
「i．d．I〜III」（同）
「道士さまといっしょ」（同）
「道士さまにおねがい」（同）
「アスラクライン①〜⑭」（同）
「ストライク・ザ・ブラッド1〜22　APPEND1〜3」（同）
「サイハテの聖衣（シュラウド）1〜2」（同）
「虚ろなるレガリア　1〜5」（同）
「ソード・オブ・スタリオン
種馬と呼ばれた最強騎士、隣国の王女を寝取れと命じられる」（同）
「M．G．H　楽園の鏡像」（単行本　徳間書店刊）

「聖遺の天使」（単行本　双葉社刊）
「カーマロカ」（同）
「幻視ロマネスク」（同）
「煉獄の鬼王」（双葉文庫）
「海底密室」（デュアル文庫）
「ワイヤレスハート・チャイルド」（同）
「アース・リバース」（スニーカー文庫）
「ランブルフィッシュ①～⑩」（同）
「ランブルフィッシュ　あんぷらぐど」（同）
「ダンタリアンの書架1～8」（同）
「旧宮殿にて」（単行本　光文社刊）
「少女ノイズ」（同）
「少女ノイズ」（光文社文庫）
「絶対可憐チルドレン・THE NOVELS」（ガガガ文庫）
「幻獣坐1～2」（講談社ノベルズ）
「忘られのリメメント」（単行本　早川書房刊）
「アヤカシ・ヴァリエイション」（LINE文庫）
「RE：BEL ROBOTICA――レベルロボチカ――」（新潮文庫NEX）

本書に対するご意見、ご感想をお寄せください。

ファンレターあて先
〒102-8177　東京都千代田区富士見2-13-3
電撃文庫編集部
「三雲岳斗先生」係
「深遊先生」係

本書は書き下ろしです。

電撃文庫

虚ろなるレガリア5

天が破れ落ちゆくとき

三雲岳斗

2023年6月10日　初版発行

発行者　山下直久
発行　株式会社KADOKAWA
〒102-8177　東京都千代田区富士見2-13-3
0570-002-301（ナビダイヤル）
装丁者　荻窪裕司（META＋MANIERA）
印刷　株式会社暁印刷
製本　株式会社暁印刷

●お問い合わせ
https://www.kadokawa.co.jp/（「お問い合わせ」へお進みください）
※内容によっては、お答えできない場合があります。
※サポートは日本国内のみとさせていただきます。
※ Japanese text only

※定価はカバーに表示してあります。

ISBN978-4-04-914810-7　C0193　Printed in Japan

電撃文庫　https://dengekibunko.jp/

電撃文庫創刊に際して

文庫は、我が国にとどまらず、世界の書籍の流れのなかで〝小さな巨人〟としての地位を築いてきた。古今東西の名著を、廉価で手に入りやすい形で提供してきたからこそ、人は文庫を自分の師として、また青春の想い出として、語りついできたのである。

その源を、文化的にはドイツのレクラム文庫に求めるにせよ、規模の上でイギリスのペンギンブックスに求めるにせよ、いま文庫は知識人の層の多様化に従って、ますますその意義を大きくしていると言ってよい。

文庫出版の意味するものは、激動の現代のみならず将来にわたって、大きくなることはあっても、小さくなることはないだろう。

「電撃文庫」は、そのように多様化した対象に応え、歴史に耐えうる作品を収録するのはもちろん、新しい世紀を迎えるにあたって、既成の枠をこえる新鮮で強烈なアイ・オープナーたりたい。

その特異さ故に、この存在は、かつて文庫がはじめて出版世界に登場したときと、同じ戸惑いを読書人に与えるかもしれない。

しかし、〈Changing Times,Changing Publishing〉時代は変わって、出版も変わる。時を重ねるなかで、精神の糧として、心の一隅を占めるものとして、次なる文化の担い手の若者たちに確かな評価を得られると信じて、ここに「電撃文庫」を出版する。

1993年6月10日
角川歴彦

電撃文庫DIGEST　6月の新刊

発売日2023年6月9日

幼なじみが絶対に負けないラブコメ11

著／二丸修一　イラスト／しぐれうい

俺と真理愛にドラマ出演のオファーが！　久し振りの撮影に身が引き締まるぜ……！　さっそく群青同盟メンバーで撮影前に現場を見学させてもらうも、女優モードの真理愛が黒羽や白草とバチバチし始めて……。

ギルドの受付嬢ですが、残業は嫌なのでボスをソロ討伐しようと思います7

著／香坂マト　イラスト／がおう

長期休暇を終えたアリナは珍しく平穏な受付嬢ライフを送っていた。まもなく冒険者たちの「ランク査定業務」が始まることも知らず――!!（本当は受付嬢じゃなく本部の仕事）

虚ろなるレガリア5
天が破れ落ちゆくとき

著／三雲岳斗　イラスト／深遊

ついに辿り着いた天帝領で明らかになる龍に生み出された世界の真実。記憶を取り戻した彩葉が語る彼女の正体とは!?　そして始まりの地“二十三区”で珠依との戦いに挑むヤヒロと彩葉が最後に選んだ願いとは――!?

ソード・オブ・スタリオン
種馬と呼ばれた最強騎士、隣国の王女を寝取れと命じられる

新作

著／三雲岳斗　イラスト／マニャ子

上位龍をも倒す実力を持ちながら、自堕落な生活を送り極東の種馬と呼ばれている煉騎士ラス。死んだはずのかつての恋人フィアールカ皇女が彼に依頼した任務とは、皇太子の婚約者である隣国の王女を寝取ることだった！

天使は炭酸しか飲まない4

著／丸深まろやか　イラスト／Nagu

明石伊緒に届いた、日浦亜貴に関する不穏な連絡。原因は彼女の所属するテニス部で起きたいざこざだった。伊緒が日浦を気にかける中、ふたりの出会いのきっかけが明かされる。秘密と本音が響き合う、青春ストーリー。

アオハルデビル3

著／池田明季哉　イラスト／ゆーFOU

衣緒花の協力により三雨の悪魔を祓うことに成功した有葉だったが、事件を通じて自身の「空虚さ」を痛いほど痛感する。自分には悪魔に魅入られる「強い願い」が無い。悩む有葉にまた新たな〈悪魔憑き〉の存在が――？

サマナーズウォー／召喚士大戦2　導かれしもの

著／榊 一郎　イラスト／toi8
原案／Com2uS　企画／Toei Animation/Com2uS
執筆協力／木尾寿久(Elephante Ltd.)

故郷を蹂躙した実の父・オウマを倒すべく、旅立った少年召喚士ユウゴ。仲間となった少女召喚士・リゼルらとともに戦い続け、ついにオウマとの対決を迎えるが、強力な召喚獣たちに圧倒され絶体絶命の危機に陥る。

この青春にはウラがある!

新作

著／岸本和葉　イラスト／Bcoca

憧れの生徒会長・八重樫がノーパンなことに気付いた花城夏彦。華々しき鳳明高校生徒会の《ウラ》を知ってしまった彼は、煌びやかな青春の裏側で自分らしさを殺してきた少女たちの“思い出作り”に付き合うことに!?

仁木克人
ill.堀部健和

魔王城、空き部屋あります！

Demon King's Castle For Lease!

魔王城を、魔王自ら
マンション経営!?
豊洲ではじまる
不動産コメディ!!

あいあむ勇者

電撃文庫

学生統括ゴッドフレイ。
煉獄と呼ばれる男。

その若かりし日の、
苛烈なる青春の軌跡。

宇野朴人
illustration ミユキルリア

七つの魔剣が支配する
Side of Fire ―煉獄の記―

オリバーたちが入学する五年前――
実家で落ちこぼれと蔑まれた少年ゴッドフレイは、
ダメ元で受験した名門魔法学校に思いがけず合格する。
訳も分からぬまま、彼は「魔法使いの地獄」キンバリーへと
足を踏み入れる――。

電撃文庫